Tengo los óvulos contados

Novela

Raquel Sánchez Silva
Tengo los óvulos contados

Planeta

El papel utilizado para la impresión de este libro es cien por cien libre de cloro y está calificado como **papel ecológico**.

No se permite la reproducción total o parcial de este libro,

Avinguda Diagonal, 662, 6.ª planta. 08034 Barcelona (España)
www.planetadelibros.com

Adaptación de la cubierta: Booket / Área Editorial Grupo Planeta
Ilustración de cubierta: © Mauco Sosa
Fotografía de la autora: © Ricardo Martín
Primera edición en Colección Booket: marzo de 2017

Depósito legal: B. 2.432-2017
ISBN: 978-84-08-16776-1
Impresión y encuadernación: Liberdúplex, S. L.
Printed in Spain - Impreso en España

Biografía

Raquel Sánchez Silva (Plasencia, 1973) es una periodista con una amplia trayectoria profesional dentro del mundo de la televisión. Ha trabajado como presentadora de informativos en Televisión Española y en Telemadrid. Ha sido reportera para Digital+ y Canal+ en la alfombra de los Óscar, Cuatro y Tele 5, y ha conducido varios programas de éxito, como *Pekín Express*, *Supervivientes: perdidos en Honduras*, *Acorralados*, *El cubo*, *Perdidos en la tribu, Deja sitio para el postre y* actualmente *Likes*, en Canal #0 de Movistar. *Tengo los óvulos contados* llega después del gran éxito de *Mañana, a las seis* (Planeta, 2014) y *Cambio príncipe por lobo feroz* (2008).
@raqanchezsilva

A mis hijos.

A Juana, una gran madre y una de las mujeres más valientes que he conocido.

INTRODUCCIÓN A LA PRIMERA EDICIÓN

El 6 de marzo de 2009 acudí a la consulta del doctor Juancho García Velasco, director del IVI de Madrid, apremiada por la necesidad de saber cuáles eran mis oportunidades médicas reales para ser madre una vez superados los 35. En ese momento no tenía planes para ser madre en pareja, pero ya me rondaba la idea de congelar óvulos. Había leído algún artículo al respecto y estaba interesada como posible paciente. Quería saber más y sentía que la información que manejaba para tomar decisiones tan importantes en mi vida no era rigurosa, sino que, por el contrario, estaba basada en experiencias de otras mujeres, rumores e historias que ni siquiera podía certificar.

Como otras muchas pacientes que acuden a estas consultas, escuché únicamente lo que quise oír, sin reparar en todo lo que me dijo Juancho. Deseaba escuchar un «tranquila, tienes tiempo» y adapté aquella charla con el doctor Velasco a mis deseos. No sé si fue un juego mental para no hablar demasiado de mí, de mi edad y mis posibilidades de ser madre, pero sí recuerdo que estuve más de dos horas haciéndole preguntas sobre diferentes aspectos de la reproducción asistida y todo lo que me contó me resultó novedoso, inesperado, sorprendente y muy alejado de la información que yo había encontrado en la calle o en Internet. ¿Era posible que estuviéramos tan desinformados acerca de algo tan importante? ¿Estábamos tomando decisiones tardías o incorrectas basándonos en historias de otros? Esa tarde en la consulta nació una necesidad narrativa y de investigación que superaba mi objetivo personal de ser madre. Juancho, atento a mi caso particular, me dijo en varias ocasiones que debía empezar a pensar en qué quería hacer y que no lo dejara pasar. Tenía tiempo, pero no tanto. Mi respuesta, sin embargo, fue: «Volveré a pensar en lo mío en unos años, ya veré... Lo que sí tengo claro, después de escuchar todo esto, es que escribiré un libro».

Mis amigos aún recuerdan que por aquellos días ya les hablaba de la necesidad de publicar un texto que ayudara a tantas mujeres y tantos hombres que necesitan una información clara y exacta de lo que está ocurriendo en el mundo de la reproducción asistida. Y un tiempo después, entusiasmada con el proyecto, empecé a hablar con mi editorial de este libro que yo concebía en un principio como un ensayo. Ellos me animaron a publicar en primer lugar la novela que tenía también en mente *Mañana, a las seis*. Más tarde escribiría *Tengo los óvulos contados*. Les hice caso y esperé.

Publicada la novela, volvimos a trabajar sobre esta idea y mis editoras me recomendaron que, sin dejar de contar todo lo que quería transmitir, es decir, una cantidad ingente de información, tratara de trabajar desde una posible ficción. La opción me pareció convincente porque ayudaría a digerir tantos datos y supuestos médicos que aparecen en la historia y que, de otra forma, podrían abrumar a los lectores.

Fue así como nació la doctora Miranda Ortega, ginecóloga en el mismo centro en el que yo entrevistaba durante horas al doctor Velasco y a gran parte de su equipo para documentarme. Y luego nacieron Mariano, Olivia, Melchor, Simón, Manuela y más de cincuenta personajes/pacientes que interrogarían con sus miedos y sus dudas a una mujer, la rotunda Miranda, incapaz de mentir.

Ahora, un 16 de septiembre de 2015, con 42 años, termino este libro. Acabo de entregar la corrección definitiva. Hablé con Juancho ayer para que aprobase la corrección médica y parece que estamos listos para mandar, por fin, un mensaje claro que rompa el tabú social que rodea la reproducción asistida y, además, ayude a muchas mujeres y hombres a tomar decisiones basadas en una información rigurosa y no en los rumores.

En este mismo día cumplo mi semana 35 de embarazo. Espero mellizos y he escrito esta historia experimentando la maternidad en mi cuerpo, en mi mente y también a través del teclado de un ordenador. Es un libro escrito desde el deseo de ser madre y desde la propia maternidad. He conocido de cerca la ansiedad por el paso del tiempo, el temor a que la naturaleza no me acompañase y el miedo a no tomar las decisiones correctas. *Tengo los óvulos contados* es mi intento personal para evitar que otras mujeres sientan ese dolor que encierra un proceso que debería dejar de ser una vivencia estresante para convertirse en otro camino a la maternidad completamente feliz.

Esta es la historia de Miranda, su mundo, su lugar de trabajo y sus pacientes. una historia para las mujeres y los hombres que quieren ser padres y para los que no. Para todos los que desean saber y poder sentir antes de precipitarse o llegar tarde. Simplemente poder elegir. Y elegir bien.

CAPÍTULO 1

—

LA CRUZADA DE MIRANDA

Mi nombre es Miranda Ortega. Soy ginecóloga y trabajo en una de las clínicas de reproducción asistida más avanzadas y prestigiosas de mi país, el IVI de Madrid. Llevo una década trabajando en este sector y he llegado a mi particular cruce de caminos profesional y personal. Sigo enamorada de mi trabajo y sobrellevo con cierta naturalidad el manejar situaciones de altísima implicación emocional, no olvidemos que ayudo a los progenitores a cumplir con su objetivo de perpetuarse y reproducirse. Como podréis imaginar, no es fácil recoger y convertirte en la depositaria de tanta ilusión, pero he llegado a acostumbrarme a cargar con este peso y a lograr, incluso, ser bastante fría en el análisis de mis casos clínicos. Sin embargo, hay algo que me roba el sueño y me ha colocado en esta encrucijada. Ya no puedo ejercer mi profesión con libertad sabiendo que la mayoría de las mujeres y hombres que acuden a mí están desinformados; que, en la mayoría de los casos, las decisiones son tardías y están basadas en ejemplos erróneos de una u otra actriz o presentadora de televisión («Si ella pudo, yo también»; o peor aún, en el caso alentador de una amiga de una vecina, de una amiga de una prima...). Esas malditas leyendas como: «En cuanto se relajó, se quedó preñada»; los cuentos (tantos), los ajustes de cuentas de la pareja (tan devastadores), la soledad, la presión social y el dolor, ese profundo dolor...

Soy una mujer de ciencia y soy también una mujer a la que la maternidad alcanzó en un mal momento. Tengo una hija de 17 años, una adolescente con la que actualmente mantengo una relación complicada. Sí, la maternidad es un tema conflictivo para mí, pero sé separar. Una cosa es que no me ponga sentimental y otra muy diferente que no sepa empatizar con los deseos de mis pacientes.

Trabajo en una clínica en la que cada vez es más difícil poder mirar a una pareja y decirle: el «no» también existe; no debo ni puedo prometer un bebé; no quiero, pero debo decirle a una mujer de 40 que ya es una madre añosa y que «debería haber venido antes»; tengo que explicar que el azar juega una parte fundamental en una ciencia que no es exacta y, todo eso, tengo que hacerlo sin vapulear la ilusión de los que vienen hasta mí como si fuera el oráculo de la fertilidad y tuviera en mis manos el poder de la creación.

Estoy agotada. Agotada de tanta ilusión y de todo ese dolor que circula concentrado en foros. Estoy enfadada con todas las madres del planeta que afirman altivas: «Cuando seas madre, lo entenderás», «y vosotros, ¿para cuándo?», o «por fin he cumplido el gran sueño de mi vida». Si cada una de las mujeres que dice algo así en público sintiera por un instante la punzada de dolor que ejerce sobre otra mujer presente... Una mujer que probablemente no pueda aún asumir, y menos revelar de forma natural, que la concepción no es su fuerte. Palabras que hieren y destruyen, camufladas en un absurdo y obsceno interés social.

Cada día veo pasar ante mí a mujeres que, sin reconocerlo, se consideran mujeres de segunda, todas esas No Diosas de la fertilidad. Llegan en silencio con el cheque en la mano preparado para solventar su «error». Las no productivas, a las que no quisieron lo suficiente, las que lo sacrificaron todo por su trabajo y que, encima, llegan a mi consulta con unas doscientas «collejas sociales» de todas las Madres Pavo Real que se sienten más mujeres por haber engendrado.

¡No puedo más! No quiero llenar de esperanza a mis pacientes si no pueden entender que también, en parte, la sociedad las ha traído hasta aquí; no puedo mirar a los ojos a una mujer que sufre porque sus ovocitos son corruptos sin poder decirle «sabías que podía pasar»; no quiero no poder mandar a la calle a ese señor que consulta el correo electrónico como si la historia no fuera con él mientras su esposa detalla cada intento, cada mes, cada nueva hormona, truco o planta andina que ha ingerido; ya no tengo espalda, ni ganas, para ejercer mi profesión sin compartir la verdad de lo que hacemos. Soy, desde este momento para todos vosotros, la doctora Ortega; y seré absolutamente sincera y, si es necesario, implacable. No cesaré hasta poner todos los medios posibles para lograr el objetivo de mis pacientes, pero no lo haré a cualquier precio. No lo haré con mentiras, no lo haré aplaudiendo el secretismo y la vergüenza, no lo haré admirando a las madres crueles con otras mujeres.

Estoy sentada frente al ordenador. Son las once y media de la noche. En la jornada de hoy he realizado una punción a una donante con la que apenas he hablado; otra punción, que no ha resultado demasiado exitosa, a una chica soltera; he recibido la llamada de una paciente que entre lágrimas me ha confirmado que después de tres ciclos se ha quedado embarazada; he releído tres veces un mail de una expaciente que se ha quedado embarazada de forma natural con 43 años después de que mi diagnóstico sobre su *subfertilidad* catalogara ese embarazo de milagro —por supuesto, me ha llamado de todo—; he chequeado los informes de los biólogos sobre la evolución de unos embriones que implantaré mañana y que, de momento, van muy bien; y mi hija adolescente ha llegado a casa tarde y oliendo a botellón en medio de la semana, me ha saludado con una especie de bramido animal y ha dejado la cena que le he preparado en la mesa de la cocina sin tocarla.

Cómo voy a ser yo la que mire al mundo y afirme: «Todas tranquilas. Aquí estoy yo para solucionarlo. ¡Hombres y mujeres del mundo!, venid a mí con vuestros deseos y la ciencia os dará lo que las fuerzas celestiales os… ¿niegan?».

No puedo participar de este Woodstock de la fertilidad sin dar un necesario puñetazo en la mesa. Para lograrlo no me dejaré nada en mi relato. Habrá muchas historias con final feliz en las que el llanto de un bebé barrerá todo, pero también habrá otros finales felices, como el de las parejas que aprenden a formar una familia de dos y exprimir su felicidad y su amor; habrá realidad y pérdidas; habrá mujeres enloquecidas, enfadadas y obsesionadas; habrá sueños científicos, avances que nos llenarán el corazón de confianza en el ser humano. Y no habrá ni un solo mensaje de apología de la maternidad. Esta descarga que necesito me reconciliará con el orgullo que siento por haber traído más de 1.000 nuevas vidas al mundo y, sobre todo, con las miradas de cada una de las personas que se sientan frente a mí cada día y a las que ya no quiero tratar como seres indefensos.

No están enfermos y su situación no les coloca en un punto de no retorno, y voy a intentar demostrarlo. Pero antes voy a llamar a mi paciente embarazada para que me cuente cómo padece las náuseas que aún no puede tener, a mi expaciente cabreada para desearle suerte y explicarle otra vez que el azar interviene, a los biólogos para darles las gracias por haber ampliado su turno y planificar la transferencia de mañana y a la amiga de una amiga que quiere congelar con 42 años y que, con casi toda probabilidad, llega tarde.

Mientras hago todo esto, cenaré por segunda vez con la ración que ha despreciado mi hija y soñaré que un hombre muy poco paternal, con una vasectomía practicada y un historial clínico impoluto, llama a mi puerta para darme un revolcón sin futuro ni expectativas. Mi hija ya dormirá o se hará la dormida. Millones de espermatozoides iniciarán sus caminos en las vaginas y en los laboratorios de todo el mundo. Unos segundos de suspenso ante la maravilla de la creación que se puede producir, pero que no siempre fructificará. El brillo de un óvulo precioso que se dividirá mal dará al traste con ese polvo planificado y medido en tu mejor día de concepción. Un par de adolescentes perderán la virginidad y su herencia familiar de embarazos múltiples convertirá ese embrión en dos hermanos idénticos que tendrán que cuidar los abuelos; una donante coordinada con su receptora planeará cómo gastarse el dinero que ya han ganado sus otras dos amigas suscritas a la donación; una mujer llorará sin que la oiga su pareja; una madraza torturará a su amiga *subfértil* con las historias de la inabarcable maternidad, un niño soñará con peces y un grito de vida desgarrará un paritorio despertando el alma de todos los que lo habitan adscritos a la rutina del alumbramiento.

Sin desearlo, he recordado mi parto.

CAPÍTULO 2

—

LA DIOSA DE LA FERTILIDAD

Olivia nació un 21 de septiembre en un parto fácil y solitario. Me quedé embarazada con 22 años, una edad perfecta para concebir y gestar, pero muy complicada para todo lo que viene después. Mi hija no conoció a su padre, mi novio en aquel momento, porque nos abandonó un par de meses antes de su llegada. Mi familia, con la que nunca dejé de vivir, apartó su recuerdo de nuestra vida de una forma eficiente y limpia, carente de reproches y malos momentos para la pequeña. Acogimos el silencio y la realidad de «la madre soltera» con naturalidad y alegría. En el fondo —pensaba mi madre— «esta niña será sólo tuya».

Hoy, 17 años después, miro a Olivia desayunar y la observo amanecer. Con esa edad, una no se despierta, sino que amanece fresca y nueva, llena de esperanza y dudas.

—Tómate todo el zumo, Olivia, te ayudará —le digo queriendo hidratarla después de otra mala noche. Quiero ser amable sin parecer comprensiva ¿Qué madre pasaría por alto esa «guerra» que vivimos?

—No tengo ganas, Miranda… —contesta seca, incapaz de mirarme a los ojos.

—… Mamá. Aún no hemos empezado a discutir, por lo tanto, puedes llamarme mamá. Soy tu mamá y lo he sido hasta hace tres meses. Esto de llamarme Miranda ahora, de repente, no tiene sentido y lo sabes.

—Mamá —exagera marcando las emes—, quiero tomar la píldora.

—¿Para qué? —No disimulo ninguna sorpresa porque no me sorprende. Olivia siempre fue así, directa y enemiga de los rodeos. Al fin y al cabo, soy ginecóloga y estaba esperando esa previsible conversación, pero insisto—. ¿Para qué, Olivia?

—¿Para qué va a ser?

—Hay otros métodos. Yo no me tomaría la píldora a tu edad.

—No creo que pienses así si regreso un día a casa embarazada.

—La verdad, Olivia, es que aunque te creas la diosa de la fertilidad, aún no lo eres. Tienes una regla irregular y, además, debes saber que las posibilidades de conseguir un embarazo en las mejores condiciones clínicas de un hombre y una mujer es de tan sólo un 25%, es decir, uno de cada cuatro. Tú estás aún en una fase que para nada es la «excelencia de la vida reproductiva». —Ahora Olivia me mira atentamente. Siempre he sabido que me admira, lo de quererme ya es otra historia, pero mi hija confía en mí—. Por eso creo que con utilizar en todas las ocasiones, insisto, en todas las ocasiones, un preservativo, todo irá bien. ¿Tienes novio? ¿Practicas sexo con mucha regularidad? —No puedo evitar una leve sonrisa maligna.

—Probablemente mucho más que tú.

—Eso seguro, hija, y por eso tengo muchas menos posibilidades que tú de traerme una enfermedad a casa. Empezáis pronto y no me parece mal, pero esos chicos pueden transmitirte algo mucho más peligroso que un embarazo.

Olivia baja de nuevo la mirada y se toma el zumo como si fuera una pócima anticonceptiva sólo porque lo he hecho yo.

—¿Sabes poner un condón?

—¡Mamá! —me increpa furiosa. La niña que aún es aparece en escena.

—Bueno, me alegro de que así sea. Eres lista y quieres tener una vida llena de experiencias, viajes, educación… y sabes que esos chicos no merecen fastidiar tus planes. Si tus amigas son víctimas de esa fantasía cultural que nos enseña que quedarse embarazada es sólo ponerse a ello, adelante, pero tú tienes una madre que sabe que no es verdad. Quedarse embarazada no es tan fácil. Es verdad que ahora tienes unos óvulos preciosos que son tesoros, pero sigue sin ser sencillo. La especie humana, te lo he dicho muchas veces, se reproduce mal.

—Una amiga de Sonia se ha quedado embarazada.

—Yo no he dicho que no pueda pasar, Olivia, pero no es tan fácil como lo pintan. Te lo aseguro.

Opto por no asustarla. Es mucho más sencillo convertirme en la madre alarmista, pero con mi hija el «terror» no funciona; sí, por el contrario, la razón. De hecho, antes de levantarse del taburete para abandonar la cocina, me sonríe. Es una sonrisa discreta, pero real.

Mientras recojo el desayuno, me giro hacia el salón, que puedo ver desde la isla central de la cocina. Al lado de los libros sigue la reproducción de la Venus de Willendorf, una de las diosas de la fertilidad del paleolítico superior. Recuerdo cómo nos reímos tres años atrás Olivia y yo en el sofá el día que le bajó la regla. Recuerdo que le enseñé la talla y le dije «algún día tú también serás así». Ella, aterrorizada por aquellas mamas, vientre y muslos desorbitados, comenzó a darme pequeños puñetazos en el brazo sin querer hacerme daño. «Como puedes ver, hace más de 20.000 años la cara de esta señora no tenía ninguna importancia, pero su fertilidad sí». Olivia seguía pegándome. Llorábamos de la risa juntas. Allí estaba mi niña, 14 años recién cumplidos y su primera menstruación. Lo encajó bien, con cierto susto lógico, pero preparada para esa primera mancha de nuestra vida. Llevaba meses explicándole que sucedería, y esa especie de pacto premonitorio nos unió aún más.

Creo que Olivia, en realidad, también lo sabe: las Diosas de la Fertilidad no existen. Es verdad que hay parejas que en la clínica catalogamos como superfértiles. Estas, que son muy pocas, pueden llegar a alcanzar el 60% de fecundabilidad, el triple que una pareja normal, pero encontrarlas no es fácil, como no lo fue hallar a la Venus paleolítica en las orillas del Danubio.

Cuando yo era niña pensaba que te podías quedar embarazada con un beso con lengua. Nadie me lo explicó bien. Con el tiempo, supe cómo podía quedarme embarazada, pero nadie se preocupó de contarme por qué, a veces, no te quedas. Las mujeres vivimos con tanta naturalidad nuestra vida reproductiva que la damos por hecha. Hablamos de ella con nuestras amigas: «Tengo un retraso de una semana», «me duelen los ovarios», «estoy manchando mucho»... Pero que hablemos de ello con naturalidad no nos convierte en diosas de la fertilidad...

Damos por hecho que somos fértiles. Tenemos una regla todos los meses que nos recuerda que lo somos o, más bien, que lo parecemos. Vemos sólo los ejemplos positivos y no reparamos en las historias que le llevan la contraria a nuestros deseos. Una diosa es eterna, y nosotras somos todo lo contrario en materia de fertilidad. Mi gran lucha en el despacho es hacer entender a las mujeres que pasan por allí que su «edad biológica» no tiene por qué corresponder con la edad de sus ovocitos o, lo que es lo mismo, su calidad. Una de las pacientes que más se resistió a esta verdad fue Yolanda.

Yolanda

—Pero... Los 40 son los nuevos 30, doctora.

—Eso no es verdad, Yolanda. Nunca lo ha sido y nunca lo será.

—¿Cuántos años me echa usted? No piense en mi ficha. ¿Cuántos aparento?

Un buen truco ese de llamarme de usted. Como yo la tuteo, eso enfatiza nuestra supuesta diferencia de edad y la hace parecer más joven. Pero a mí no me engaña. Cierto, se conserva bien, es una mujer delgada, sana, activa…, seguro que practica algún deporte para mantenerse en forma. Se nota que invierte tiempo y dinero en su cuidado personal. No parece que haya caído en las garras de la cirugía aún, pero seguramente se pinchará un poquito de bótox, vitaminas, hialurónico…

Miro su ficha.

—Yolanda, tienes 38 años.

—Pero aparento…

Siendo optimistas, aparenta unos 35, y eso arreglada, porque recién levantada debe de aparentar justo la edad que tiene.

—Sí, pareces más joven, es cierto. —Sonrió para su tranquilidad.

—Venga, doctora, claro que parezco más joven…

Yolanda interrumpe su discurso e intenta retomarlo de una forma suave. Es una ganadora nata. En ocasiones como esta hay que tener mucho tacto y dejar mi lado más femenino y competitivo en el cajón.

—Mira, Yolanda, estás estupenda; pero te guste o no tienes los mismos ovarios que tenía tu madre a tu edad y, si me apuras, los mismos de una mujer cualquiera del siglo pasado. Además, nunca te has quedado embarazada. Has tenido suerte porque no tienes problemas como endometriosis o miomas, típicos de mujeres que no han sido madres jóvenes, pero tus análisis de hormonas y los estudios que hemos hecho nos dicen que estás «al principio del fin».

Yolanda me mira como si le hubiera clavado un puñal en el corazón. Me hubiera gustado poder decirle lo que quiere oír, pero para eso tendría que mentirle. Y no debo mentir a un paciente.

—Puedo ayudarte, podemos intentarlo, pero te mentiría si no te dijese que no va a ser tan fácil como crees.

—Todo el mundo me dice que aún soy joven —dice triste y tímida Yolanda.

—Y eres muy joven aún, pero no para ser madre. A partir de los 35 años la calidad de tus ovocitos se ve seriamente comprometida. No tienen por qué ser malos, pero sí serán peores; y eso significa que a nivel cromosómico serán más caóticos. Y el mes que viene más, y el siguiente más, y dentro de seis meses mucho más.

—No es lo que he leído en Internet. —Y aquí entra la típica resistencia del paciente a no escuchar lo que digo.

—Yolanda, cuando tengas 40 años, el 80% de tus óvulos estarán dañados y cuando llegues a los 44 estará dañado el cien por cien en la inmensa mayoría de los ciclos...

—¿Dañados? ¿Eso es porque fumo?

—Está comprobado que las mujeres fumadoras tienen una menopausia más precoz, es decir, que consumen antes su tiempo fértil; pero, Yolanda, esto no es un castigo, es una realidad.

—Y ¿qué significa que están mal?

—Pues que no son cromosómicamente viables, tienen errores en sus 23 pares de cromosomas. De ser fecundados no prosperarían, o serían embriones con anomalías, o podrían ser futuros abortos. El ejemplo más conocido, el síndrome de Down, se da en una de de cada setecientas madres de menos de 35 años y en una de cada setenta entre las que tienen 40 años. Por eso te digo que necesito que seas realista y que intentes entender el proceso que vamos a vivir, y para entenderlo lo primero que debes entender es que vienes tarde. ¿Demasiado tarde? Aún no lo sé, pero tarde, sí.

—Y... ¿he sido fértil alguna vez?

—Insisto: ¿te has quedado alguna vez embarazada?

—No.

—Entonces no puedo saberlo con certeza.

—Yo siempre pensé… —Yolanda ahoga su reflexión en un montón de recuerdos.

—Todas lo pensamos.

—Perdí la virginidad con 15 años y siempre estuve aterrorizada con un posible embarazo, pero entonces sí que era una Diosa de la Fertilidad.

—No exactamente. Con 15 podrías tener ya ciclos ovulatorios regulares, pero, en realidad, tu mejor época reproductiva es entre los 20 y los 35 años. Lo de «más joven, más fértil» no es cierto. Los extremos de la vida reproductiva no son los mejores, te lo aseguro. Eso sí que lo tenemos testado.

—Y si mi fertilidad ha sido buena, ¿el mejor momento de mi vida fue con 20 años?

—Sí, cuando tenías 18, 20…

—¿Y a medida que me he ido haciendo mayor mis óvulos han ido empeorando?

—A estas alturas de tu vida sí, pero has tenido muchos años con un buen arco de estabilidad. Desde los 20 a los 33 o 35 tienes tantos óvulos y tan buenos que no se nota la pérdida cuantitativa. ¿Es mejor quedarse embarazada con 26 que con 31? No, en mi opinión. La incidencia del aborto y el síndrome de Down confirman que ahí te mantienes, que prácticamente es igual.

—¿He pasado quince años fértiles sin saberlo? ¡Podría haber congelado, pero nadie me advirtió! ¡Todo el mundo dice que podemos ser madres mayores! Hay decenas de casos. ¡Famosas! ¿Y las famosas? Hay casos… Todo el mundo sabe que se puede ser madre mayor porque… —La interrumpo. No quiero escuchar otra vez esa historia que tantas esperanzas sigue alimentando.

—Yo no he dicho que no vayas a ser madre, Yolanda, sólo te he dicho que ya no es tu mejor momento y sería una irresponsabilidad no decírtelo. Lo que te ha pasado le pasa a muchas mujeres, te lo aseguro.

—Pero los culpables son ustedes. Deberían decirnos la verdad. —Alza la voz y sin llegar a hacer ruido golpea con firmeza la mesa.

—Y te la decimos. Te lo explicamos cuando llegas «in extremis», pero la decisión de no venir antes ha sido tuya. —Empiezo a sentir cómo su enfado me contagia—. Tú has decidido que porque una famosa o alguien conocido fue madre más allá de los cuarenta y cinco, tú también podías. Tú has decidido esperar. ¡Esperar! ¿A qué? —Mi tono de voz se alza ligeramente, adquiriendo una rotundidad difícil de combatir—. ¡Nunca fue tu momento!, ¿verdad? No tienes derecho a echarme la culpa de tu falta de información. No tienes derecho a culparme porque no quisiste perderte aquel viaje o no quisiste dejar a aquel novio que no quería tener hijos. ¡No puedes culpar a nadie! La evolución social no es la evolución biológica. Lo siento.

Yolanda calla al otro lado de la mesa. Respira controlando la entrada de aire para que sus pulmones no estallen en un sollozo. Yo, literalmente, suspiro delante de ella.

—La fertilidad no tiene nada que ver con tu valía personal. Ya no eres La Diosa de la Fertilidad, pero puedes ser la diosa de un montón de territorios. Tienes capacidad para empatizar, eres una mujer de éxito, tienes una vida social rica y envidiable y, simplemente, tus amigos ya tienen hijos. Pero hay quien no los tuvo y también es feliz a tu alrededor.

—Esa es una decisión que no le corresponde, doctora Ortega —pronuncia esta frase marcando un territorio inviolable—. Yo decidiré qué me hace feliz y qué no. Usted también sabe que socialmente tener un hijo con 25 años si eres una mujer con ambiciones personales está casi mal visto, es... ridículo. Hay desajustes entre biología y sociedad. ¿Y tengo yo la culpa de ello? ¿Cree que podría haber llegado profesionalmente donde estoy si hubiera sido madre? Y lo que es más importante, ¿cree que yo no me sentiría completa si no llego a ser madre algún día? —Tiene los ojos vidriosos y manchados de una ira de años—. Y si le digo que no, que no llegaré a ser feliz si no lo consigo, ¿le doy lástima o vergüenza?

—Ninguna de las dos cosas. Es admirable que estés aquí y que lo intentes, pero… ¿eres una mujer joven para tener hijos? La respuesta es no. No lo eres. Encontraremos la manera de que puedas ser madre, perdón, intentaremos encontrarla. Tus ovarios están envejecidos y ¡no puedo rejuvenecerlos! Hay maneras, y creo que lo conseguiremos con tus óvulos, con los de una donante… Lo haremos, pero vamos a pagar un problema en la planificación. Esto no es una consulta para ver qué hago, es la consulta, Yolanda. Y escúchame bien, aunque ahora estés enfadada conmigo, esta es la consulta en la que todo debe empezar. La que ya no puedes retrasar más.

El golpe de la mochila de Olivia en la mesa me trae de vuelta a mi vida fuera de la clínica. Abandono el recuerdo de Yolanda. La Diosa de la Fertilidad sigue recostada contra los libros en la estantería. Mi café se ha helado.

—Me voy, mamá —dice Olivia a la vez que saca una pieza de fruta de la nevera. El pinar que rodea la casa deja adivinar un bosque más allá del gran ventanal de la cocina. Bosques llenos de lobos para mi aventurera hija.

—Olivia, antes de irte, contéstame a una cosa: ¿a ti qué te parece la maternidad como experiencia?

—Si me fijo en los anuncios de la televisión, parece algo precioso, pero si te analizo a ti, es un desastre. Algún día quizá sea madre, aunque sólo sea para poder hacerlo mucho mejor que tú. —Olivia ha encontrado el discurso para hacerme daño y yo se lo he puesto en bandeja. Lleva varias semanas enfadada conmigo porque he viajado bastante y la tengo desatendida. Pasamos por otro momento crítico.

La maternidad anhelada y soñada por todas esas mujeres que veré durante esa mañana en la clínica. El sueño de ese niño que en la mente siempre es perfecto y precioso y atesora todo lo bueno de uno mismo y de su ascendencia genética. Un bebé que, en su idealización, siempre se parece a ti o a la persona que amas. La maternidad no sólo es ese cartel brillante de sonrisas puras e infinitas.

—Y ¿cuándo crees que ocurrirá eso? ¿Cuándo querrías ser la mejor madre de todas las madres?

—De momento tengo tiempo. —Olivia habla ya de espaldas a la cocina, caminando erguida y muy digna hacia la puerta—. Ya me lo pensaré cuando tenga cuarenta.

El portazo de la ignorancia hace que los pinos se agiten produciendo un ruido de arena sobre piedra.

Me tomo el café helado de un sorbo y chequeo la entrada de mis últimos mails. Una donante muy parecida a mí, pero con 15 años menos, ha pasado las entrevistas y está lista para coordinarse con una futura madre. Después de cuatro ciclos sin resultados positivos, una paciente, Yolanda, ha optado finalmente por la maternidad con donación de gametos. Ha pasado casi un año desde aquella discusión en la que nos hicimos amigas porque pactamos luchar a pesar de no tener a la naturaleza de nuestra parte. «Vamos a conseguirlo, Yolanda, ya verás», pienso, o quizás susurro, acompasada con los pinos.

Olivia llega diez minutos antes al paso de la ruta para ir al centro. El móvil vibra en su mano y ve la entrada de una foto que, en principio, la ruboriza. Decide echar una carrera hasta la farmacia y comprar su primera caja de preservativos.

CAPÍTULO 3

—

TENGO LOS ÓVULOS CONTADOS

Voy camino de la tercera conferencia que daré este mes ante un auditorio de mujeres que no querrán escuchar lo que les digo. Intentaré que mis mensajes sean convincentes, certeros y claros, pero la experiencia me ha demostrado que interpretarán mis palabras de la forma que más les convenga. Quizá una o dos reflexionen sobre los datos rotundos que voy a compartir, pero el resto seguirá dando más valor a la experiencia de la amiga de una prima, la cuñada de alguien o lo que leyeron en una revista hace ya unos años. Es lógico que no quieran escucharme. La mayoría de ellas necesita creer que el tiempo se estira gracias a la reproducción asistida, pero lo ideal sería que aprendiesen a marcar sus tiempos con objetividad.

—Buenos días, señoras y señor… —Veo un hombre al fondo apoyado en una pared de madera clara. El lugar no puede ser menos futurista. Es como hablar de alta cocina moderna en un asador de carne.

—Buenos días, doctora —contestan todas sonrientes.

—¿Hablamos de fertilidad? Si os parece, voy a tutearos y comenzaré hablando de vuestra fertilidad antes de entrar en el mundo de la reproducción asistida. Al final, vosotras sois las determinantes en este proceso. Ellos también. —Señalo al hombre del fondo, que se siente inmediatamente acusado—. No quiero decir que usted tenga ningún problema, caballero... —Intento rectificar, pero el hombre ya se ha marchado para cuando termino la frase. El sonido de la puerta hace girarse a más de la mitad del aforo. Me escuchan unas sesenta mujeres—. Bien, ahora nos hemos quedado solas, como pasa muchas veces en esto de la reproducción asistida, y, como os decía, me centraré en vosotras. —Lanzo las primeras curvas en la pantalla para reforzar los datos—. La edad media de la maternidad en España ha alcanzado un nuevo máximo histórico. La última estadística de 2013 la sitúa en los 32,2 años. En 2012 esa edad maternal media estaba en los 31,6 años. No deja de avanzar y de crecer también en el caso de la población inmigrante, que marca ya los 29,7 años y que sube por primera vez después de mantenerse estable durante años. La sociedad está cambiando. Eso es evidente. Y si este crecimiento continúa, la edad media maternal en el siglo xxii se situará en la década de los 50, esa en la que la naturaleza nos priva definitivamente de nuestra fertilidad. La natalidad desciende y las oportunidades de ser una madre mayor son muchas más que antes, pero no son tan sencillas ni están tan garantizadas como creéis.

Marco un silencio profundo para que asimilen ese primer golpe de impacto y para ello lleno mi vaso de agua.

—De repente —continúo— lo más saludable es lo más complicado. Tener un niño con 20 o 25 años es lo ideal, pero decidles eso a vuestras hijas y a una sociedad que no está preparada para que las mujeres sean madres tan jóvenes. —Las mayores ríen pensando en cómo aborrecen sus hijas pequeñas el concepto de la maternidad—. El embarazo a tiempo te protege del cáncer de mama y, sin embargo, un primer embarazo tardío es un factor de riesgo para el cáncer de mama. —Las que no han sido madres aún se identifican por un ligero cruce de brazos que protege sus senos—. El cuerpo está diseñado para embarazarse. Esto es una obviedad porque la mayoría de nosotras aún tenemos la regla y lo sabemos, pero embarazarse no es obligatorio y embarazarse tiene una edad. Es importante que antes de entrar a valorar otras cuestiones...

—Eso, entremos en materia —me interrumpe una mujer de la primera fila, pelirroja y, por su aspecto, con los cuarenta ya cumplidos—, porque en el resumen de su conferencia decía que nos explicaría qué es la inseminación, la fecundación artificial... —Su tono de reproche hace que me sienta extraordinariamente incómoda.

—Es reproducción asistida, fecundación in vitro e inseminación artificial, por si quiere apuntarlo. No existe la fecundación artificial, la reproducción in vitro ni tampoco las clínicas capaces de asegurarles un bebé, aunque algunas se atrevan a hacer anuncios de que les devuelven el dinero en caso de no conseguirlo. —Mi respuesta es brusca pero eficaz. Yo daré la conferencia que quiera dar y no la que muchas de ellas quieren escuchar—. En cualquier caso, después les explicaré..., os explicaré lo que necesitéis, pero me parece importante que recibáis este mensaje: nosotros estamos aquí para ir superando los obstáculos naturales, pero la naturaleza no quiere que tengamos hijos a esta edad y nos lo demuestra cada día. Los medios técnicos nos ayudan a lograrlo en muchas ocasiones, pero hay dificultades, riesgos y una verdad más grande que todos nuestros deseos juntos, y es que todas las mujeres de este planeta, todas vosotras, tenéis los óvulos contados.

En ese momento, sesenta almas femeninas quieren que yo arda envuelta en mi discurso. Una hereje que destruye la esperanza, una odiosa sustituta de la *hooligan* de la reproducción que estaban esperando.

Una mujer visiblemente más joven que las demás levanta la mano. La que parece su madre la mira sorprendida y le susurra: «¿Qué vas a preguntar?». La chica se lanza.

—Doctora, ¿de verdad tenemos los óvulos contados? Usted podría decirme... —Tose y pide perdón—. Yo tengo 31 años..., ¿podría decirme cuántos me quedan?

Todo ese odio concentrado en muchas de las mujeres que me miran vale la pena por un segundo. Ella me ha escuchado.

Mi memoria, borracha de buenas intenciones, vuela dieciocho años atrás. A ese día en el que fui yo quien levantó la mano e hizo una pregunta similar. El doctor Velasco era quien nos hablaba entonces y el aforo estaba formado por residentes de ginecología y obstetricia en el Hospital de la Paz... Ese fue el día en que decidí que, cuando terminara mi residencia, haría una subespecialidad en medicina reproductiva. Ese fue el día en que, quizá, se decidió mi futuro.

Pienso en el viejo profesor e intento responder como él lo habría hecho. Mi público es muy distinto al que él tenía, pero las preocupaciones y las inquietudes, en el fondo, son muy similares.

—Verás, una mujer tiene sus ovocitos antes de nacer. Tienes lo que serían los folículos primordiales... —Dibujo un círculo en una pizarra electrónica que hay detrás de mí—. Este círculo es un embrión. —Escribo las palabras «niña» y «adolescente» a la altura de la figura circular—. Pues antes de nacer, en este paso del tiempo —arrastro el bolígrafo dibujando una línea que une los tres conceptos— ya has perdido ovocitos, de la recién nacida a la adolescente, también.

—Pero eso es un auténtico derroche... —se oye que comenta alguna entre el público.

—Cuando una mujer está embarazada de dos o tres meses, se forman las gónadas, las crestas, y eso produce la línea germinal. Por eso, muy temprano, antes de que tú nazcas, ya puedes tener algún daño en los ovarios. Y lo mismo sucede con el testículo del varón. Porque ya se está formando la línea germinal. Y naces con un número concreto: son cuatro millones más o menos.

—¡Cuatro millones de óvulos en una recién nacida! —exclama mi joven oyente sorprendida.

—Y cuando tiene su primera regla en la adolescencia, a esa misma niña le quedan 400.000.

—¿Y cómo se pierden? ¿Se destruyen?

—Entran en muerte celular. No llegan a ovularse, pero probablemente sea esa la forma en que la naturaleza te protege para que te puedas reproducir. En realidad es una superprovisión. La naturaleza te llena el depósito hasta que te salen por las orejas para que el día que te hagan falta, te queden. Y ¿qué ocurre? Que tú tienes 400.000 cuando te viene la regla más o menos a los 13 años y tienes la menopausia con 50, por ejemplo. Eso significa que si tienes unas catorce reglas al año, unas catorce o quince, cada mes pones en marcha entre 100 y 1.000 ovocitos.

— ¿Entre 100 y 1.000 ovocitos para elegir uno que será el mejor? —La chica parece escandalizada.

—Claro. Calcula que son en tu vida unas cuatrocientas reglas, más o menos, de los 13 a los 50… Imagínate el derroche de folículos. Y el resto se mueren y nunca más vuelven a nacer. Y al mes siguiente, otros 100 o 1.000. Y así toda la vida. Hasta que se te acaban.

—¿Y son siempre perecederos?

—Sí. No se conoce el caso de óvulos nacidos, o duplicados o generados de forma natural después del nacimiento. Tienes los óvulos contados y son perecederos; se mueren y se acaban…, como tu fertilidad.

—Y entonces…

—Y entonces llegamos a tu pregunta. ¿Podemos contarlos, saber cuántos quedan? Pues no, no podemos saberlo. En mi opinión ese es el gran reto, la medición de la fertilidad femenina. No hay una fórmula matemática que diga: «mira, midiendo la hormona antimulleriana, la FSH y otras, a ti se te acaban en tal fecha...». Pues no. No funciona.

—¿Por qué no se pueden contar? —Mi oyente no se resigna.

—Porque no se ven. Están en la cortical del ovario, pero no se ven. El nacimiento de un folículo entero dura casi setenta días. Nosotros solamente vemos los veintiocho días del ciclo menstrual, pero desde esta fase hasta que ovulas no se pueden ver en una ecografía.

Dibujo una especie de racimo bajo la palabra «adolescente».

—Cuando llegan a verse, el doctor puede decir: «tienes tres folículos centrales», «te veo siete», «te veo dos»..., y cuando crecen se puede ver el que crece. Si para lograr la estimulación de estos 100 o 1.000 se utilizan medicamentos, el médico escoge seis u ocho, diez o quince, tampoco más.

—Y sólo se ven esos..., ¿y los otros?

—... Esos no se pueden ver... Una forma de estimarlo es midiendo las hormonas que producen estos folículos, la antimulleriana es la más precisa... En resumen, esto te da una idea aproximada de cómo es tu reserva, pero no te permite calcular qué día dejan de funcionar. —Miro al auditorio. Todas parecen muy atentas a mis explicaciones—. Un inglés intentó hacerlo, incluso sacó al mercado una especie de kit casero de fertilidad para ver hasta cuándo se mantenían fértiles los ovarios. Y fue una estafa, no funciona.

—Y ¿llegará el día en que se medirá?

—Sí, algún día se medirá. Pero en este momento no tengo respuesta a tu pregunta. No puedo decir: «Tendrás la menopausia a los 45 o a los 52». No lo sé. Aunque te parezca mentira, la mejor referencia sigue siendo tu madre. Es una indicación muy buena y muy barata, sólo hazle una pregunta: «¿A qué edad tuviste la menopausia?». Si tu madre te dice «a mí se me retiró con 42», preocúpate porque es un problema. Si te dice: «A los 55…», pues vas bien.

—¿Intervenimos en la calidad de los ovocitos? ¿O la calidad no varía? Quiero decir, van quedando los peores, ¿no? ¿Y son peores porque eran peores de principio o son peores porque con la vida que llevamos, nuestros hábitos de alimentación, fumar… digamos que los vamos deteriorando? ¿Se deterioraron con el tiempo o hay algunos que son peores y otros que son mejores y punto? —Siento que el tiempo ya empieza a angustiar a esta chica, a pesar de ser una de las más jóvenes de la sala.

—Hay gente que tiene malos ovocitos desde el principio. Hay veces que ves una paciente con 25 años, le sacas los ovocitos y son terribles. Y le haces otro ciclo y son terribles. Eso significa que hay mala calidad ovocitaria desde el principio. Pero también es cierto lo que tú acabas de decir, que hay cosas que afectan a la calidad. Por ejemplo: las fumadoras tienen la menopausia dos años antes. ¿Por qué? Porque es un tóxico vascular y agota. Seguramente hay más cosas que afectan: la obesidad extrema, el deporte extremo… Pero todo eso causa un impacto muy relativo. El tabaco, probablemente, sea de lo poco que está demostrado. Al final, el asunto es muy simple y se puede resumir con una frase: «estos son los que quedan».

—Parece que estuviera hablando de una caja de frutas que se va poniendo pocha, las frutas que quedan en el fondo de la caja siempre son las peores… —interviene una mujer del fondo con un tono de resignación que hiela el cuarto.

—El ejemplo es muy gráfico, pero es terrible. —Intento suavizarlo—. Tampoco es tan drástico. Hay chicas jóvenes que tienen 30 años o 25, con una densidad ovárica muy baja y que se embarazan con facilidad, porque sus óvulos son pocos y buenos. Pero una cosa sí es cierta: lo que más deteriora el ovario es la edad.

—Entonces —la mujer del fondo se levanta— es posible que una mujer muy joven, aunque estadísticamente no sea lo lógico, tenga un óvulo de mala calidad, lo que no puede ocurrir es que una mujer de 41 años tenga los mejores óvulos de su vida en ese momento. —Me mira fijamente rascando en la verdad que tanto creía querer destapar y que ahora me atemoriza por el daño que puede causar a estas mujeres. Respiro despacio antes de encontrar la mejor explicación.

—Lo que queréis que os diga es que todo es posible, pero no lo es. Podemos cumplir 65 años y competir en un triatlón, estar sanas y fuertes, pero no podremos evitar el deterioro visual, auditivo y gonadal. No podemos frenar nuestros ovarios. No hay medicación que los preserve. Aún no. Pero quizás alguna de vosotras haya venido al mundo con unos miles de ovocitos de más.

Sonrío a todas esas mujeres que han salido de su casa para pasar la tarde y ahora sienten una angustia nueva que no buscaban.

—Cuando éramos jóvenes o cuando éramos niñas, ¿todos nuestros óvulos eran jóvenes? —La mayor de todas sale al rescate del auditorio.

—Esa es una buena pregunta, porque probablemente no haya una contestación. Fíjate, no tengo yo tan claro que los ovocitos envejezcan, sino que al envejecer los que te quedan son los viejos. Probablemente, lo que ha ocurrido es que ese ovocito ha ido, con los años, llegando al final. Y ¿por qué se ha quedado hasta el final? ¿Por qué no lo han reclutado antes? Porque los buenos han salido antes por algún motivo, pero no lo sabemos. Yo no puedo saber si con 20 años ese ovocito era bueno y ha salido ahora porque le toca o es que ha envejecido. La biología es, muchas veces, puro azar. Mira cómo se forman los embriones, el entrecruzamiento de los cromosomas es puro azar. Claro, tú no sabes por qué entran estos 100 y no los 100 de al lado, o estos 1.000 y no los 1.000 de al lado, no lo sabes, pero algo tiene que hacer que unos salgan antes que otros, no puede ser sólo casualidad. Casualidad es lo que no sabemos, lo que no entendemos, pero tiene que haber algún mecanismo de selección o reclutamiento que diga «estos son los elegidos este mes, que tienes quince años», por el motivo que sea.

—Vamos, que no tiene ni idea —dice la pelirroja que ha venido a elegir su tratamiento de fertilidad y que ha recibido las peores noticias sin desearlas—. ¿Qué tal si nos habla de lo que sabe con certeza, de los tratamientos con los que se quedan embarazadas miles de mujeres cada año en este país, en vez de venir con sus pronósticos apocalípticos para jodernos el día?

Recuerdo la energía que sentí aquel día en el Hospital de la Paz, dieciocho años atrás. Todas esas dudas, aquellas preguntas sin respuesta me pusieron en el camino que luego determinaría mi vida. El no saber fue para mí un estímulo. Sin embargo, ese mismo desconocimiento era una barrera insalvable para mujeres como aquella pelirroja que sólo querían albergar «esperanza» a toda costa, aunque fuera mentira. Me rindo a un nuevo fracaso en la comunicación y retomo la charla. Tengo que darme prisa porque quedan sólo veinticinco minutos. Proyecto una animación en la que se puede ver una cánula atravesando el cuello del útero y lanzando una lluvia de espermatozoides en su interior.

—La inseminación artificial es la técnica más sencilla y consiste en…

CAPÍTULO 4

YO TENGO LA REGLA. Y YO MIS SOLDADITOS

He perdido la cuenta del número de parejas que han pasado por mi consulta. El resultado de esa relación médica ha sido tan variado como las diferentes uniones que pueden establecer los humanos. No hay patrones ni leyes. No hay respuestas absolutas. ¿Quién lo lleva mejor o peor? ¿Qué sexo se adapta más fácilmente a las malas noticias? ¿Cuál de ellos es más sincero en una situación de indefensión? Sí, es cierto que la reproducción asistida es principalmente femenina. Son las mujeres las que deciden venir al centro, son ellas las que identifican un posible problema con más celeridad, las que buscan opciones, las que se informan aunque sea gracias a las fallidas lecciones del doctor Google. No debemos olvidar que hablamos de Maternidad, con M: estado o cualidad de la madre. Ese es el concepto que arrastra a todos los que llegan a la consulta. Recibo principalmente parejas heterosexuales, aunque —y debemos estar atentos a este fenómeno— es la mujer que busca ser madre soltera la paciente de mayor crecimiento en los últimos años. Pero, de momento, son las parejas heterosexuales las que llenan los centros de reproducción asistida, casi siempre más esperanzadas que angustiadas. Algunas, sin embargo, arrastran el cansancio y la frustración de otros tratamientos sin éxito y llegan a mí resabiadas; pero lo habitual es que cuando se abre la puerta de mi despacho nos dispongamos a vivir la compleja y siempre estresante Primera Consulta.

Lola y Marcos

—Leímos en Internet que deberíamos intentarlo al menos durante un año, en algunos foros nos decían que hasta dos. Yo tengo la regla como un reloj suizo, cada mes sin falta…

—¿Cuántos años tenéis?

Marcos y Lola se presentan en el centro cargados de dudas y muy asustados. Nunca hay que olvidar que, antes de llegar hasta aquí, las parejas se enfrentan a meses de vacío. Buscan todo tipo de explicaciones, consejos que casi nunca ayudan, información manchada por casos particulares que pocas veces encaja. Pasan muchas semanas preguntándose: ¿Qué ocurre? ¿Qué nos pasa? ¿Por qué a nosotros? Puede sonar brusco, pero es algo así como enfrentarse a una danza que todos sabemos bailar, pero cuya ejecución nos provoca las mayores inseguridades. Lo hacemos, practicamos sexo, pero ¿lo hacemos bien? ¿Serán estas las mejores posturas? ¿Sabremos follar? Aparecen a la vez las respuestas sin sentido: «Es que a mí se me cae», «cuando me levanto se me escurre»… En la consulta me toca procesar todos esos miedos y esas incertidumbres que nada tienen que ver con lo que está pasando. Marcos y Lola son agradables, dulces y ciertamente débiles. Cualquier comentario podría hacerles daño, pero merecen la verdad como todos los demás.

—Yo tengo 37 y él 35 —me contesta Lola—. Somos jóvenes, sanos... Hemos controlado nuestros días y hemos hecho todo…, todo lo que hay que hacer. Estamos convencidos de que el causante es el estrés, porque es verdad que pensamos mucho en ello, ¿verdad, amor? —Lola se gira hacia Marcos, que me mira sin apartar la vista ni esconderse como hacen muchos otros. Marcos asiente—. Intentamos no pensarlo, estar a otras cosas, disfrutar y eso…

—Lola, no pienses en un elefante rosa —le respondo.

—¿Disculpe? ¿Qué ha dicho? —Busca de nuevo la complicidad de su pareja.

—Que no pienses en un elefante rosa.

—No entiendo lo que me dice, perdone. ¿Tú la entiendes, Marcos?

—Supongo que quiere decirnos que no podemos dejar de pensar en ese elefante rosa —resuelve él.

—Nadie puede dejar de pensar en lograr un embarazo cuando está buscando un bebé. Y mucho menos cuando lleva meses detrás de ello como vosotros. ¡Claro que pensáis en el «elefante rosa», y mucho más si intentáis no pensar en él! Pero eso, os lo aseguro, no es una causa de infertilidad, es únicamente otro de los caminos en los que decidís culparos.

Lola y Marcos se agarran las manos con un roce suave.

—No pasa nada, es normal —les digo—, lleváis practicando sexo en el entorno de la ovulación de Lola durante meses, y nada. Estoy segura de que os habréis tomado ya todos los remedios naturales que hay en el herbolario de tu barrio. Tampoco pasa nada. Maca, zinc, selenio, acupuntura, masajes, meditación, nada os ha hecho daño y nada os ha ayudado.

—Nosotros queríamos conseguirlo en verano —insiste ella—, nos dijeron que las vacaciones nos ayudarían y además, allí, tranquilos, sí que podíamos hacer el amor casi a diario. En algunos sitios nos decían que había que descansar y dejar días sin sexo, en otros al contrario, que cuanto más mejor… Al final, uno no sabe qué hacer.

—Ese es el gran problema, que nadie se interesa en saber demasiado acerca de algo que es tan natural como la vida misma. Aunque es cierto que no hay reglas, sí hay recomendaciones. Es mejor que tengáis relaciones dos días antes de la ovulación y durante. Si la frecuencia es menor, probablemente los espermatozoides no encuentren el ovocito, y si es mayor puede que la muestra sea cada vez peor y más pobre y perderá capacidad para llegar al óvulo. —Tengo la sensación de que están contando los recuerdos para saber si han cumplido con el calendario—. En cualquier caso, lo importante es saber cómo estáis ahora. Esa es la información principal que necesitamos.

—Doctora —Marcos suelta la mano de Lola y se aleja ligeramente del respaldo—, si no conseguimos el embarazo, ¿es porque estamos enfermos?

—Es una pregunta muy difícil de responder. La OMS cataloga la infertilidad como una enfermedad crónica no tanto por sus síntomas, sino por la pérdida de bienestar que supone. Pero de esto, seamos sinceros, no se muere nadie, no es un peligro para la supervivencia. Otra cosa es que la sociedad te haga sentir como un enfermo. A eso es mejor llamarlo «tabú social», mucho más acertado que enfermedad.

—Nosotros creemos que sí tenemos un problema. —Lola me tranquiliza con ese gran paso que ya ha dado—. No sabemos cuál de los dos, pero entendemos que no es normal lo que nos está pasando.

—¿Tú opinas lo mismo, Marcos? —No he debido preguntárselo, pero estoy tan cansada de recibir hombres con los que parece que «nunca va la historia»... Marcos parece diferente.

—Yo creo que funciono bien. —Se ríe—. Pero a estas alturas ya no sé qué pensar. Puedo ser un tío estupendo y que mi semen no valga para nada... —Sólo le falta cruzar los dedos al final de la frase.

—Lo cierto es que cada vez nos encontramos más casos de hombres cuyo semen no cumple con los mínimos. Hombres muy jóvenes. Es algo que está ocurriendo y no tiene nada que ver con ese despectivo comentario callejero del «valgo o no valgo». Es algo que ocurre y no está relacionado con la valía personal. —Noto que Marcos empieza a enroscarse lentamente en la silla como un caracol—. Además, debo deciros que os voy a hacer las pruebas a los dos, vamos a programarlas a la vez, como debería ser siempre, lo digo porque tienes mucha suerte, Lola, muchas mujeres vienen solas porque ni siquiera su pareja las acompaña... Como os decía, vamos a hacer las pruebas y ya veremos después.

—Será mejor que sea yo, ¿verdad? —consulta Lola.

—¿Por qué crees eso?

—No sé... —No tiene respuesta y vuelve a buscar a Marcos con la mirada.

—Lo cierto es que no. Es mucho más fácil para nosotros trabajar con un semen de baja calidad que con unos óvulos envejecidos, o un útero o unas trompas con problemas. Un ovocito medio con un espermatozoide bueno no funciona; sin embargo, un espermatozoide medio-medio con un ovocito bueno funciona.

—Lola, a mí no me va a importar —le dice Marcos amoroso.

—Ni a mí, cariño. Eso no es lo importante y además es una cosa nuestra.

—Eso es: es un asunto vuestro —confirmo—. No debe hacer que os sintáis mal, tampoco debe haceros vivir una especie de competición, y mucho menos entrar al trapo de los chismorreos de amigos y familiares que siempre querrán saber...

—... quién tiene la culpa, quién falla —concluye Marcos.

No puedo evitar imaginarme a Marcos maniatado en una rueda en la pista central de un circo. A su lado, en un tablero circular idéntico, Lola. Ambos girando en el sentido de las agujas del reloj y frente a ellos un nutrido grupo de lanzadores de cuchillos entre los que se encuentran todos sus amigos, familiares, conocidos, una suegra encolerizada lanzando con toda su rabia pelotas de felpa a su yerno y apuntando claramente a sus genitales. Un par de primas, cargadas con sus bebés, riéndose de una Lola triste. El circo de todo lo que hace de este proceso algo tan doloroso: el juicio de los que te rodean.

Marcos y Lola se van a casa después de dejarnos una muestra de sangre ella y una de semen él. Los cito tres días después. Se despiden de mí con un apretón de manos como el de los grandes jugadores. Unos pasos más allá, se abrazan y siguen caminando.

La aceptación del hombre y la mujer es diferente y hay teorías para todos los gustos. Mi opinión es que el hombre lo pasa peor si su semen es de baja calidad, pero en nuestro departamento de psicología la opinión generalizada es que el hombre es más práctico y se adapta más fácilmente, mientras que la mujer lo pasa todo por el tamiz de la emoción. La energía que yo recibo tiene que ver con el alivio de ella al conocer la respuesta, sea cual sea, y el absoluto golpe para él en el caso de que «sus soldaditos sean menos en cantidad y más pasivos de lo esperado». Son mis sensaciones, pero ¿quién sabe? ¿Habrá un sexo que se sienta más aliviado que el otro si sus resultados son favorables? ¿Hubiera preferido Lola ser ella la que presentara algún problema tal y como yo he intuido? ¿Me ha engañado? ¿Se han engañado? Antes de situarme en un punto de partida negativo quiero apostar por esas vibraciones que he creído sentir en nuestro primer día. Quiero creer en un «instinto paternal». Me cansa que sean ellas las que lo sienten todo tanto. Soy científica y para mí eso que llaman «instinto maternal» es puramente cultural. Ni siquiera una mezcla entre lo genético, lo biológico y lo aprendido como dicen otros. Es cultural y social, y de ninguna manera está escrito en nuestros genes. La llamada de la maternidad no existe como una serie de reacciones que experimentamos en nuestro cuerpo. Ese instinto está fabricado minuciosamente durante años. No creo en el instinto maternal porque no está probado que exista, pero sí quiero creer en un instinto paternal que salve situaciones como la que tendré que vivir con Marcos y Lola en cuanto conozcan sus resultados.

Tres días después, muy puntuales, regresan a la clínica cogidos de la mano. Parecen llevar hablando de ello desde el mismo instante en el que abandonaron la consulta. Seguro que también han consultado unas cuantas decenas de páginas en Internet.

—Hola de nuevo, ¿cómo estáis?

—Bien, con ganas de saber... —Nunca he sido de las que disfrutan dilatando los momentos tensos.

—Pues no os voy a hacer esperar. La analítica de hormonas de Lola es normal, aunque con 37 años no sabremos todo acerca de tus óvulos hasta que trabajemos con ellos. Útero y trompas están bien por lo que vimos en la ecografía, ovarios normales... y tu semen, Marcos, es un poquito justo. Tenemos espermatozoides, aunque escasos y con una movilidad bastante reducida.

Marcos deja de escucharme.

—Marcos —llamo su atención—, esto es...

—Quiero hacerme otra prueba —me interrumpe.

—Claro, la haremos, aunque es posible que los datos sean muy parecidos.

—Ese día no había desayunado bien, estaba nervioso. No era mi mejor día y seguro que habrá otra muestra mejor. —Lola baja la mirada. Junta las palmas de las manos sintiendo su propia piel. Puedo sentir su alivio, pero ¿sería capaz de decírselo a él con todo el amor que compartían? Y él, ¿podría reconocerle a solas que se sentía menos hombre, aunque sabía que esa afirmación era una estupidez infantil? ¿Podrían decirse la verdad para empezar a avanzar?

—Marcos, sólo quiero que sepas que no tiene por qué haber ninguna razón evidente que justifique tu subfertilidad, que no infertilidad. Esto nos está pasando mucho y, al menos, os da una respuesta a lo que os ha pasado durante estos meses.

—Puede que no haya pasado nada de lo que usted dice, doctora. Quiero hacerme otra prueba —insiste, cruzando los brazos y mostrándonos su cerrazón.

—Está bien. Haremos todas las pruebas que quieras y cuando estés convencido podremos continuar. La edad de tu chica también es importante, no es una mujer muy joven para ser madre. Podemos seguir hablando de ti, pero te pediría que cuando veamos esa segunda prueba nos pongamos a trabajar más allá de… —Me freno en seco: «Tu virilidad mal entendida», pienso, «de este show por el que tú también me estás haciendo pasar, de este complejo absurdo y arcaico, de tus soldaditos no vigorosos»… Respiro y regreso; anulo lo que le quería decir y lo sustituyo por un comprensivo—: Más allá de… los nuevos resultados de tu prueba, Marcos.

Les explico que mi recomendación en caso de que la prueba de Marcos arrojara las mismas noticias es que se sometan a una fecundación in vitro ICSI y que comencemos cuanto antes. Nuestro apretón de manos es mucho más protocolario y menos intenso. No hay abrazos de despedida, ni besos en el camino de salida. Los acompaño hasta la puerta y me cruzo con mi amigo Mariano, jefe del laboratorio dedicado a las pruebas del semen y la congelación de las muestras masculinas. Cuando despido a Marcos y Lola, Mariano me está esperando apoyado en la pared.

—¿Ese era nuestro chico de ayer? ¡Vaya chulazo, amore!

—Ahora mismo no está para muchas bromas.

—¿Has sido muy dura con él?, ¿otra vez? Arpía loca, que es lo que eres, Mirandita. Te tengo dicho que lo llevan fatal. Este al menos se hizo la prueba nada más venir y se dejó… llevar. No es el campeón de su barrio, pero tiene pinta de colaborar, ¿o no?

—Quién sabe, ¿lo sabes tú, marica histérica? —Le pellizco en la grasita que ha comenzado a rodearle la cintura en los últimos dos años—. Ni siquiera tú, con lo que te gustan los tíos, lo sabes. Yo confiaba mucho en este chico. Vamos a darle tiempo y otra prueba. En unos días lo tienes de vuelta directo a La Pajera.

—¿Otro seminograma? ¿Por qué? El resultado es clarísimo. La concentración malísima y el movimiento casi inexistente. ¿Para qué le has mandado otra prueba?

—…

—No… —Mariano grita un poquito agudizando la voz.

—…

—¡No! —Grita un poquito más—. Tú, Miranda la Implacable, ¿le has dejado hacerse otra prueba porque te lo ha pedido él?

—Me ha caído bien. La quiere mucho, Mariano. Está asustado, nada más.

—¿Cuánto tiempo hace que no echas un polvo? —me pregunta—. ¿Y un polvo cariñoso?

—Desde que perdí la virginidad, ¿y tú?

—¡Qué bruta eres y qué borde, Mirandita! Pero hoy te has puesto blanda. —Le vuelvo a pellizcar la chicha—. Y eso no te pasa nunca, amore. Tú eres mujer de una sola paja —termina la frase como una folclórica su copla.

Mariano se marcha riendo por el pasillo como un niño que hace su penúltima travesura del día.

—Adiós, Mariano —le digo perdiéndole prácticamente de vista.

—Bye, Mirandita. ¡Echa ese polvo cuanto antes o arruinarás a la clínica! —Ahora sí escucho su carcajada en el vacío del laboratorio. «Me voy a casa», pienso. «Seguiré trabajando allí».

Entrego demasiada energía en cada una de las situaciones que me toca vivir. Soy así. En algunas ocasiones mi energía barre la de los demás como si fuera una bomba expansiva que anula al contrario, pero algunas veces me siento más débil y busco otras maneras de ayudar. Tengo claro que he ayudado a Marcos, pero ¿he ayudado a Lola? He prolongado un poco más el trance, de hecho. A veces es mejor decir la verdad clara y directa y no dudar y desaparecer unos días. Ellos van haciendo la difícil digestión emocional de lo que van a vivir, y para eso es fundamental no maquillar ni un ápice la realidad. Aunque ¿existe alguna que no esté maquillada como una puerta?

Olivia me abre al oír la llave en la cerradura. Tiene el pelo empapado porque acaba de salir de la ducha. La cara pálida y tersa como el marfil. Está preciosa y distinta. Lleva una camiseta y un short y va descalza. Huele a jabón y a secretos. No me dice nada, pero no es brusca por una vez, no es cariñosa, pero tampoco arisca, es... mi hija. Casi puedo presentir la necesidad de conversar, pero antes de que pueda estallar una pequeña chispa de calor, Olivia sube la escalera. Voy directa a la cocina para hacerme un sándwich rápido para matar el hambre antes de la cena. Dos lonchas de pavo y un pan ligero. Olivia ha dejado los restos de un plato recalentado cerca del fregadero. Acerco el plato a la basura y antes de volcar su contenido tengo tiempo de ver algo escondido en papel higiénico enrollado. Olivia ha tenido la regla hace unos diez días, no puede ser un tampón. No hay manchas de sangre y no parece una compresa. Mi cerebro ya ha identificado lo que es segundos atrás, pero tengo que tirar de una punta del papel para verlo caer, ya sin cobertura, en medio de los desperdicios. ¿Mi hija ha mantenido relaciones sexuales en mi casa? ¿Y su acompañante, o ella misma, ha dejado en la basura un preservativo usado recientemente? Pienso en Marcos, en todos los pacientes que pasarán por La Pajera al día siguiente, en los donantes que serán entrevistados como candidatos a la fecundación y en los millones de espermatozoides que hay ahora mismo en mi cubo de basura.

Cerca de las doce de la noche seguimos tumbadas cada una en un sofá del salón. Olivia parece relajada. Lleva una hora con un libro en la mano, pero no ha logrado pasar ni dos páginas. Yo la miro desde la distancia imaginando lo que sentirá, lo que de ninguna manera querrá compartir.

—Olivia.

—Dime, mamá.

—No pienses en un elefante rosa.

CAPÍTULO 5

—

NO ES TAN FÁCIL

Otro jueves raro de puente. Me he quedado en casa porque no tenía ningún plan mejor. Ayer terminé tarde, no pude coger el coche para escaparme, no me enteré de adónde se iban mis amigos ni pude leer los cientos de wasaps de varios chats para organizar una minihuida al centro de la ciudad. Esta mañana me he levantado casi a las diez —últimamente estoy agotada— y Olivia ya se había marchado con la bici. Sólo ha dejado una escueta nota en la encimera de la cocina: «No me esperes para comer». Después me he dado una ducha sin prisas y la he convertido en todo un ritual de belleza. He intentado hacerme en condiciones manicura y pedicura, me he puesto una mascarilla revitalizante en el pelo y he usado otra mascarilla para la cara de unos laboratorios japoneses que me encantan. Ha sido una hora relajada y fabulosa. El sol que entraba por la claraboya de la ducha me ha invitado a disfrutar también del jardín. He bajado las escaleras con un bikini para darme uno de los primeros baños de la temporada, justo después de un primer café a eso de las once y media. Estaba a punto de convertirme en una persona normal cuando ha sonado el teléfono fijo.

—¿Miranda?

—Sí, ¿quién es?

—Mira, perdona que te moleste, me llamo Victoria y soy vecina tuya. Vivo al otro lado de la urbanización, en la entrada norte, y me ha dado tu teléfono otra vecina que tenemos en común, Olvido.

—Ya. —Olvido vive muy cerca de mi casa y me cae bien, pero no soporto que me descubra al mundo. Ya le he explicado mil veces que vivo entre pinos porque necesito aislarme de vez en cuando. Tendré que recordárselo la próxima vez que me la encuentre en el supermercado.

—Ella me dijo que podía llamarte porque eras una médico maravillosa, que vivías para tu profesión y que no había nada que te gustara más que ayudar a los demás.

En realidad hay otras muchas cosas que me gustan más, aunque no están presentes actualmente en mi vida.

—Muchas gracias, Olvido siempre tan exagerada y habladora. —No puedo evitar un cierto toque amargo en mi tono.

—Sí, mujer, no calla. —Ríe Victoria al otro lado, incapaz de entender la molestia que está causando. Decido quitarme lo que sea de encima pronto.

—¿En qué te puedo ayudar, Victoria?

—Pues mira, la hija de una amiga mía —posiblemente será su propia hija— tiene 36 años y no se queda embarazada. Lo llevan buscando nueve meses y no sabe si tienen que preocuparse o no.

—Depende de la pareja. Con esa edad pueden intentarlo unos meses más, hasta cumplir el año si quieren, o acudir a un centro de reproducción y salir de dudas.

—Porque… Yo… le he dicho a mi amiga que le diga a su hija que el día bueno para quedarse es el mismo día 13 del ciclo por la mañana.

—Si los ciclos son regulares, los días más fértiles son del 10 al 15 de cada ciclo, sí.

—Y si no lo consiguieran, ¿qué les hacéis en el centro?

—«Sacarles la piel a tiras», pienso. Pero ¡qué tipo de pregunta es esa un jueves de fiesta en mi día de descanso!

—Les hacemos estudios para determinar cómo están.

—¿Para saber si son infértiles?

—Parejas infértiles al cien por cien hay muy pocas. Estamos hablando de un hombre que no produce ni un solo espermatozoide o una mujer a la que le han ligado las trompas, por ejemplo. La mayor parte de las parejas que vienen a la clínica son subfértiles. Nosotros medimos eso, intentamos calcular qué ocurre y acompañarlos en el proceso ofreciendo soluciones.

—Y ¿las parejas lo consiguen?

—La mayoría sí. —Utilizo la respuesta más corta dispuesta a contestar con monosílabos si se atreve a continuar—. Que lo sigan intentando y, si quieres, diles que pidan una cita conmigo en unos meses si no tienen buenas noticias.

—Y si van, ¿quién tiene que ir, ella, él?

—Deberían venir los dos solos, y esto te lo digo en confianza porque somos vecinas: que vengan las madres o la madre de uno de ellos no ayuda nada. —Casi puedo percibir cómo traga saliva al otro lado de la línea.

—Bueno, Miranda. Perdona que te haya molestado en festivo. —Ahora sí empezamos a entendernos—. Y gracias por la información. Espero que nos conozcamos en persona algún día.

—De nada. Hasta luego, Victoria. —No quiero entrar en las peligrosas invitaciones de cortesía «ven un día a tomar café», «tengo una piscina...». Me zafo bien, de forma rápida e inteligente.

—Hasta pronto. —Cuelga sin decir nada más.

Da igual que yo quiera una vida. Da igual que quiera plantear un día de mi existencia sin hablar de bebés, ovocitos, embarazos y problemas de reproducción. Me compré esta casa para vivir lejos de todo, para evitar encontrarme con mucha gente y para poder elegir quedarme sola cuando deseo estar sola. Sé quién soy y ahora tengo ganas de darme un baño en mi piscina, leer los periódicos y alguna revista en plena soledad. Sí, a veces esa soledad no me gusta, pero para poder servirme de la soledad deseada necesito comprender que muchas veces no estaré para los demás, no se acordarán de mí porque tengo cierta tendencia a desaparecer. La única que sabe dónde estoy siempre es Olivia, aunque eso no mitiga mi soledad. Hoy me hubiera gustado comer con ella, pero no me da opción. Si muchas de esas mujeres que me visitan supieran lo sola que puede estar una madre, quizá se lo pensarían. «Ya verás cuánta compañía te van a hacer y lo que te van a cuidar». Sí, claro. Exactamente eso.

Me he quedado dormida bajo un árbol. Hace calor, pero hay una brisa perfecta para estas recaídas en el sueño. Debe de haber pasado hace rato la hora de comer porque estoy hambrienta. Creo que me he quemado un poco los empeines, el único lugar donde no me puse crema. ¡Una crema de verduras!, acabo de decidirlo. Esa será hoy mi comida.

He logrado alcanzar el tiempo de la siesta tranquila. Acabo de encender el móvil por si me había escrito Olivia, pero nada. Es un momento perfecto para repasar mi álbum y anotar en lápiz la llegada de Marcos y Lola…

El almacén de vidas

Sí, tengo una especie de diario de pacientes que precisa de ciertas revisiones regulares. Algo absolutamente personal que comencé hace más de seis años. Al principio sólo era un álbum de fotos, después pasó a ser un libro de anotaciones cuajado de imágenes y ahora, a punto de estallar, es un almacén de vidas. En él guardo anotaciones e imágenes de parejas, mamás solteras, mamás emparejadas, fotos de embriones y notas sobre lo que vivimos juntos. Empecé a llenar mi «libro de sus vidas» cuando empezaron a mandarme fotos con sus bebés. Con ello intentaban de alguna forma agradecer mi intervención en el proceso y no me parecía bien desentenderme de ello. Empecé a guardarlas junto a sus nombres apuntados a lápiz y su diagnóstico. Unos meses después había llenado decenas de páginas, pero había algo que no me convencía y que lo hacía irreal: las parejas que no lo habían conseguido —al menos conmigo— no estaban. Comencé entonces —sólo en el caso de tener una muy buena relación con ellos— a pedirles que me mandaran fotos en las que su amor fuera lo más importante, y esa petición se convirtió en una especie de cura sanadora más propia de una terapia. Parejas que habían sufrido mucho en los procesos me mandaban su foto besándose o abrazados para recordarme que ellos también eran felices, aunque en ese momento estuvieran agotados después de lo vivido. Es verdad que muchas de esas parejas no me mandan fotos porque para ellos represento el fracaso y asocian a mi nombre el no haberlo logrado. No me importa. Prefiero pensar en aquellos que sonríen desde mi libro sin que yo pinte demasiado en él. Como Ana y Carlos...

Cuando vinieron a verme —repasé las notas junto a su foto— llevaban cuatro inseminaciones, cuatro fecundaciones in vitro y cuatro donaciones de óvulos. Habían agotado el catálogo de tratamientos. Les hice saber que, como médico, no aprobaba el someterse a más de tres o cuatro tratamientos de una técnica concreta porque lo fundamental era «no sobretratar». Entendieron perfectamente mi mensaje y me pidieron someterse a un último ciclo. En caso negativo, lo dejarían. Lograron embarazo y para sorpresa de todos, gemelar. A los cinco meses del parto, recibí una carta de ellos en la que me contaban que se habían quedado embarazados de nuevo y de forma natural. Tengo más de cinco fotos en las dos páginas que ocupan Ana y Carlos. Una con ella embarazada de gemelos, otra de los dos con los bebés ya nacidos. Una más de ella embarazada con Carlos con los dos pequeños en brazos, una de la familia al completo y un primer plano de ellos dos besándose después de uno de los partos, Ana completamente congestionada y él abrumado. Veo apuntado por aquí su teléfono, debería llamarles, aunque pocas veces lo hago. A ellos no les importará recordar cómo empezó todo porque su predisposición fue siempre positiva, aún recuerdo el buen humor que tenían siempre…, aunque quizá, lo mejor, sea que les deje tranquilos.

También me encantaría saber algo de María y Luis. Están en el libro sólo unas páginas por delante y las notas me confirman que los traté casi al mismo tiempo. María tenía 28 años y Luis 32. Espermatozoides algo lentos, pero nada raro, ella trompas permeables, reserva ovárica, ecografía, útero y ovarios también normales. Y llevaban más de un año intentando tener un hijo. Llegaron a la consulta después de haberse sometido a cuatro inseminaciones y dos fecundaciones in vitro sin éxito. Habían decidido cambiar de clínica porque los pacientes muchas veces asocian el fracaso repetido a un logo o al nombre de un centro, y eso es normal. (Todas las clínicas recibimos pacientes de otros centros). Les hicimos tres ciclos más de fecundación in vitro. En este caso, superé los tres ciclos que recomiendo porque me resistía a tirar la toalla, ella eran tan joven… Sabía que la causa probable era la calidad ovocitaria reducida, pero me negaba a creer que no fuésemos capaces de encontrar ni un embrión que pudiera prosperar. Lo cierto es que abandonamos. Ellos estaban muy cansados y yo ya no sabía qué argumentar. Tengo una foto de los dos en el centro en uno de los días de implantación, están sonrientes y felices, ella lleva puesto aún el gorrito de quirófano. ¿Habrá logrado un embarazo María? Me encantaría saberlo, pero llamarla sería hacerle recordar todos aquellos días en los que nada parecía salir bien. Me quedo con la sonrisa de aquella mañana y me permito pensar que, lo consiguieran o no, siguen juntos y se quieren tanto como en aquel instante que compartimos.

«Los números», pienso mientras paso las páginas, esos malditos números que, a veces, no salen. Tomamos decisiones en función de lo que llamamos «tasa de embarazo acumulada»: 50% se embarazarán en el primer intento, en el segundo el 50% de las parejas que nos quedan, es decir, un 75% del total; en el tercero y en el cuarto otro 50% en cada una... En total, el 90% se queda. Repaso mentalmente esos números mientras miro las fotos de muchos pacientes que lo lograron y otros que se fueron sin el resultado que buscaban. Y pensar que la mayoría de las personas de este planeta están convencidas de que quedarse embarazada es sólo «una cuestión de querer», entre ellas mi inteligente y brillante hija...

La información —aunque no sea la que esperan— acaba por tranquilizar a los pacientes. Todos prefieren saber que andan perdidos, pero cuando reciben la noticia por unos segundos querrían volver atrás para albergar otras esperanzas. Los entiendo perfectamente. A mí, cuando me dicen que no puedo conseguir algo (sea lo que sea a lo que se refieran), me fastidia, y mucho. Pero hay algo que me molesta aún más, y es «no tener respuestas».

Sole y Pedro son los últimos que me mandaron su foto, la última pareja del libro en este momento. Son argentinos y vinieron a la clínica en una especie de vacaciones con visita médica. No habían cumplido los 30 años ninguno de los dos. Después de muchos estudios, nadie, en su país, había podido identificar la causa de su subfertilidad. Llevaban cinco tratamientos y un aborto, y hartos de sufrir dejaron de intentarlo dos años antes de que yo los conociera. Me contaron que, el mismo día que abandonaron, regresaron a su casa y releyeron juntos su diagnóstico: infertilidad de causa desconocida. Tanto tiempo después, se plantearon separarse porque los estudios de los dos no daban ninguna anomalía. Todo era perfecto en el papel. Todos los números cuadraban. Pensaron que quizá era su «unión» lo que no funcionaba biológicamente. Se plantearon, de una forma serena, dejar su amor para buscar otras parejas con las que pudieran ser padres, aunque fuese por separado. Sole y Pedro no pudieron hacerlo, es más, decidieron descansar y no hablar de embarazos ni bebés. Sole me contó que vivieron los dos años más bonitos de su historia juntos. Formaron una familia de dos y concentraron todo su amor en el otro. Planearon un viaje a España para visitar a unos familiares y, sin presión, prepararon nuestro encuentro: querían otro punto de vista. Ahora que miro su foto, recuerdo repasar delante de ellos sus informes. Estaban dentro de ese 20% de parejas cuya esterilidad es de origen desconocido. «Podemos hacer más pruebas», les dije, «pero no puedo deciros nada más que lo que ya os han dicho. También podemos intentar una nueva fecundación in vitro». Lo hicimos. Ellos lo arreglaron todo para extender su estancia en España y Sole se quedó embarazada. Todavía recuerdo nuestra despedida una vez tuvimos latido cardiaco, les di el alta y regresaron a Buenos Aires. En la foto de mi libro están con Marcelo, su hijo recién nacido a miles de kilómetros.

No tengo todas las respuestas, ojalá las tuviera, todas ellas y todas las soluciones, pero eso es imposible. Casos regulares, inexplicables, misteriosos… Esa es mi vida y, aunque intente evitarla, no tengo escapatoria.

Mi amiga Teresa trabaja en el Hospital de La Paz. Allí nos conocimos. Es ginecóloga y obstetra y practica su especialidad con un entusiasmo que siempre me contagia.

—Teresa —me contesta al primer tono.

—Hola, Miranda, ¿qué tal? ¿Descansando en festivo?

—No, exactamente. He estado viendo, ya sabes, el libro.

—Tu libro de almas, brujita. No puedes evitar engancharte a él de vez en cuando, pero ya sabes que siempre te revuelve un poco. ¿Cómo estás? —Teresa me conoce muy bien.

—Tranquila, rara y un poco sola. ¿Qué haces esta tarde?

—Tengo un parto en camino. La mamá está casi lista y después, estoy libre. ¿Vamos al cine?

—Claro. Pero antes… ¿te importa…? Ya sabes que me da un poco de vergüenza pedírtelo otra vez. Soy muy pesada…

—No eres una pesada, eres un caramelo con piel de erizo.

—Sólo me lo permito porque eres tú.

—¡Corre! ¡Vístete! Si te das prisa llegas. Y, Miranda, no vuelvas a preguntármelo de nuevo. Tú siempre puedes entrar a mis partos.

CAPÍTULO 6

¿A QUIÉN SE LE OCURRIÓ EL CÍRCULO VACÍO?

—Dos cafés con leche, dos tostadas con tomate y aceite, una tartaleta de limón para compartir y dos vasos de agua, por favor.

Al menos una mañana a la semana quedo con Mariano a desayunar en una cafetería de Pozuelo. Lo conocí trabajando en el IVI y ahora puedo decir con seguridad que es el compañero que mejor me conoce en la clínica. Ambos vivimos volcados en nuestros trabajos y tenemos una vida personal que roza lo penoso. Bromear sobre la vida del otro es una rutina que nos da felicidad y que estrecha nuestra ya poderosa amistad.

—Ayer me fui otra vez al paritorio de Teresa.

—¡Otra vez! Miranda, lo tuyo empieza a ser patológico, cariño. Los buscas, los encargas y te vas a verlos nacer. Estás como una cabra.

—Luego me fui a ver al cine a Bradley Cooper, que también está muy bien.

—Eso es otra cosa, alimento para el alma y el suelo pélvico. ¿Fuiste con Teresa?

—Sí, está estupenda. Feliz. ¿Cómo va a estar? ¿Tú sabes el chute de felicidad que es verlos llegar? Exactamente lo contrario que esta búsqueda a veces tan estresante.

—¿Niño o niña?

—Un niño. Parto natural. Perfecto. De libro.

—Y ¿con qué carita has soñado: con la del bebé o con Bradley?

—Quiero pensar que con Bradley. Me hace sentir más libre.

—Para ser las siete y media de la mañana estás guapa, Mirandita. Ha sido Bradley, fijo, entre dos piernas también, pero las tuyas.

—¡Ojalá! Empiezo a olvidar esa sensación. Vamos a tener que quedar una noche de estas. Prométeme que no me vas a encerrar en todos los bares gais de la ciudad, así no puedo encontrar un amante ocasional. Sólo pido eso, un discreto y silencioso amante ocasional.

—Siempre pides lo que sabes que no quieres. Eres mala, pero sobre todo eres mala contigo. Eduardo, mi amante ocasional, lleva cinco años visitándome sin dar un ruido. ¡Qué bien! ¡Qué cómodo! ¡Qué majo! Después de echar los polvos más intensos de mi vida, me deja enrollado en las sábanas y se va a cenar pizza barbacoa con su mujer y sus hijas. Es muy discreto y muy silencioso, y yo estoy hasta los cojones de su discreción.

—Te conozco, Mariano, y si te pidiera algo más, si de repente tirara del mantel y la pizza le cayera encima a toda su familia, tú saldrías corriendo. No quieres nada más que eso, otra cosa es que te encantaría que te suplicara algo más, pero tú quieres cama y punto. A mí no me engañas.

—Una historia de amor no me vendría mal. ¡Salgamos la semana que viene! ¡Busquemos el amor y el sexo! —Mariano hinca los dientes en la tartaleta de limón con la fuerza de una prensa y el merengue le mancha la nariz. Reímos como si fueran ya las once de la mañana.

—Apuntado. —Cojo el móvil—. ¿El jueves?

—Hecho. Me tengo que comprar un modelito nuevo, muy, muy marica. Esto de llevar el pijama de la clínica me envejece y me deprime. Es tan poco sexy. ¿Por qué son tan sexis en *Anatomía de Grey* y cuando me lo pongo yo parece que recojo bandejas en un geriátrico?

Mariano es guapo. Tiene barba y lleva la cabeza afeitada. Nunca ha cambiado de imagen desde que lo conozco. Tiene 43 años y es un templo de noches y amores locos. Lo adoro por ser tan temerario. Su vida me estimula.

—He visto unos pantalones blancos preciosos y tengo el culito como nunca con esto del Crossfit. Me estoy poniendo… que lo mismo encabezo la cabalgata del Orgullo este año. Si te visto de drag puedes venir, tú siempre has sido muy masculina, Mirandita. Si no fueras una tía…

—Soy mujer y te caigo demasiado bien para serlo. Confiesa.

—Confieso que soy un poco misógino en general, pero tú, My Darling, eres especialmente «hombre» y por eso me encantas. Y hablando de hombres, tengo un cotilleo que te va a dejar el suelo pélvico tiritando.

Se queda callado y mirándome mientras agita la cabeza ligeramente de lado a lado. Su forma de añadir tensión es un juego de críos.

—¿Quién va a poner nerviosa a mi Mirandita por los pasillos de la clínica? ¿Quién va a calentar el laboratorio un par de grados cuando pasee su cuerpo desnudo bajo ese pijama un poco suelto…?

—¡Basta, Mariano! ¿De qué estás hablando?

—Las buenas lenguas, esas de las que siempre hay que fiarse, dicen que viene a trabajar con nosotros…

—Pero ¿quién?

—No te lo vas a creer, Miranda. Después de siete años en Estados Unidos, no sé cuánto le habrán pagado para tenerlo, pero aseguran que viene.

—No puede ser.

—¡Quien te iba a decir a ti, Mirandita, que algún día conocerías a La Mano de Dios!

Paso casi todo el día pensando en el chisme de Mariano. No quiero llamar a mi jefe por un simple rumor que me parece del todo imposible. ¿Por qué va a querer La Mano de Dios trabajar en Madrid? En nuestro sector, todo el mundo le conoce por el apodo que quedó indisolublemente unido a él después de aquel artículo en la revista *Time* ,«Hand of God». Era la primera vez que un científico español de nuestro sector adquiría ese protagonismo internacional. Ahora, mi amigo Mariano, el mismo que se va a enfundar unos pantalones blancos dos tallas por debajo de la suya, el mismo que bailará en la cabecera de la cabalgata más loca del año, el mismo que abrirá la puerta una y mil veces a su amante ocasional sin rechistar, asegura desde su risita de niño travieso que el biólogo y embriólogo más eficaz del planeta vendrá hasta nosotros. Los músculos de la vagina se me contraen en un espasmo… y eso que yo no creo en los milagros.

El sonido del teléfono del despacho me devuelve a la rutina.

—¿Sí?

—Miranda, el test de embarazo de esta mañana es positivo.

El vello de los brazos se me eriza y siento un cosquilleo de felicidad en la nuca.

—Voy a llamarla ahora mismo. ¿Esta cuál es, la cuarta?

—Sí, por fin hoy le darás una buena noticia.

Me apresuro a buscar la ficha de Marta. Este es su cuarto intento, el tercero con nosotros. En las dos ocasiones anteriores, tuve que llamarla para darle malas noticias. Cada vez que le decía que el resultado era negativo, ella me devolvía un silencio tan pesado que me costaba sujetar el teléfono. No la oía llorar, pero podía adivinar su rostro. «Ahora,

Marta, tienes que estar tranquila. En unos días hablamos de todo, pero ahora descansa». No era el momento para llenarla de esperanza. La experiencia me había enseñado que yo no debía consolarla. Lo mejor desde la clínica era respetar el duelo que ahora empezaba para ella, comprender su cansancio y hartazgo, aclarar sus dudas y retomar su caso desde la honestidad y la verdad por cruda que fuera.

—Marta, soy la doctora Ortega.

—Sí, dígame… —Intuyo una forzada apatía. Un muro para defenderse de las malas noticias. Siento calor en el corazón.

—Marta, el resultado es positivo. Estás embarazada.

—…

Un tono repetido me anuncia que ha colgado.

Unos segundos después, entra una llamada desde la centralita.

—Doctora Ortega, le paso con…

—Sí, sí —me apresuro—, pásemela… Marta.

—Doctora, perdone que la moleste, pero me ha dicho que estoy o que no estoy embarazada… —No es la primera vez que me pasa. Mujeres que vuelven a llamar sin recordar nada. Después de tanto dolor no están preparadas para tanta alegría.

—Estás embarazada, Marta. El test es rotundamente positivo.

—¿Y no puede ser que…?

—Marta, para. Respira. Es un sí. Ahora te dejo para que lo puedas compartir. Te llamaré en unos días.

Entiendo la desconfianza de Marta. El miedo a volver a sentir el golpe. Agazapada detrás de todas sus protecciones emocionales, no puede ni tan siquiera oír el «Sí» de su vida.

Ese sufrimiento femenino es el que llena los malditos blogs que tanto detesto. Si tecleas en Google «Infertilidad» vas a encontrar muchas entradas con información útil y otras tantas con información bastante engañosa, pero si tecleas «No me quedo embarazada, ¿qué puedo hacer?», irás directamente a los blogs en donde los casos particulares te contaminarán. Las mujeres escriben su frustración y su inseguridad. Su ansia por encontrar algo que cada día que pasa ven un poco más lejano. A veces me da por visitarlos y lo que leo me saca de mis casillas. Hoy es uno de esos días.

Tengo 6 amigas a mi alrededor embarazadas... Odio sentir lo que siento, pero me pongo triste cuando las veo tan felices, y no puedo hablarlo, me siento sola

Lo peor de una mujer es ver como mes a mes te viene el periodo y no poder hacer nada para embarazarte es muy triste y a la vez te sientes mal contigo misma y lo pagas con tu pareja como es mi caso Yo he llegado al punto de obsesionarme a tal punto de decirle a mi marido de ir hacernos las pruebas pero él se enfada...

Es que no me lo explico. Con lo fácil que resulta para otras chicas. Creeis que la parte psicológica tiene que ver??????

No sé si el comer SUSHI puede ayudar.....puede que sea afrodisíaco pero el caso es que llevé a mi pareja a comer SUSHI y quedó tan encantado...o eso o mi deseo concedido...Nacerá sobre el 13 de agosto

creo q la del problema soy yo (mi marido tiene una hija), y la verdad es q me tiene muy mal...cuando me indispongo me cambia la cara, me pongo de miy mal humor, me enojo conmigo misma, y hasta llego a enojarme con el

Así como tú, yo lloraba todos los meses, cuestionaba a DIOS, que he hecho mal?, porqué a mí?cuantos niños son maltratados y sin amor? y muchas más, hasta pensé en dejar a mi esposo para que formara un verdadero hogar. LLevo 10 años casada (tengo 29 años), de los cuales 8 no planicaba y no quedaba embarazada. En el 2006 quede embarazada, mi esposo y yo se lo gritamos a los cuatro vientos, completando las 6 semanas de embarazo tuve aborto espontaneo; volvi a caer en la depreción

...Quizás estoy pre-menopausica no sé, pero duele cada vez que te visita la Tía M Luisa todos los meses y ves que no es la cigüeña, y que tu hija diga que quiere un hermanito...

soy estudiante de enfermeria y tengo la asignatura de sexología... hay tantos métodos anticonceptivos que al principio pensaba lo fácil que es quedarse embarazada cuando hay un amplio abanico de ellos pero últimamente me planteo que para qué existen si yo con protección ninguna no me quedo ni a la de 3

Estoy desesperada. Quiero tomar el Omifin por mi cuenta a ver que pasa pero muchas amigas me dicen que no que vaya al doctor pero ya estoy arta quisiera que me dijieras como te resetaron el omifin para que yo me lo tome ¿ok?

HOla me estoy volviendo locaaaaaaaaaaa llevo mucho tiempo vuscandolo nose si esque no lo hacemos bien o nose ...

Para entender los peligros de los foros hay que saber, por ejemplo, que el Omifin no se puede tomar en ningún caso sin supervisión médica. El clomifeno, principio activo de este medicamento, puede provocar una hiperestimulación muy peligrosa. Por algo se dice que los sextillizos de Huelva son fruto de una toma de este medicamento, cuyo uso irresponsable es altamente peligroso. Pero en los foros todo vale... Y esa desinformación me alerta como médico y me aturde y enfada. Voy a cerrar el ordenador y no volveré a consultar ni uno de esos foros. Allá cada una con sus problemas. Me duele mucho la cabeza.

Camino de casa paro en una farmacia para comprar un analgésico. Me duele tanto que no creo que pueda llegar a casa y enfrentarme al humor de Olivia sin ir aliviando la presión de este día. Hay una cola importante y sólo dos personas atendiendo en el mostrador. Una de ellas habla con una chica y sus explicaciones comienzan a sonarme... familiares.

—Tienes que hacerte el test de ovulación con la primera orina de la mañana. Buscas el simbolito y si es positivo sabrás que estás ovulando y que esos son tus días fértiles del ciclo. Es muy sencillo...

—Un poco caro, ¿no? —responde la clienta.

—Pero muy efectivo. Merece la pena porque muchas mujeres se quedan embarazadas gracias a este test.

Avanzo hacia el mostrador, la migraña va haciéndose fuerte, pero no pienso dejar este momento «foro» sin resolver.

—Hola —le digo—, perdona que me entrometa. ¿Sabes lo que mide este test que tan eficazmente te están intentando vender? Disculpe —miro a la dependienta—, usted no tiene la culpa, pero ella merece saber la verdad.

—No. ¿Qué mide? —La chica me presta atención porque no desea hacer ese desembolso sin toda la información.

—Mide un pico de la hormona luteinizante que sí que es un indicativo de la ovulación... —Sonrío con una ironía que ninguna reconoce.

—Entonces, ¿cuál es el problema?

—Pues que la presencia de esa hormona dura unas cuatro horas en sangre. Tiene una vida muy corta. Eso quiere decir que si estás ovulando ahora mismo, esta mañana el test te habría dado negativo porque es ahora cuando tienes tu pico, pero, lo que es aún peor, mañana te levantarás, esperarás a la primera orina de la mañana y el resultado también será negativo porque el rastro hormonal se habrá perdido. Habrás ovulado, estarás en tus días fértiles, pero un círculo vacío te dirá que no lo estás. Y te sentirás mal y probablemente llorarás como otros meses porque a las personas que diseñaron este test no se les ocurrió otra idea que dar por positivo un precioso «Smile» en el visor y por el negativo un... ¡Círculo Vacío! —El volumen de mi voz y la velocidad de mi discurso cada vez más acelerado ya han alertado a todos los compradores de la farmacia—. ¡Es... un círculo vacío! —repito—. ¿Hay algo más deprimente? ¿A quién se le ocurrió dar un círculo vacío a aquellas que luchan contra la idea de una posible infertilidad? ¿A quién? ¿A una mujer? —Ahora me dirijo a la farmacéutica leyendo su nombre en la chapita de su bata blanca—. Maribí, ¿qué crees tú? ¿Fue una de nosotras? ¿O fue un tío sin corazón que no sabe lo que siente una mujer cada vez que este test le confirma algo que quizá no esté ocurriendo? —Me giro y miro a todos los que me escuchan atentos..., asustados, pero atentos—. Y ahora, puedes comprar este test, pero sólo si me prometes —agarro a la chica del brazo con un cariño firme— que no te deprimirás con su resultado; si me prometes que entiendes su margen de error; y si piensas, como yo, que la persona que diseñó ese círculo vacío merece que se lo tiremos a la cara.

La chica asiente. Yo regreso a la fila y espero mi turno.

CAPÍTULO 7

EL PEQUEÑO CROMOSOMA Y

Olivia duerme acurrucada y la observo desde el quicio de la puerta. Si no fuera por las curvas de sus caderas y ese pecho que ha heredado de su abuela, me parecería mi niña a los 5 años. Fue entonces cuando nos mudamos a esta casa, recuerdo su sorpresa al ver el jardín y los árboles, sus risas corriendo por todas las estancias de la planta baja, en la que entonces situé su habitación y la mía, su ilusión por lo nuevo… Su curiosidad, la misma, volcada ahora en el descubrimiento de su sexualidad. ¿Cuál debería ser mi papel en esto? Lo he pensado mucho en este último tiempo y es exactamente este: «desde el quicio de su puerta». Vigilarla con cariño sin que se dé cuenta, cuidarla sin que lo advierta, estar lo suficientemente cerca para que no se sienta sola y pueda acudir a mí si lo necesita. Conozco a mi hija, y en algún momento lo compartirá conmigo. Que no lo haya hecho aún es un signo de rebeldía propio de Olivia, pero, en realidad, estará ansiosa por ese encuentro de mujer a mujer. Dos mujeres, esa relación tan compleja que siempre me dio miedo. ¿Y si Olivia hubiese sido un niño? Conociendo lo azarosa que es la determinación del sexo en mamíferos, pienso mucho en cómo hubiese sido mi vida con un hijo varón. Ese cromosoma Y que no iba cargado en la secuencia del espermatozoide que me fecundó. Ese pequeño cromosoma sexual que pesa menos que el X y cuya participación sólo depende del padre... Un cromosoma. Y en franco deterioro según los científicos y una calidad del semen muy baja con unos pronósticos aterradores. Miro a Olivia y sólo puedo pensar en un futuro que nunca será catastrófico. Eso, supongo, tiene que ver mucho más con la maternidad que con la razón.

Oigo mi móvil. Un wasap.

Ven, te espero en el pasillo de La Pajera.

Un wasap de Mariano me alerta de que algo ocurre. Hoy no tengo intervenciones a primera hora y he podido llegar un poco más tarde al centro. Cojo el ascensor directa a la planta baja a unos pasos del laboratorio. La Pajera, por cierto, es el nombre por el que los profesionales conocemos el pequeño recinto en el que los hombres recogen sus muestras de semen.

—¿Cuánto lleva? —Mariano está apoyado de espaldas a la pared, de brazos cruzados y nervioso.

—Pues desde que llegó, con charla intermedia incluida, como una hora... —me responde sin dejar de mirar la puerta de La Pajera.

—Mariano, esto pasa muchas veces, ya sabes que se bloquean, la presión, esa sensación de someterse a examen... Estás más que acostumbrado.

—Ya, pero hoy llevo un mal día. Estoy harto de su estúpida competición por esta virilidad mal entendida, de ese «no valgo para nada» en el papel de víctima tan poco productivo, yo soy un tío, Miranda. —Mariano gira la cabeza para mirarme—. ¿Te crees que yo mido mi virilidad en función de mi concentración de espermatozoides, la cual, por cierto, desconozco? ¿Mido yo acaso mi virilidad en mililitros?

—¿Lo haces? —le respondo sonriendo.

—Por supuesto que no. Pueden tener un cáncer de pulmón o cualquier problema médico, pero esto… esto… —Mariano niega con la cabeza—. No pueden verlo como un problema médico sin más, tenemos que entrar en el «están poniendo en duda mi virilidad». ¡Ya está bien!

—Sabes que eso no va a cambiar mientras nuestra sociedad no cambie, y no te cuento lo aparentemente viriles que siguen siendo los modelos masculinos.

—Ya, ¡pero nadie ve sus muestras de semen! Este paciente —señala la puerta—, él, este hombre ya me la ha liado tres veces…

—Mayor motivo para que seas comprensivo.

—¡Ah, no! Lo siento. Ya le expliqué la primera vez para el seminograma que lo ideal era que tomara aquí la muestra porque lo mejor es que no pase más de media hora…

—… entre la recogida y la entrega, lo sé.

—No me hizo caso, por supuesto, ¿qué sabremos nosotros aquí de masturbaciones y de procesamiento de semen? —ironiza—. Bueno, tomó la muestra en casa y me la trajo al día siguiente bien fresquita de la nevera y dentro de un bote de mermelada esterilizado según él gracias al efecto del Fairy. ¿Te puedes imaginar mi cara cuando vi la combinación de dos de mis pesadillas? —No puedo evitar reír y me parece que a Mariano no le molesta por muy serio que esté. Lo de que los hombres enfríen el semen es muy normal, tanto como utilizar tarros de cristal para hacerlo. Mariano está acostumbrado a recibir muchas muestras inservibles y a tomárselo con mejor humor, aunque está claro que hoy no es uno de esos días.

—Nevera y tarro de cristal, este es para que lo nombremos…

—… Empleado del mes… Después de aquello, le convencí para que viniera y logró tomar una muestra, pero cuando la fui a procesar me di cuenta de que había rellenado el bote con un poco de agua para aparentar una mayor cantidad. —Mariano toma aire—. A ver, señor, necesito 1,5 mililitros y ya. Con eso me apaño. Pero tengo tantas cosas importantes que hacer, y mejores que estar aquí intentando averiguar qué me va a liar esta vez este tipo… Tantas, Miranda.

—Ya lo sé, piensa en su mujer. Esa que está arriba esperando la muestra fresca…

—Sí, claro. No tengo otra cosa que hacer que pensar también en ella y en la que se puede montar. ¿Te acuerdas de aquella loca de 2007, en una de las últimas biopsias testiculares que hicimos? —Antes de ese año la congelación de óvulos no estaba permitida, por lo tanto, si un hombre se bloqueaba, para no perder los ovocitos de la mujer preparados para ser fecundados llegábamos a realizar una biopsia de los testículos para no echar a perder esos óvulos. Ahora, afortunadamente, en caso de que el hombre no supere ese bloqueo, podemos congelar los ovocitos y dejarlo para otro día más tranquilo.

—Claro que me acuerdo, como para olvidarlo…

—¡Qué gritos daba en la puerta! —Mariano empieza a sonreír—. ¡Qué señora tan loca!

—Decía…

—«Para una cosa que te pido, para una cosa que te pido». —Comenzamos a reír recordando la escena.

—Ella con la bata y en pantuflas —pasamos a la carcajada—, aporreando la puerta de La Pajera.

—Fue bestial. «Con todo lo que me he pinchado yo, con todo lo que llevo encima y tú no puedes ni hacerte… —Mariano llora de la risa. Me apoyo en su hombro escondiéndome un poco para no mostrar las carcajadas.

—Fue un antes y un después en nuestra vida profesional aquí, sin duda.

—¿Sabes, Mirandita, que hoy me han traído otros dos botes de cristal? Dos, no uno, dos, ¡bien fregaditos y No esterilizados! —Mariano ya se ha soltado y se limpia las lágrimas con las yemas de los dedos.

—Y te seguirán llegando.

—Ya… ¿Crees que si entrara yo y le echara una mano le podría ayudar? —Su enfado torna en ese rostro de niño malicioso que tanto me gusta—. Todo manual, ningún contaminante.

—Mariano, eres un cerdo.

—Sí, y además soy una persona muy ocupada. Me voy al laboratorio. Quince minutos más y me lo llevo a pasear para que se relaje y, después, si no hay resultado, Viagra al canto. ¡Algún día, Miranda, todo el mundo congelará muy pronto y nos ahorraremos todo este suplicio! ¡Vamos, campeón! —susurra mirando a la puerta de La Pajera.

Yo subo hacia las habitaciones donde estará la pareja de este paciente dispuesta a entretenerla. Imagino sus dudas y también la angustia del hombre, que sigue encerrado en ese cuarto con un lavabo, un inodoro, una silla y una pantalla situada en lo alto en una esquina. Nada más. Un espacio pequeño en el que ya no hay revistas por razones higiénicas y se mantienen las películas pornográficas. Me imagino a mí misma intentando alcanzar el orgasmo en ese lugar y me parece del todo imposible, pero muchos de ellos lo logran cada día: futuros padres, donantes… Sí, es cierto que el bloqueo de este último paciente no es algo excepcional, suele ocurrir, pero tiene más que ver con la presión de «La mañana de la fecundación» que con el espacio en sí. Nosotros hasta el momento preferimos trabajar con el semen en fresco del hombre que viene a ser padre. Y hago esta distinción porque el semen de donante tiene que ser obligatoriamente congelado durante seis meses antes de su uso para garantizar que no es portador de ninguna enfermedad transmisible. También congelamos el semen si el hombre no va a poder estar presente el día de la inseminación, si se trata de espermatozoides obtenidos del testículo o si, como es el caso de hoy, el varón tiene dificultades para lograr la muestra.

—Mariano, ¿sigue ahí? Estoy al lado de la habitación de ella. —Llamo desde la zona de habitaciones.

—Yo estoy en el laboratorio, pero si la muestra no ha llegado hasta mí a través de mi discreta ventanilla es porque sigue ahí…

—Ve a la sala y sácale a dar un paseo. Mariano, no lo prolongues más. Ya estamos casi fuera de tiempo. Habla con él y si no, ya sabes…

—Pastillita azul…

—Rápido.

Si un hombre no tiene disfunción eréctil, cualquier pastilla, se llame o no Viagra, no le va a hacer nada, pero lo cierto es que gracias al efecto placebo algunos logran desbloquearse si se la toman. Lo importante es lograr que dejen atrás la presión. En ese paseo, Mariano le explicará que podemos congelar los óvulos y el esperma, y eso también puede destensarlo y lograr la eyaculación. Lo que no podemos evitar es la tensión que se produce en la pareja si uno de los pasos previstos en el proceso no se completa.

Magdalena

—Buenos días, Magdalena —saludo a la mujer que espera en su habitación.

—Buenos días. ¿Hemos terminado ya? ¿Dónde está mi marido?

—Estamos todavía en el proceso de recogida de la muestra y enseguida nos ponemos con ello. ¿Cómo te encuentras? ¿Algún dolor?

—Pero… ¿A qué hora bajó, cuando me llevaron a mí al quirófano?

—Bueno, a veces bajan más tarde.

—No estará teniendo problemas para… —Tuerce peligrosamente el gesto.

—Ahora te contaremos, Magdalena, sólo quería saber cómo te encontrabas tú. Vuelvo en un momento.

Antes de alcanzar la puerta para salir de la habitación, oigo el tono de su teléfono activado. La paciente está realizando una llamada.

—María, no te lo vas a creer. Lo que te he dicho siempre, este… ¿te acuerdas que lo comentamos?…, pues que no vale, que no vale y ya está…, que acabo de salir del quirófano, a mí me han pinchado los ovarios, llevo semanas con medicación y él pues viene y nada, para una cosa que tiene que hacer y nada… —Salgo de la habitación asqueada y con ganas de decirle cuatro cosas y decido no volver. Su médico se encargará de ella.

—Mariano, dime que está.

—Está de nuevo en ello, pero con Viagra. Si mi experiencia sirve de algo, te diré que tú o quien se encargue prepare esos óvulos para congelar porque no creo que lo consiga. Está demasiado nervioso.

—Es majo, ¿verdad? Si supieras la que le va a caer… Creo que esa es la razón por la que no lo logra. Está muerto de miedo, pero no es porque la sociedad cuestione su virilidad, sino por lo que tiene en casa… Las he visto malas, pero esta es mucha tela, Mariano, ¡pobre hombre!

—Tú prepara la congelación. Hazme caso.

Lo más absurdo de una situación así es que ellos se pegan por ser los más viriles y lo asocian a la cantidad, a los números, los famosos números que no sirven para nada. Nosotros no medimos virilidad, medimos normalidad, y esos valores de normalidad los marca la OMS con sus parámetros, que, por cierto, llevan tiempo adaptándose a la realidad, es decir, bajando año tras año. La calidad del semen cae en picado sin que haya explicaciones rotundas que puedan aventurar qué ocurre. El descalabro es demasiado significativo. Ahora mismo, un semen normal es aquel que tiene más de 15 millones por cada mililitro o 39 millones en la totalidad de la muestra. Más del 4% de los espermatozoides deben tener una morfología adecuada, es decir, que la cabeza y el flagelo estén bien formados, porque hay flagelo corto, doble y muchas variaciones. La movilidad también es muy importante, tiene que haber al menos un 32% de ellos que avancen; son los llamados móviles progresivos porque hay algunos que se mueven en el sitio, pero no se desplazan. Esos son los valores de la OMS ahora mismo; sin embargo, hubo un tiempo, no demasiado lejano, en el que pedían 100 millones de concentración para considerar un semen normal. Y lo había, pero ¡ya no lo hay! ¿Por qué no? Me gustaría poder explicárselo al hombre que sigue encerrado sin lograr la muestra. El universo del semen está muy mal, y eso no tiene nada que ver con lo que le está pasando a él. Su seminograma fue más o menos normal. Lo que le está pasando es lo de menos, aunque él no se dé cuenta. Podría hablarle de los taxistas y otros profesionales que pasan horas y horas sentados con la zona genital recalentada, le hablaría de asientos con calefacción, de la alimentación de la madre mientras se está desarrollando la línea germinal del futuro bebé, del estrés, de la contaminación..., pero no podría dar ninguno de esos motivos por seguro, aunque el exceso de calor en los testículos no es broma (por algo están fuera del cuerpo para mantenerse dos grados por debajo de la temperatura en el interior)...

Teorías y teorías que, insisto, no podría dar por definitivas en ningún caso, pero que quizás le aliviarían o distraerían, al fin y al cabo, con el mismo efecto.

—¿Y? —le pregunto a Mariano.

—Lo que te he dicho. Nada de nada.

—Dile que se tranquilice. Vamos a congelar los óvulos. Ya recogeremos la muestra cualquier otro día. Ahora, que se prepare para volver a casa…

—¿Y si lo secuestramos para que no le haga daño? —sugiere mi amigo, que ya no está enfadado con el mundo.

—Si pudiera, lo haríamos, ya lo sabes... Dale unos minutos antes de subir a la habitación. Bastante dura ha sido la mañana para él, y aún le queda todo el día por delante para escuchar reproche tras reproche. No sabe lo que le espera… —Resoplo al otro lado de la línea y cuelgo.

Decido cortar por lo sano este tema. Ni quiero subir a verla a ella, ni mucho menos bajar para conocerlo a él. No son mis pacientes. Una vez más, vuelvo a vivir una situación en la que la presión social se impone, la tensión, el miedo al fracaso, a la evaluación y al qué dirán. En este trabajo, casi siempre es el amor el que nos llega, pero tiene que haber tanto amor para enfrentarse a todo lo demás…

Olivia y su chico Rubén se besan en los baños del instituto. Ella se deja llevar por el poder seductor de ese pequeño y determinante cromosoma Y. Cuatro besos que se convierten en decenas de caricias, jadeos, olfato y tacto…, gusto… Son apenas cinco minutos el uno contra el otro. Y cuando menos lo espera, Olivia siente en sus manos el calor de una eyaculación precipitada que él no puede evitar.

CAPÍTULO 8

—

EL EMBARAZO IMAGINARIO

Imagínate embarazada. Y ahora imagínate imaginándote embarazada. ¿Cuántos años tienes? No puedo ubicar ese primer momento en mi vida en el que, gracias a la ayuda de un cojín, o tirando de una camiseta hacia delante, me puse de perfil y visualicé cómo sería yo embarazada. Supongo que a casi todas las mujeres les pasa algo parecido. Imaginarse embarazada tiene que ver con una decisión que tarde o temprano te alcanza: ser madre o no serlo. Creo que nos imaginamos embarazadas en busca de esa sensación de amor o todo lo contrario; de nuestro posicionamiento vital y también físico. Hay mujeres que sólo necesitan imaginarse una vez su maternidad para tener clarísimo que no serán ellas las que repueblen el mundo. Hay otras que necesitarán de muchos espejos en su cerebro para pensar y repensar su futura maternidad. Imaginarse embarazada va con el cargo: esta es una frase que siempre me ha hecho mucha gracia, ya no sé si se la oí decir a alguien o fui yo la que lo comentó en alguna cena o comida. Somos mujeres y, en principio, mientras no se demuestre lo contrario por algún tipo de problema que podamos desconocer, estamos preparadas biológicamente para engendrar y parir, ¿cómo no vamos a jugar a vernos embarazadas, incluso cuando somos niñas? «Mira, pequeña, esta señora lleva un bebé en la tripa». De alguna manera, llevamos toda la vida sabiendo que esa tripa podría ser la nuestra en un futuro. Después, esa imagen de tu «yo embarazada» se volverá en contra de tu vida o a favor. No será el momento, no encontrarás a la persona, no querrás a otra persona, tu profesión será más importante, o simplemente sólo te gustarán los niños de los demás... Sea cual sea tu caso, te habrás imaginado embarazada buscando el amor o el rechazo, me da igual una que otra, porque en cualquiera de las dos opciones buscarás una idea lo más clara posible de lo que quieres respecto a la maternidad. ¿La tienes? ¿Lo has logrado? Hay quien nunca llega a saberlo del todo y lo recuerda como un «si hubiera...» permanente en ambas direcciones: «Si hubiera renunciado a aquel trabajo y hubiera apostado por ser mamá...», o «si no hubiera tenido a mi hijo y me hubiera fugado con aquel...». Sé muy bien que en sociedad es casi un sacrilegio fantasear con la idea de no haber tenido los hijos que has tenido, pero he hablado con muchas mujeres a lo largo de mi carrera profesional y me consta lo liberador que es para algunas imaginar en alto cómo hubiera sido su vida sin niños. En mis consultas, siempre está permitido llevarle la contraria a la cerrazón del pensamiento social, al peso cultural que no sirve para nada más que para fastidiar. La mayoría de las mujeres que no quieren tener hijos también se han imaginado alguna vez embarazadas y muchas de las que lo estuvieron —pocas veces lo reconocerán— se han imaginado apretando únicamente un cojín colocado bajo un vestido vaporoso. La maternidad nos acompaña, pero sólo nos subyuga cuando realmente lo deseamos. Y luego, está el amor...

—Hola, mamá.

—Buenos días, Olivia. Hoy tienes mejor cara... Llevas unos días un poco... despistada, como en otro mundo.

—Será la llegada de los exámenes... —Olivia se sonroja y esconde su rostro en su tazón de cereales.

—¿Te has imaginado alguna vez embarazada? —se lo pregunto sonriente.

—¡Mamá! —me grita ofendida.

—¿Nunca?

—…

—¿Jamás te has puesto un cojín debajo de un vestido y te has puesto de perfil en un espejo?

Niega con la cabeza.

—No te creo.

—Bueno…, jugando con amigas y eso, pero nada más… Es un horror. Todo ese cuerpo deformado. Es… feo.

—A mí de niña me encantaba…

—Hasta que me tuviste a mí.

—Tenerte a ti —me siento frente a ella con mi café y la miro directamente a los ojos— es lo más importante que me ha pasado.

—Pero no lo mejor. —Olivia es tan rápida e inteligente. Nunca me ha recordado a su padre.

—Calificar algo tan fundamental como lo mejor o lo peor es quedarse corta. Deberías entenderlo al revés. Me gusta más decir «importante», «trascendental», «significativo», pero…

—Habló la doctora Ortega…

—Si quieres saber si eres lo mejor que me ha pasado, también te lo diré… Y ¿qué es lo más significativo o lo mejor que te ha pasado a ti últimamente? —Mi pequeña avestruz vuelve a bajar la cabeza para esconderla entre el arroz inflado.

—Nada especial.

—Olivia, te guste o no… —En este momento ya estoy a punto de estallar y reír—. Soy…

—Mi madre… Eres mi madre —contesta con el cansancio de una mujer mucho mayor.

—Yo veo más allá de ti y sé que te está pasando algo. —Me levanto de la mesa para dejarle aire y no mirarla de frente. Quizás se sienta más confiada para responder. Sé que cara a cara puedo llegar a amedrentar.

—Bueno… Lo he hecho… O casi, algo así… Lo he hecho —me dice temblando.

Ahora sí que necesito aguantar la risa. Estoy de espaldas a ella colocando los vasos del lavavajillas. Estoy a punto de preguntarle a qué se refiere, pero decido no jugar porque sé que le está costando.

—¿Y todo bien?

—Sí… supongo… eso creo.

Mantenemos esta conversación casi de medio lado intentando quitarle importancia.

—¿Te dolió?

—Bastante. De hecho, bueno, no sé si fue… ¿correcto? ¡Me da vergüenza, mamá! No aguanté porque me dolía. ¿Va a doler siempre así? —Mi hija llamando a la doctora Ortega. Voy…

—Bueno, depende de la mujer. A mí también me dolió mucho y no sangré nada. Algunas de mis amigas me dijeron que habían manchado y pensé que yo estaba enferma. Aún me acuerdo de todas las dudas. Las primeras veces me dolió, sobre todo por la tensión. Aprender a disfrutarlo es imprescindible para que no te duela. Pero tranquila, todo lo que sientas es… normal.

—Te hice caso —me dice, y sus palabras casi rebotan contra el perfil de su cuenco de lo escondida que tiene la cabeza. Está para comérsela a besos.

—Me alegro. —Si ella supiera que vi el condón…—. Eso es lo importante, que te cuides y no te olvides de cuidarte ni una sola vez.

Olivia empuja el taburete hacia atrás y prepara su marcha. Camina hacia la puerta con la mochila a la espalda. Se ha puesto unos jeans blancos con las últimas zapatillas que le regalé. Lleva una camiseta gris con un dibujo indio y decenas de pulseras en los dos brazos. Nunca se ha puesto mucho escote porque creo que le avergüenza tener tanto pecho. La melena suelta le cae sobre los hombros y la mochila. No puedo evitar fijarme en lo redondas y preciosas que son sus caderas de mujer y en lo guapa que está. Mi hija es una tormenta y una belleza.

—Mamá —me dice desde la puerta.

—Dime. —Me asomo, salvando el mueble de la cocina que me impide verla. Está de espaldas.

—¿No me vas a preguntar por… él?

—Que no te pregunte no quiere decir que no me interese, simplemente prefiero que me lo cuentes cuando quieras…

—Se llama Rubén y… mamá… —Abre la puerta y ya tiene un pie fuera. Se detiene. Doy un paso más para no perderme lo que quiere decir porque si sale del todo sus palabras se quedarán en el jardín y no las recuperaré—. Mamá… Fue… —De repente, gira la cabeza y me mira a los ojos. Vence su timidez para que yo no pueda olvidar lo que va a transmitirme. Tiene los ojos más verdes que el pino que veo colarse en la imagen—. A pesar de todo, aunque raro, fue… Fue… bonito, mamá.

Ya se ha ido. Me agarro al estropajo como si fuera una tela santa y no reprimo las lágrimas. «No sabes lo feliz que me hace, Olivia» —pienso a la vez que el ruido de la puerta rompe el hilo que nos ha unido en los últimos minutos. «Mi niña cometa, siempre te vas».

En otra de las etapas de ese embarazo que sólo va y viene en nuestra imaginación nos sentimos rodeadas, acosadas, casi violentadas por la presencia masiva de embarazadas. Nunca nos habíamos fijado y, de repente, el mundo entero, las calles, las plazas, los eventos están repletos de tripas pegadas a una sonrisa siempre un punto empalagosa. Esa sensación de «las embarazadas me rodean» se da en todos los casos. Si eres una mujer que quiere ser madre y no lo consigue, las embarazadas serán como una plaga de zombis que no puedes dejar atrás; ellas serán entonces el recuerdo de lo que deseas y no logras, y su presencia será dolorosa. Si, por el contrario, eres una mujer que no quiere ser madre, también vivirás un punto de «acoso de las embarazadas» cuando tu círculo social y familiar —independientemente de lo que tú sientas— decida valorar si aciertas o erras en tu determinación; ellas, las embarazadas, serán entonces el recuerdo de eso que no quieres, pero que te ronda y presiona desde los «comandos reproductivos» (así llamo a yo a grupos de amigas, madres, tías que —como si se tratara de una negociación— entren a charlar contigo de «todo lo que te pierdes»). Y en tercer lugar, estás tú, la mujer embarazada, esa que vivía tranquila en un mundo en el que había alguna embarazada suelta y ahora descubre que las tripas están por todas partes. Barrigas y barrigas que hablarán contigo para compartir impresiones, miedos y felicidad; ellas serán entonces tus compañeras de batalla, «las únicas que te pueden comprender». En los tres casos, aunque mucho más en los dos primeros, habrá un momento en el que las embarazadas te pongan histérica. No las soportarás con el cariño que merecen. Clara, mi primera paciente de la mañana, parece haberlo experimentado ya.

Clara

—De hecho, cuando estés buscando un bebé y te llame una amiga para decirte que se ha quedado embarazada, no sabrás qué cara poner, ni cómo sentirte. No podrás alegrarte, ni podrás compartir su ilusión, y eso te dolerá. Es normal. No eres una mala amiga por eso. Son tus emociones. Hay muchas en juego —le digo a Clara. Ha sido rápida y llega cargada de buena información. Hablamos de lo que viviremos sin agonía y eso nos reconforta a ambas.

—De todos esos episodios, el peor es en el que alguien dice eso de «y fíjate, ni lo estábamos buscando». —Clara sonríe—. Te sientes, no sé…

—Inútil... —añado cierto tono de interrogación para no darlo por hecho.

—Menos… Te sientes… menos. En ese momento te gustaría poder decirle: «Mira, me parece completamente innecesario que me des los detalles de tu concepción. Me está doliendo lo que cuentas. ¿Qué tal si me ahorras las puntualizaciones y me dejas disimular cierta alegría por ti?».

Clara es de las mías. Casi me pongo a aplaudir en la consulta.

—Veo que lo tienes muy claro. —Me recuerda a Olivia.

—Sólo tengo claro lo que me hace daño, porque lo que me hace feliz ya no sé ni dónde encontrarlo.

—Sé que es complicado y que llevas más de un año buscando el bebé, pero tienes que hacer un esfuerzo para que vivamos esto juntas desde la felicidad y no desde la angustia. Eso también nos ayudará, no a que te quedes embarazada, sino a que seas más feliz. Eso es lo importante…

—A veces sueño que estoy embarazada, doctora.

—Eso está muy bien, Clara. Soñar con ello es natural y precioso.

—Pero tiene usted razón. Las embarazadas me persiguen como un mal perfume.

—Intentaremos que la próxima vez seas tú, embarazada, la que persiga a otras «sin tripa».

—Jamás presumiría de mi embarazo delante de otra mujer. Ahora que sé lo que duele, sé que nunca lo haré.

Clara ha llenado mi consulta de sabiduría y maternidad. De esa maternidad que entiendo y admiro, aunque ella aún no haya sido madre. La maternidad discreta y generosa. La que un día me hizo llegar hasta aquí y dedicar mi profesión por entero a ellas... Todas las que soñaron, fantasearon con un embarazo o con una huida de película de una estampida de embarazadas. Por todas ellas y por Olivia, esta es mi vida.

Lo ideal es que nunca hubiera un Plan B a la desesperada. Yo sueño con esa opción y con ese futuro como ginecóloga. Lo ideal sería que todas las mujeres que por alguna u otra razón, profesional o personal, no pueden o no quieren tener hijos y se acercan peligrosamente al límite de los 35 años acudieran a visitar un centro de reproducción antes de superar ampliamente ese límite para ser debidamente informadas. Los médicos no sólo no somos ajenos a la realidad social, sino que la padecemos. El envejecimiento de las madres es una realidad y la persecución de una madurez emocional para ser madre, también. Físicamente una mujer sólo necesita esperar su madurez sexual para quedarse embarazada, y esta llegará un tiempo después de su primera regla, pero ¿cuándo llega la madurez emocional? Es evidente que la madurez sexual es muy anterior a la emocional en nuestros días. Olivia, por ejemplo, estará muy cerca de ser madura sexualmente, pero está a años luz de ser una mujer madura emocionalmente para la maternidad. Y ¿por qué a años luz? Porque la adolescencia es mucho más larga (en algunos casos se eterniza) y porque la estabilidad económica pesa mucho en la decisión y retrasa aún más el proceso. El caso es que la mujer ahora, sumando estas tres fases: madurez sexual, madurez emocional y, podemos llamarla, «madurez económica», se planta en los cuarenta pasados como la edad ideal para tener hijos y, si me apuras, cada vez más cerca de los cincuenta. Las mujeres esperan. Esperan a tenerlo claro, esperan a sentirse absolutamente seguras de su decisión, esperan a disfrutar todo lo que creen que perderán con la maternidad y esperan a tener tranquilidad económica y estabilidad laboral. Esperan. Esperan. Esperan. Hasta que llega el momento en el que quieren coger el Bus La Esperanza y ya no saben si pasará. Y entonces, llega el encuentro en la consulta y esas predicciones que no puedo rebatir: «¿Y si no llego a ser madre nunca?». No me gusta la palabra Nunca. Estoy aquí para que ese Nunca no exista, pero tampoco me gusta la palabra Espera. Ambas dificultan mucho mi trabajo. Por eso me ha hecho tan feliz hablar hoy con Clara y decidir juntas que en el próximo mes se someterá a un proceso de congelación de óvulos sin haber cumplido aún los 35 años. ¿Tengo la absoluta certeza de que todos sus óvulos servirán una vez los descongelemos? Por supuesto que no. ¿Tengo más posibilidades médicas de que lo sean con 35 que con una visita más adelantada, a los 38, por ejemplo? Rotundamente sí.

Clara es el futuro y su maternidad también.

No soy una mala madre. Soy una madre que no pudo esperar y a la que el Bus Bebé recogió sin previo aviso.

En mi última consulta del día he conocido a una madre que haría de mí una diosa frente a Olivia, al igual que lo ha logrado frente a su propia hija. Miro por la ventana un instante mientras la escucho, intentando tomar aire para no espetarle un simple ¡basta! En la última media hora me ha relatado al lado de su hija —que no ha soltado una palabra aún— la tasa de fecundidad de su familia, al parecer una de las más fértiles de Europa. Las mujeres de su árbol fueron madres por encima de todo. Vivieron para criar a sus hijos, que siempre superaron el número seis a pesar de los abortos. Fueron abnegadas, nunca se quejaron, fueron primerizas muy jóvenes y murieron rodeadas de los suyos. Ella también es madre y, por supuesto, ha seguido el ejemplo.

Blanca e Inmaculada

—Tengo un hijo y cinco hijas. A Blanca, la mayor, que se llama como yo, la tuve con 22 años. Me quedé embarazada en la luna de miel y esta fue nuestra primera bendición. Sonia y Marta nacieron muy seguidas. Luego tuve un aborto y muy pronto me quedé de Íñigo. Matilde e Inmaculada han sido las últimas. Ahora tengo 68 años y soy abuela de once nietos. Mire, mire. —Saca el móvil del bolso—. Esta es la foto de la última Navidad.

Su hija pequeña, que también está en la consulta aunque «no tiene frase», como dirían en el teatro, sigue con la mirada la ruta del móvil.

—Pues vaya —digo observando la foto—, sí que tienen una familia grande. —Busco a Inmaculada en el grupo. Está detrás de todos, acompañada de un chico sonriente que la recoge con el brazo derecho. Ella parece melancólica y frágil, como una imagen del pasado que se hubiera colado en la foto—. Y aquí veo al abuelo… —Una chispa de luz se asoma a los ojos de Inmaculada cuando menciono a su padre.

—Bueno, doctora, pues ahora que ya le he contado nuestra historia, vamos al motivo de nuestra visita —me lo dice como si no lo hubiera adivinado ya—. Inmaculada no es como sus hermanas… —Primera frase errónea y cruel—. Todas las demás se quedaron embarazadas sin problemas y han tenido hijos preciosos y sanos. No sabemos qué puede ser…

—Cuando dice no sabemos —la interrumpo con serenidad, pero firme— se refiere a usted y sus hijas…

—Claro, todas hemos estado hablando con ella, juntas y por separado. —Miro a Inmaculada con una compasión que no merece, pero que no puedo evitar—. Le hemos explicado todo lo que necesitaba y ella, que es muy buena niña —apostilla girando la cabeza, pero sin mirarla, como el que marca la posición de un poste—, nos ha escuchado muy atenta. Pero no se queda. Lleva casada tres años, es verdad que se casó tarde, pero fue siempre la más especial. —Utiliza un tono muy molesto para una palabra tan bonita como «especial»—. Le costó encontrar marido, que puede ser que sea él el que no vale, pero Mauricio es tan joven y tan deportista, que no creo que sea ningún problema de él. A esta niña le pasa algo y no sabemos qué es. Es raro, muy raro, insisto porque sólo a ella le cuesta, pero como estamos todos ansiosos y ella no puede, pues hemos decidido que lo mejor era venir a ver a alguien especializado y aquí estamos…

La gran madre se calla por fin y yo tomo aire antes de contestar. Miro a Inmaculada, que, como si fuera Alicia en el País de las Maravillas, se ha tomado su pócima para hacerse diminuta y desaparecer de este lugar tan violento para ella.

—Bien, señora Torres…

—Llámeme Blanca, estamos entre mujeres y entre mujeres debemos hablar…

—Ya, ya veo. ¿Le importa que le haga unas preguntas a su hija?

—Claro que no. Pregúntele lo que quiera, aunque no sé qué le va a decir de nuevo… ¿Puede ser que no sepan cómo hacerlo bien?

—Supongo que ese no será el problema, señora, digo… Blanca. Déjeme hablar con ella. —Se recuesta en la silla y agarra su bolso con ambas manos por los laterales, como un mago sujeta una baraja de cartas abierta—. Bien, Inmaculada, cuéntame desde cuándo llevas intentando quedarte embarazada…

—Desde —tiene una voz dulce e infantil— hace… tres años, como ya le ha dicho mi madre.

—Y ¿cuántos años tienes tú y cuántos tu marido?

—Yo tengo 34 y Mauricio 36.

—¿Te haces revisiones ginecológicas habitualmente? ¿Tienes algo que contarme de esas consultas?

—No, todo normal.

—Si ellos están bien. Todo parece indicar que no les pasa nada, doctora, pero… —Blanca, la gran madre, ensaya un gimoteo— esta desgracia, no sé por qué nos ha tocado a nosotros, una familia tan buena… Y por qué a ella, mi pequeña Inmaculada. —No me creo ni una palabra de todo el teatrillo de lo que acabo de ver.

—Entonces, vosotros queréis tener hijos… —le pregunto directamente a Inmaculada. Espera más de un segundo antes de contestarme, como si me hubiera pasado una seña de mus.

—Pues claro —contesta por fin.

—Pero ¿qué pregunta es esa? —me dice ya sin lágrimas secas la gran mamá.

—Mire, señora Torres, me siento más cómoda si la llamo de usted, disculpe, ¿le importaría dejarnos solas para discutir algunos temas puramente sexuales cuyo contenido puede resultar violento para su hija a la hora de compartirlo con usted? La enfermera que hay fuera esperando la acompañará a la sala de espera.

Imagino que la señora cree que le voy a explicar a su hija la mitad del *Kamasutra* y me parece bien, aunque lo que necesito urgentemente es que se vaya.

—Claro, doctora. —Agarra a su hija apoyando su mano en el hombro y la empequeñece aún más—. Cuéntale a la doctora todo lo que necesite, no te dé miedo, ni vergüenza… Yo estaré fuera… —La gran madre abandona la habitación, aunque su perfume de rosas se queda para que no olvidemos su presencia. Una vez la puerta se cierra, comienza la auténtica consulta.

—Entonces, Inmaculada, tú quieres ser madre. —Atajo porque no puedo dilatar nuestra charla hasta las nueve de la noche y, además, volver al principio no serviría de nada.

—Sí —me contesta.

—Y... ¿cuándo te gustaría ser madre? —Inmaculada piensa la respuesta y me dice...

—Ahora no.

—Ya veo. ¿Por qué no se lo has dicho a tu familia?

—Porque daría igual lo que yo quisiera. Ellas creen que debo tener hijos ya y les da igual si lo deseo o no. Yo no me imagino embarazada, pero eso es impensable para mis hermanas y mucho más para mi madre.

—No te gustan los niños.

—Adoro a mis sobrinos y tengo ¡once! Tengo niños día sí y día también porque mis hermanas me usan como canguro muchas veces, vivimos muy cerca —apostilla—, porque creo que piensan que se me va a pegar algo por tener a los niños corriendo por la casa. Y yo los quiero mucho, pero prefiero estar a solas con mi marido.

—Y Mauricio, ¿quiere ser padre?

—Mauricio no tiene prisa. Nos gusta viajar, vivir, estar juntos. Nos encanta disfrutar el uno del otro.

—¿Usáis ahora mismo algún método anticonceptivo?

—Llevo un DIU.

—Y ¿qué se supone que quieres que hagamos? ¿Has pensado al menos en si quieres ser madre más adelante?

—Sí, más adelante sí, pero aún no es momento y soy joven.

—Bueno, Inmaculada. Tu decisión es la que manda aquí. No voy a mentir a tu madre, pero tampoco puedo revelar nada que tú no deseas. Si quieres ser madre más adelante, te aconsejaría que regresaras con tu marido para que os explique la situación porque quizá lo mejor sería que conocierais nuestro trabajo de cara a planificar vuestro futuro. Si queréis ser padres de forma natural, deberías quitarte el DIU y empezar a buscarlo ya porque, por mucho que diga tu madre, esto no es tan inmediato; ya tienes 34 años, una edad en que, para decirlo suavemente, el tiempo comienza a apremiar. Pero si, a pesar de todo, queréis esperar y contar con un seguro, te puedo facilitar la congelación de gametos; y si no os interesa el tema en absoluto, deberías, creo, tener una charla con tu madre, absolutamente necesaria si no quieres que te vuelva loca. ¿Te queda más o menos clara la situación?

—Sí, pero... no es tan fácil.

—Sí lo es si es necesario.

Acompaño a Inmaculada a la puerta y nos acercamos juntas a la sala de espera.

—Señora Torres. Hemos charlado. —Abrazo ligeramente a Inmaculada agarrando sus brazos igual que su madre su bolso—. Y creemos que lo más conveniente es que su hija regrese con Mauricio...

—Podemos venir la semana que viene cualquier tarde, doctora, es muy buen chico y querrá colaborar.

—No hará falta que usted venga, de hecho, será mejor que los vea a solas. Estas cosas funcionan mejor en la intimidad de la pareja. —Siento la sonrisa de Inmaculada por una leve elevación de sus hombros.

—Pero ellos están muy... Es una situación difícil para ellos...

—Ya, lo entiendo, pero es su situación. Es suya únicamente —digo todo lo amable que puedo ser—. Es importante que trabajemos con ellos solos.

—Bueno, luego me lo van a contar todo al volver a casa —me dice, claramente despechada—. A mí me viene mejor no venir, yo lo hacía por ayudar por mi experiencia. Si ellos no valen, siempre es bueno tener a alguien...

—... Que sí, vale —corto el diálogo con tres palabras. La señora Torres me mira desde una maternidad con sala de trofeos visiblemente enfadada.

—Está bien, si usted cree que es lo mejor, quién soy yo para llevarle la contraria... Vamos, Inmaculada. ¿Has cogido cita? —Me arrebata a su hija y la pone de cara a mí en una demostración de qué lugar ocupa cada una en este campo de batalla. Si ella supiera que su hija lleva puesto un DIU...

—Es lo mejor, se lo aseguro. Eso, y que hable con su hija, tranquilamente, sin tanta... preocupación. Eso, Blanca, tampoco ayuda mucho.

Madre e hija se marchan, «hasta luego, doctora». Tengo claro que no volverán. La madre la paseará por todas las clínicas de reproducción que puedan aconsejarle sus amigas. Una detrás de otra. Probablemente nadie encontrará nada que justifique su infertilidad, a no ser que Inmaculada siga acudiendo a consulta con su método anticonceptivo que se revelará en la ecografía como un enorme semáforo en rojo. Blanca cree que se ha equivocado hoy al confiarme a su hija. Su hija cree que puede seguir engañando a su familia para ganar tiempo en su no deseada maternidad. Y yo me siento dulce, cariñosa y hasta buena sabiendo que mi hija me ha contado esta mañana sin ningún problema que ha perdido la virginidad (o lo ha intentado) y que le ha parecido bonito. Blanca y su falta de comunicación con su hija me acaban de arreglar el día, la semana y un pedazo de mi vida.

Recojo mis cosas en el despacho y estoy a punto de cerrar mi ordenador cuando suena el «clin» que me anuncia la entrada de un último mensaje en la Intranet. Será Mariano.

—¡Madre! —digo en voz alta.

Un correo informativo confirma que el próximo lunes comenzará a trabajar con nosotros La Mano de Dios.

CAPÍTULO 9

PERDONA, ME HA ENTRADO UN MAIL

Olivia espera a Rubén en la calle trasera de la Escuela de Idiomas. Se sienta en su moto como si rodeando el motor pudiera rodearlo también a él. Ha llegado pronto, como mínimo tendrá que esperarle aún veinte minutos. No le importa. Cada uno de ellos merece la pena si puede garantizar que no se perderá ni uno después de que él salga. Rubén no sabe nada. Para poder verlo, Olivia se ha saltado una clase importante y no irá a su entrenamiento de voleibol. Lleva jugando desde los 7 años y ya es hora de disfrutar de otras cosas… Si no está Rubén, poco o nada importa, piensa agazapada en lo alto de la moto como una hembra chimpancé.

María y Arturo se levantan sin demasiadas fuerzas. Él especialmente. Ya sabe que ese jueves es el mejor día. Ha esperado cuarenta y ocho horas sin sexo para estar de nuevo listo. De nuevo… El ritual del día de la concepción lleva instalado en sus vidas más de catorce meses. El sexo —tal y como lo recuerda— empieza a agonizar. María es igual de sexi y preciosa, y su ilusión en este proyecto suma empuje a su disposición. Ahora lo busca más que antes, pero los motivos son diferentes. La vida sexual es vida reproductiva, el encuentro planificado tendrá que producirse a lo largo de ese día.

Arturo oye desde la ducha el paso de María hacia la habitación. Pasan unos minutos antes de que decida cerrar el grifo. Cuando regresa al cuarto para vestirse, la encuentra sobre la cama, desnuda dentro de su albornoz y oliendo al talco de uno de sus perfumes favoritos. Está preciosa y perfecta, de hecho, es todo tan perfecto y poco espontáneo que su incipiente erección se relaja. María le sonríe y él acude a sus brazos buscando la ayuda del tacto.

Rubén sale de clase entre el jaleo de la marabunta escolar. Olivia lleva mirando su móvil minuto a minuto un largo rato. Se ha atusado el pelo, recogido un poco más su ya de por sí cortísimo short y se ha pellizcado las mejillas y mordido los labios provocando su sonrojo. Rubén dobla la esquina de la calle y la encuentra sobre su moto. Le parece lo más hermoso que ha visto jamás. Corre hacia ella, que no deja de sonreír, y la besa intentando con poco éxito no volcar la máquina. «Me vas a tirar», dice Olivia entre besos. «Entonces, vámonos de aquí».

María y Arturo se miran tumbados boca arriba. Ella aún se abraza las corvas después de haber pasado unos minutos intentando hacer una especie de clavo gimnástico. «¿Me pasas una almohada?». Arturo recoge uno de los cojines del suelo y se lo coloca debajo de la cadera para lograr cierta elevación. «Cariño, ¿te parece bien que vaya llamando al IVI para pedir cita por si esta vez… tampoco…?». Arturo la vuelve a mirar desde una distancia que ella no puede adivinar. Sin desearlo, se cruza en su mente la imagen de Carolina, una compañera de trabajo que tontea con él desde hace meses. Logra echarla a empellones de su pensamiento justo a tiempo para contestar: «Claro, María, lo que tú necesites».

Los bosques que rodean el hogar de Olivia son frondosos y frescos todo el año. Rubén para la moto a unos doscientos metros de la casa. El ruido del motor dificulta que se entiendan con claridad. Él se gira y pierde el contacto de sus senos en la espalda. «¿En qué estás pensando?», le dice. «Te conozco y esa sonrisa es peligrosa». Olivia le pellizca la cintura. «Estoy pensando», se pasa la lengua por la comisura de los labios en un gesto inconsciente, «en dos mantas que hay en el garaje de mi casa». Antes de que pueda prepararse, el acelerón de Rubén hace que tenga que agarrarle con fuerza para no salir despedida. Esa salida casi en caballito es una respuesta y una premonición.

Cuando María termina de vestirse, Arturo ya ha salido. Un par de besos en la puerta y tanto amor como cansancio. Ella también está harta de los cambios en estos meses. La búsqueda del bebé está afectando a su relación de una forma que no desea. Suponía que el incentivo sumaría y por el contrario restaba intimidad a su vida amorosa. La prioridad pesa tanto que ya es hora de tomar decisiones y dejar de confiar en la suerte. María abre su portátil y busca el teléfono de contacto que ya ha apuntado meses atrás entre su lista de «To Do».

«IVI Madrid, ¿Buenos días?», recibe una contestación al primer tono, como si la estuvieran esperando. «Sí, hola. Llamaba para pedir una primera cita». «Tengo un hueco… el miércoles de la semana que viene». Demasiado pronto, piensa María, aunque nunca es demasiado pronto para preguntar. ¿Por qué retrasarlo más? «Está bien, apúnteme a las 11:00. Probablemente iré yo sola».

Olivia y Rubén se tumban bajo los árboles. Cerca de ellos corre un riachuelo demasiado ruidoso para su caudal. Su encantamiento amplifica los sonidos de la naturaleza. Ella lo mira desde el calor de su manta y le besa. Rubén la recoge como si quisiera doblarla entera antes de empezar a acariciarla. Ambos recogen los dedos de los pies apresando ese instante y deseando con toda su fuerza que la tarde en el bosque se eternice.

Mi hija tiene la costumbre de no cogerme el teléfono. Ya estoy entrenada para que esa circunstancia no me preocupe hasta la paranoia. Después volveré a intentarlo. Espero la llegada de una paciente con la que llevo meses trabajando y a la que hoy, por primera vez, acompaña su marido. Repaso la agenda y veo que el miércoles que viene acaba de completarse con una última consulta en la que conoceré a una tal María. Ahora centro mi atención en la paciente que ya me saluda desde la puerta.

Diana y Evaristo

—Hola, doctora —me dice tímida, a la vez que golpea ligeramente la puerta.

—Pasa, pasa, Diana. —Abre por completo la puerta y veo a su compañero con el móvil en la mano respondiendo a algún tipo de mensaje—. Adelante los dos. Por favor, tomad asiento. —La pareja ocupa sus lugares y él me estrecha rápidamente la mano con una mirada fugaz antes de volver a su pantalla.

—Bueno, Diana, ¿cómo te encuentras? —Mi paciente ha comenzado un proceso de estimulación. Sus pruebas y su edad nos hacen pensar que una fecundación in vitro es el mejor camino. Los test de él son absolutamente normales. Diana lleva unos días pinchándose hormonas para hacer que crezcan sus folículos. Hoy veremos cómo está respondiendo a esa estimulación.

—Bien, el primer día con muchas dudas con la jeringuilla, pero ahora creo que mejor. —Su pareja sigue inmerso en su móvil.

—¿Qué tipo de dudas?

—Nada..., que leí las instrucciones y decían que tenía que eliminar la burbuja de aire y me costaba que saliera, y al intentarlo perdí un poco del líquido que estaba medido justo en 250 y no sé si ahora me habré pinchado de menos, pero no quería, ya sabe..., la burbuja y eso que es peligroso.

—Es una inyección que te pinchas en la grasita de la barriga y esa burbuja no te podría hacer daño. Ya sé que en el cine esas historias de una burbuja en sangre asustan mucho, pero no te va a pasar nada. En cualquier caso, si te quedas más tranquila, quítala. La dosis que te estás pinchando es más que suficiente. Por lo demás, ¿te encuentras bien?

—Sí. Yo no he notado nada.

—Eso es lo normal. Y... él, ¿ha notado algo? —le pregunto a Diana, absolutamente segura de que el hombre que nos acompaña ni se va a enterar de que hablamos de él.

—Bueno, Evaristo —Ahora sí, levanta la cabeza al oír su nombre— no lo pasa bien con los pinchazos y lo hago sola en el baño, pero está al tanto de todo, claro.

—Bienvenido a… —iba a decir a la consulta, pero doy un paso atrás. Diana está muy ilusionada— al proceso, Evaristo, a ver si tenemos suerte y logramos que tengáis vuestro segundo hijo muy pronto.

—Le ha entrado la prisa —me dice mientras sigue intermitentemente no sé qué tipo de conversación en el móvil—. ¿Por qué? ¿Por qué tanta prisa? —insiste—. Ya tuvimos un hijo. Podemos tener hijos. Ahora le ha dado por preocuparse por esto y dale… las prisas —lo dice desde una condescendencia que me está poniendo enferma—, las malditas prisas. Pues nada, a por ello ya, porque tiene que ser ya… —Evaristo vuelve a su móvil sin poner ni un punto final a su discurso. Ambas nos quedamos frías y sin respuesta.

—Está bien, Diana, ponte una bata y vamos a ver cómo están esos ovarios.

La enfermera acompaña a Diana hasta la zona donde podrá desnudarse de cintura para abajo. Yo espero frente a Evaristo durante los siguientes 30 segundos sin que haga ni un amago de contacto.

—Si quieres —le digo— puedes pasar y te cuento lo que estamos haciendo.

—No, gracias. Perdona, pero me ha entrado un mail y tengo que contestar.

—Será un mail importante… seguro.

—Lo es —responde con la vista puesta en la pantalla y tecleando a toda velocidad.

Un mail más importante que tener un hijo. El mail que no puede esperar. Le dejo en el despacho y acudo a examinar a Diana. Ya está tumbada y preparada para la exploración.

—Ahora, Diana, vamos a hacerte una ecografía vaginal. ¿Lista?

—Sí.

—Voy despacito. —Comienzo la ecografía—. Este es tu útero, que ya vimos… Tu endometrio creciendo a buen ritmo y aquí vemos el ovario derecho, que está muy bien y en el que ya advertimos el crecimiento de… —cuento los folículos—, al menos, cinco folículos… Eso está muy bien, Diana. Esto puede variar un poco con el paso de los días, pero estás respondiendo muy bien a la medicación…Vamos a ver el izquierdo…

—Espere un momento, doctora —dice apresurada—. ¡Evaristo! ¿Puedes venir? Mira qué bien está esto…, te gustará verlo.

—Lo siento, cariño, me acaba de entrar un correo de la fábrica de Turquía y tengo que atenderlo ahora mismo. —Su hilo de voz se cuela por la puerta.

—Pero si es un momento…

—Tú termina y luego me lo cuentas.

Evaristo responde a su segundo mail más importante de la jornada justo en este momento.

—¿Puedo continuar, Diana?

—Sí, sí…, perdone. Total…, no va a entender nada de lo que vea.

No puedo evitar el gesto y levanto las cejas. Un gesto de incredulidad que debería haber disimulado.

—Y tu ovario izquierdo —prosigo— está… aún mejor. Aquí contamos hasta seis folículos en crecimiento. Ahora los voy a medir y tomamos nota y en un momento hemos terminado, pero va muy bien, Diana.

Mi paciente sonríe por la noticia que intentará compartir en cuanto tenga la oportunidad. Antes de su marcha, les explico brevemente la situación y cito a Diana para una nueva ecografía en la que comprobaremos cómo sigue el crecimiento de esos folículos. Le explico a Evaristo que será sometida a una punción y que necesitaremos que, ese día, él venga para acompañarla y nos deje una muestra en fresco con la que intentaremos fecundar el número de óvulos que podamos extraer y que sean válidos. Evaristo no me mira en ningún momento, levanta la cabeza de vez en cuando, como si estuviera comprendiendo lo que digo, pero nunca se para a mirarme y, por supuesto, no hace preguntas. Los despido sin más y me dirijo a la última planta.

—Hola, Amaya. ¿Está ocupado? —La secretaria de mi jefe mira el teléfono.

—Justo ahora acaba de colgar. Pasa sin llamar..., como siempre.

Entro a ver a Melchor, mi director, mi jefe y un buen amigo. Un hombre capaz de templar mis incendios y combatirme sin aplacarme. Es un mentor y algo parecido a un padre profesional.

—Quiero que prohíbas los móviles en la consulta.

—Miranda, querida... Buenas tardes, ¿qué tal? ¿Cómo te va? —intenta destensar.

—No me cuentes rollos, Melchor. Quiero que lo prohíbas. ¡No sabes lo que son capaces de hacer para dejarlas solas!

—¿Quiénes? —me contesta mientras se levanta a por una botella de agua.

—¿Quiénes van a ser?

—¿Hablamos de los malos? ¿Y hoy los malos son los hombres? Porque ayer eran las madres, otro día las hermanas... Hoy son los hombres, entonces...

—Los de casi siempre —insisto ya con un poco menos de fuerza.

—Miranda, te lo he dicho muchas veces: ni todas las mujeres son buenas alumnas y colaboradoras, ni todos ellos unos desalmados que no quieren saber nada de este asunto.

—Vuelve a sentarse y me parece sentir que ralentiza su discurso—. Tú misma me has dicho…

—Que muchos vienen como si la fiesta no fuera con ellos… —Melchor no se deja estresar y continúa.

—Tú misma me has hablado muchas veces de hombres que recuerdan mejor que su pareja la fecha de su última regla… Sabes que hay pacientes masculinos estupendos, aunque hoy te hayas encontrado con… —deja la respuesta abierta.

—… Con el idiota del mail. El maldito rey del correo electrónico. Quiero que prohíbas el móvil en la consulta.

—Y ¿qué conseguiríamos? ¿Que te hicieran caso? ¿Mi chica está enfadada porque no la escuchan?

—No es por mí, es por ellas —le contesto muy seria y acercando el cuerpo a la mesa desafiante.

—¿Seguro?

—Me ofendes.

—Por supuesto que no. Tú me ofendes a mí con esta charla que es una pérdida de tiempo —lo dice sonriendo—. En más de veinte años de trabajo nunca he visto a un varón que se haga todo su estudio previo: seminograma, exploración, ecografía, serología… y su mujer esté esperando a iniciar el suyo. Sin embargo, he visto a muchas mujeres hacerse todas las pruebas, incluida una laparoscopia con anestesia general, sin que su pareja haya recogido una muestra de semen. Y ¿me ves enfadado?

—Porque parece que no te importa. Desde aquí, desde el despacho…

—Contestando a mis masculinos mails… —Ahora ha logrado romper mi enfado, pero voy a intentar resistirme sin reír para no parecer tan ridícula… aún.

—Tienes ganas de reírte y eres una idiota por no aprovecharlo. —Aún no pienso ceder—. Llevo mucho tiempo trabajando con parejas. —Melchor sigue el discurso. Le adoro porque nunca se rinde—. He trabajado con ellas mucho más tiempo que tú y vienen a verme porque las mujeres quieren. Ya lo sabemos, Miranda, ¿quién convence a quién? Si la mujer no tiene hijos y los quiere, hace lo que sea por tenerlos. Lo intenta. No existe el instinto maternal como tal, pero ellas lo tienen más claro. El padre, si los tiene, fenomenal, y si no, su vida no cambia mucho.

—En general es así y esa es la lástima. —Ya ha conseguido que me relaje del todo. Ya estamos en el mismo lado del barco.

—Son las mujeres las que vienen a congelar. Las que preservan la fertilidad. Miranda, coge la agenda de los trece médicos del IVI y el 90% todavía —subraya el «todavía», levantando el dedo para señalar que esa realidad cambiará, pero aún impera— son parejas… apuntadas, pero de esas parejas ¿a cuántos hombres conocemos? No tantos, piénsalo. Sigue habiendo mujeres que tienen a su hijo, que vienen a enseñártelo y al marido no lo hemos visto. Son pocas, pero sabes que ha ocurrido.

—Ya. Lo sé.

—Claro que lo sabes, pero parece que quieres que te lo recuerde.

—Quiero que prohíbas los móviles.

—No. Eso no va a pasar. Seduce a tus pacientes con tu discurso y si no eres capaz, te aguantas. Total… Somos puramente anecdóticos.

—Ahora no pongas a tu sexo en el papel de víctima. Aún os necesitamos…

—Díselo a los padres futuros por donación de esperma. Al menos, vosotras engendráis en una donación de óvulos, pero ellos tienen que crear el vínculo emocional desde la nada. No he puesto mi semen, no voy a engendrarlo… Eso me parece más difícil de construir y lo logran. Crean una proximidad afectiva desde la nada porque hasta que el niño llega son puro acompañamiento. ¿No te parece eso digno de admirar?

—¿Sabes lo único que me alivia en estos casos?

—Venir a verme. —Se recuesta en el sillón, saboreando su victoria.

—No, me alivia que dentro de cinco millones de años el cromosoma Y desaparecerá.

—Te consta que las últimas investigaciones no sólo entienden la «supuesta debilidad» del cromosoma Y como errónea, sino que lo califican como más evolucionada porque ha sufrido una intensa selección natural…

—Y ha quedado reducido a lo esencial… Teorías…

—Que sé que te convencen. No quieres que nos extingamos dentro de cinco millones de años, confiesa, Miranda. —Ahora es él el desafiante.

—Si queda alguno como tú, habrá merecido la pena aguantar a todos los demás.

—Quedarán muchos mejores que yo… Por cierto, me ha extrañado que no me hayas llamado por la incorporación del doctor Prado. Teniendo en cuenta que subes aquí a comentarme cualquier tontería…

—Esperaba que si eras capaz de contratar al mejor embriólogo y biólogo español de todos los tiempos fueras tú quien me llamase; pero, claro, entonces yo te hubiera preguntado por los detalles de su contrato porque no me puedo hacer una idea de cómo lo has conseguido…

—Charlando —me responde chulesco—; se me da bien. Creo que eso ya lo sabes…

—Claro…, y con una palmadita en la espalda.

—También, y creo… que la necesitaba. Viene con un gran contrato, el más ambicioso que hemos hecho, pero sobre todo viene porque quiere.

—Porque quiere ¿qué?

—Quiere vivir en España de nuevo. Motivos personales. Ha pasado unos meses malos por una ruptura sentimental y ya no quiere vivir en Nueva York. Su pareja trabajaba en el mismo hospital y necesita poner tierra de por medio.

—Tierra y un océano —apunto pensativa.

—Exactamente, Miranda.

—¿Y quiénes somos nosotros para no tender la mano a un náufrago llamado La Mano de Dios? —le digo mientras me invita con un gesto a salir. Su secretaria ha entreabierto la puerta anunciando sin palabras su próxima visita.

—¿De dónde vienen hoy tus superpacientes?

—Es una pareja de Singapur.

—Sólo contéstame a una cosa.

—Sólo una y te vas ya. —Me giro para mirarle de cerca a los ojos y adivinar la respuesta.

—¿Lo llamaste tú o te llamó?

—¿Fue mano La Mano de Dios de Maradona? —me pregunta Melchor disfrutando del juego.

—¡Por supuesto! —le contesto, recordando esa imagen futbolística.

—¿Y fue gol?

—Sí.

—Y ahora vete, porque ya te he contestado.

CAPÍTULO 10

LA MANO DE DIOS

Si una pareja llega de la mano a la consulta, no puedo decirles que no a nada. Sé que tengo fama de encarar algunas situaciones con demasiada sinceridad (mi cruzada actual), pero si cuento con su ayuda y su ilusión, soy toda suya. Teniendo eso de mi parte, lograremos todo lo posible por muy imposible que nos parezca en un momento concreto. Y si ese momento de angustia llega, pase lo que pase, estaré a su lado y no me rendiré tan fácilmente.

—Examinando vuestros resultados, mi consejo médico es que arranquemos con ciclos de inseminación artificial. Puede que haya suerte y con uno tengamos bastante. Pero de momento, hablaremos de ciclos.

Amaya y Carlos

Amaya y Carlos vinieron hace una semana cogidos de la mano. No se soltaban mientras les explicaba las pruebas que les íbamos a realizar. Reían todo el rato hablando de sus intentos y se acariciaban la palma con el índice cuando relajaban el gesto común. El seminograma de Carlos nos ha revelado problemas menores en el semen; tiene —para que todos nos entendamos— alteraciones leves en el número y la movilidad de sus espermatozoides. Teniendo en cuenta que la ecografía de ella es perfecta y que Amaya tiene una ovulación regular, un útero con cavidad normal y trompas permeables, lo más sensato es intentarlo, incluso con un ciclo natural.

—Vuestros resultados —les digo— me hacen inclinarme incluso porque hagamos ciclos «naturales», es decir, sin estimulación de ovarios.

—¿Y cómo es eso? —pregunta ella.

—Una inseminación es, como concepto, el método más sencillo de reproducción. Lo que hacemos básicamente es colocar los espermatozoides en el interior del aparato genital de la mujer de una forma artificial. Digamos que ayudamos a que esos espermatozoides lleguen mejor y encuentren el óvulo con más facilidad.

—Y si es tan sencillo, ¿no habrá una gran diferencia entre lo que hacemos nosotros en casa y lo que vamos a hacer aquí? —Ella se sonroja levemente. A saber qué pensamiento erótico acaba de abordarla.

—En realidad —le digo cómplice— sí hay una gran diferencia. Primero vigilaremos exactamente el día de la ovulación y luego seleccionaremos tus mejores espermatozoides de una muestra que nos darás ese mismo día. Haremos una recuperación de espermatozoides móviles (REM).

—¿No tendrán que hacerlo mientras duermo? —bromea Carlos.

—No, no tiene nada que ver con tus fases del sueño, aunque tenga las mismas siglas. Se trata de elegir los espermatozoides que sean muy buenos, los que ganen en la carrera de obstáculos a la que los vamos a someter. Ponemos en la línea de salida a los mejores y los colocamos.

—¿Cómo me los colocan? Hablando de dormir… ¿Tendrán que dormirme? Siempre me han dado miedo las anestesias. —Amaya se acelera ante una alerta lógica.

—Para ti será como una simple revisión ginecológica. Tú, Carlos —le señalo—, tendrás que recoger una muestra una hora y media antes, procesaremos tu semen y elegiremos a los mejores, como te comentaba; y a ti, Amaya, te introduciremos una cánula flexible que no te hará daño y que los depositará en su camino hacia las trompas.

Ambos sonríen. Supongo que porque esperaban peores noticias. La inseminación puede ser un alivio para muchos, aunque sus resultados alcanzan entre un 15 y un 20% de embarazo, siempre que la mujer sea menor de cuarenta años; en tres o cuatro intentos esas posibilidades alcanzarán el 50%.

—¿Y tampoco me tengo que pinchar?

—Yo en estos primeros intentos no lo haría. Si no obtenemos resultados positivos, podemos plantearnos algún ciclo estimulado en el que sí te pondrías inyecciones de hormonas diarias para lograr más de un óvulo, pongamos dos o tres. —Ella sonríe feliz porque asume rápidamente el incremento de posibilidades—. Pero esta técnica tiene un mayor riesgo de embarazo gemelar y yo no correría ese riesgo… de momento. —Parecen convencidos con la explicación.

—¿Y cuándo empezamos? —Acabamos de firmar nuestro pacto, ahora los tres vamos de la mano.

—El día que te venga la regla. Cuando tengas la menstruación te haré una ecografía. —Amaya es un libro abierto, tuerce el gesto con cada una de las frases que le suscita dudas—. Ya sé que en una consulta ginecológica evitas los días de la regla, pero aquí es al revés. Te haremos una eco vaginal y veremos cómo estás de cara a tu próxima ovulación. Haremos un seguimiento con dos o tres ecografías hasta que tu folículo esté a punto de romperse, o lo que es lo mismo, que mida alrededor de 17 o 18 milímetros de diámetro.

—Y ¿entonces? —participa Carlos.

—Entonces estaremos preparados.

—Siempre pensé que sería más complicado. —La sencillez del proceso le provoca cierta inseguridad. Asume que puede ser una pérdida de tiempo—. Porque unos amigos míos me dijeron que no era necesario hacer inseminaciones, que no valían para nada.

—Bueno, vamos a ponernos en el sí. He visto muchos embarazos por inseminación. También es cierto que hay parejas que deciden saltárselo y pasar a la fecundación in vitro porque no tienen tiempo, tienen prisa o porque directamente es el tratamiento que desean. Pero nuestra política es no «sobretratar» a los pacientes haciendo procedimientos más complejos y costosos sin necesidad.

—Ya —me responde amable—, pero si acumulamos inseminaciones, eso también nos desgastará, ¿verdad? Y nos costará…

—Sí, pero con vuestra edad y vuestros resultados una fecundación in vitro no parece el diagnóstico más adecuado. ¿Puede que lleguemos a ese punto? Puede…, pero puede que no.

Ambos me miran en silencio. Quieren lo mismo que todos. Que les mire y les diga sonriendo que van a ser padres muy pronto. Esa frase que no puedo pronunciar. Si hay algo que me saca de mis casillas es saber que todavía hay profesionales que no saben administrar la esperanza.

—Nosotros —continúo— somos de momento de la banda del «Sí», ¿me equivoco? —Amaya tiene ahora mismo la cara de una niña de 12 años y asiente—. Perfecto. Paso a paso. Vamos con esto. Marchaos tranquilos y si queréis darle una vuelta, hacedlo en casa. Si cambiáis de opinión, yo jamás le llevaré la contraria a un paciente —menuda patraña acabo de soltar sin querer— y lo discutiremos de nuevo. —Eso sí es más acertado—. ¿De acuerdo?

—Pero… —Carlos vuelve a la carga— si hiciéramos una fecundación in vitro, ¿qué sería?

—Comenzaríamos igual y, en este caso sí, someteríamos a una estimulación ovárica con hormonas a Amaya. Le haríamos una punción para extraerle esos ovocitos en la que sí necesitaríamos anestesia. Procesaríamos tu semen, fecundaríamos esos óvulos en el exterior de su cuerpo, en un laboratorio, rodeándolos por unos cincuenta mil o cien mil espermatozoides cada uno, estudiaríamos los embriones que se deriven de este proceso y te implantaríamos uno o dos en el interior del útero en un proceso también muy sencillo, sin dormirte ni nada. La transferencia es algo muy similar a lo que hacemos en la inseminación, pero todo lo demás, como podéis ver, es bastante más… técnico.

—Y caro… —apostilla Carlos.

—Por supuesto, la intervención de elementos externos es mayor, el uso de la mejor tecnología es necesario, y todo eso tiene un coste…

—Inseminación —dice Amaya.

En esto de la medicina, no hay nada como sentir que, por fin, alguien te ha entendido.

La Mano de Dios ha llegado al centro esta mañana a eso de las ocho y media. Lo sé porque la noticia ha corrido como la pólvora por toda la clínica. Unas noticias que han dado paso a los rumores. Alguien en la cafetería lo ha visto; lleva dos horas en el despacho del jefe; está negociando para traer a su equipo de trabajo. ¡Estupideces! Una mañana normal de incorporación al trabajo, seguro. El personal ha decidido convertir esta llegada en la de una gran estrella del rock, pero Simón Prado es sólo un hombre normal, con un notable talento como profesional de la biología y con un posible don a la hora de manejar los mismos parámetros que otros miles de embriólogos. Creo tener claro quién es y quién puede ser. Vendrá porque le han ofrecido una pasta irrechazable..., nadie abandonaría Nueva York para venir aquí a pasar los días con nosotros. No me creo lo de la ruptura sentimental porque alguien tan ordenado en su trabajo de laboratorio debe contar con una alta dosis de pragmatismo vital, y compartir espacio de trabajo con una «ex» tampoco es un drama. No me creo que nos vaya a cambiar la vida, ni que vaya a dar un gran vuelco a los ya, de por sí, buenos resultados del centro. Lo que me parece es un obstáculo más que me aleja significativamente de mi aumento de sueldo.

—Vamos, que me pica la curiosidad, pero no me mata —le digo a Mariano en la cafetería.

—Mentirosa.

—¡En serio! Un médico más en bata.

—En bata desde Manhattan. —Se ríe con su propia rima.

—No me impresiona tanto Nueva York, y tú eres un poco paletito si te dejas asombrar por algo así.

—Pero si yo ¡ni hablo inglés! ¡Cómo no me va a impresionar! Soy un paleto gay y a mucha honra, bonita. Es más fácil revelar tu identidad sexual desde la intelectualidad, tienes más armas a tu favor, pero salir del establo en vez de salir del armario tiene mucho mérito.

—¿A qué hora es la presentación del señor Hand of God?

—Es algo para el personal del laboratorio.

—¿Sólo? Yo que esperaba foto con camiseta al estilo futbolístico...

—Por lo visto, lo ha pedido él. Sólo la gente con la que va a trabajar en el laboratorio. Es dentro de media hora. ¿Nos colamos? —Mariano en modo travesura es irresistible.

—Por supuesto.

Quedo con Mariano en la segunda planta en treinta minutos. Nos colaremos en la presentación una vez haya empezado. Si nos pregunta, diremos que hemos entrado para chequear unos datos y esperaremos a que termine.

Llego tarde. Me he liado con un par de llamadas de pacientes que en su ansiedad necesitan oír una y otra vez algo que las tranquilice. La presión, a medida que los tratamientos se suman, va en aumento hasta hacerse insoportable para muchas mujeres. No intento consolarlas, sino acompañarlas. Me parece lo más sincero y honesto. Acabo de colgar a una de ellas porque me ha parecido que había dejado de llorar. Mariano ya ha entrado. Echo un ojo desde el cristal de la puerta del laboratorio y no veo a nadie. Me calzo unos protectores de zapatos para evitar la contaminación del lugar sagrado. Ahora localizo al grupo al fondo de la sala. Entro sin hacer ruido. Mariano está en la última fila de la que parece una reunión muy informal, lleva su gorro profesional del laboratorio. Me pongo el que he cogido por el camino, uno verde espantoso, de esos que parecen gorros de ducha permeables. Camino casi de puntillas para que nadie advierta mi presencia.

—Pasa, pasa —oigo de repente. No veo quién está hablando, pero doy por sentado que es él. Un brazo estirado me anima con un gesto de acercamiento—. Hemos empezado hace cinco minutos, pero no te has perdido nada fundamental, ¿verdad? —El grupo ríe como si estuviera amaestrado. ¿Cinco minutos y ya se los ha metido en el bolsillo?

No soy muy alta. Tampoco bajita. Estatura media, justo esa que no te deja ver bien en una situación así. Me acerco a Mariano y le pellizco la cachita. Unos ojos verdes casi transparentes se cruzan en mi campo de visión. El doctor Prado lleva un gorro de laboratorio de color azul cielo con espermatozoides que avanzan entre soles y lunas.

—¿Puede estar más cañón? —me susurra Mariano.

—Pero si no lo ves, tonto.

—Con verle los ojos tengo bastante, y esa voz…

—¡Abducido!

—¡Estrecha!

Los ojos verdes nos localizan buscando nuestros molestos susurros. Nos centramos en su discurso para evitar el toque de atención.

—Trabajamos con una célula muy complicada, el óvulo. Una célula compleja y extraordinaria, y por mucho que la observemos, seguimos teniendo dudas. Nuestra observación es subjetiva. Hay ovocitos con mala pinta que, de repente, funcionan bien y al contrario. Somos capaces de decir en alto en el laboratorio «mira, es muy bueno» y ver cómo fracasa estrepitosamente. Esa es nuestra realidad. Por eso quiero que trabajemos nuestra intuición. Lo tenemos todo. La última tecnología y el talento, pero necesitamos intuición…

Quiero verle la cara. Con la intuición ya no me basta.

—… Los ovocitos congelados en suspenso sin saber qué tendremos verdaderamente ahí, cómo responderán, cuál será su comportamiento… Y después, los embriones, los observamos, analizamos, estudiamos y, de alguna manera, parece que la madre naturaleza consigue, en muchas ocasiones, darnos esquinazo. Pero en otras… no. Trabajamos…

—Seguro que es calvo —le susurro a Mariano.

—Ya, porque si tiene una mata de pelo debajo de ese gorro te vas a desmayar, paleta.

—No, lo digo por intuición.

Nos callamos de nuevo. No parece que tenga intención de dar una charla muy larga. Es más, diría que está terminando su intervención. Sólo necesita tres minutos para provocar el suficiente impacto.

—Trabajamos con estructuras complejas. Podemos saber que un embrión está maduro por su núcleo, pero hasta ahí llega nuestra certeza… Como ocurre en nuestras relaciones personales, alguien puede tener muy buena pinta, pero hasta que no le vemos funcionar no sabemos si puede ser nuestro amigo o no.

Respira y pega un pequeño salto para sentarse en el mueble del fondo. Ahora puedo verle la cara. Mariano tose y me dice «¡Madre mía!». Es... demasiado guapo. Ojos verdes, labios carnosos, mentón dibujado; es suave y rocoso a la vez.

—Todos me dicen que vosotros sois muy buenos en lo vuestro, pero ha llegado la hora de la intuición, la hora de dejarse llevar por el instinto...

—Ay, Mirandita, que al final voy a tener una erección...

—¡Tonto, calla! —Le doy con la mano en el hombro, consciente de mi propia excitación.

—Vamos a equivocarnos..., pero cuando acertemos, no acertaremos como los demás, lo haremos sabiendo que nuestro instinto vale más que los números, porque en un mundo donde no existe la certeza, ¿de qué nos sirve buscarla? En esa búsqueda ansiosa, en esa imposible aprehensión, perdemos lo mejor de nosotros mismos y lo mejor para nuestros pacientes, que es lo que realmente sentimos. Soy un hombre de ciencia y siento. Espero que me acompañéis en este camino. Me hace muy feliz poder trabajar con vosotros.

El equipo entero del laboratorio estalla en un aplauso. Yo apenas puedo respirar. Quiero salir corriendo hacia los jardines porque en un instante me he sentido libre dentro de sus palabras. La Mano de Dios se quita el gorro para besar y saludar a su equipo. Es rubio, pelo corto y abundante...

—¿Y ahora qué va a ser de nosotros? —me pregunta Mariano.

—De entrada, salgamos de aquí.

Dejamos el grupo para no tener que dar explicaciones de nuestra presencia. Si me atengo a mi intuición, hay alguien que me está mirando fijamente la nuca ahora mismo. La puerta del laboratorio se cierra... y me salva.

CAPÍTULO 11

Y... ¿QUIÉN ES ÉL, EL QUE NUNCA SE ENAMORARÁ DE TI?

En el mundo en el que trabajo somos, ante todo, profesionales de la medicina, y después celosos guardianes de secretos. Recurrimos a la donación de gametos (óvulos o espermatozoides) mucho más de lo que la gente se puede imaginar. El hecho de que una pareja acabe trabajando con gametos donados se produce cuando el resto de las posibilidades están agotadas; en otros casos, como mujeres lesbianas o mujeres heterosexuales que quieren ser madres solteras, esta es la única opción. En el caso de las parejas heterosexuales, la renuncia a la aportación de la herencia genética siempre es dura, aunque, en mi opinión, en el caso del varón mucho más.

Cuando yo empecé en esto, me contaron que había mucha demanda de semen de donante porque no había entrado en acción el ICSI (inyección intracitoplasmática de espermatozoides); en lenguaje común, la técnica por la que nosotros colocamos directamente el espermatozoide dentro del óvulo. Cuando no contábamos con esa técnica, era imprescindible el uso de semen de donante, en muchos casos de recuentos bajos de espermatozoides, escasa movilidad o dificultad en la eyaculación. Afortunadamente, gracias a esta técnica sólo necesitamos que un espermatozoide sea válido. Uno nos vale y eso hace que podamos contar con varones con serios problemas en su semen, ir superando obstáculos; pero la donación sigue siendo un recurso necesario y muy exitoso porque los resultados con gametos donados suelen ser extraordinarios. Esta es la realidad médica, pero hay otra realidad. Nos guste reconocerlo o no, la palabra «donante» pone los pelos de punta a casi todo el mundo. En el caso de las parejas heterosexuales, no es fácil de aceptar que el semen de otro entre en juego. Tampoco lo es que entre el óvulo de otra mujer; en general, ellas al principio lo viven con rechazo, aunque lo acaban encajando con recursos y madurez. Ellos, sin embargo, tienen que trabajar muy bien ese vínculo emocional que parte de la nada y se desarrollará también en la nada hasta que nazca el bebé. Una vez llega el niño o la niña, desaparecen los problemas, pero hasta ese momento el proceso es muy exigente. Tan exigente como son las mujeres que quieren ser madres con semen de un anónimo. Llegan con la idea muy clara hasta que se enfrentan a la no identidad de esa célula que las fecundará. Es todo parte de la misma deformada fantasía.

¿Quiénes son los donantes? ¿Por qué se esconden? ¿Alguien conoce a algún donante de gametos?

El anonimato de los donantes no ayuda a fortalecer la confianza en su figura. La ley obliga a que el nombre del donante sea un secreto en todo el proceso. Nuestra imaginación nos lleva en primer lugar a pensar en una persona desaprensiva que, únicamente por dinero y procedente de un ambiente marginal, decide depositar sus gametos en manos de otros. Una vez más, la realidad es otra. Esta es una de las verdades que más me cuesta defender en la consulta.

Ainhoa

—Siempre he querido tener un hijo o una hija que no se parezca mucho a mí. Me gusta mi carácter, pero como puede apreciar, doctora, la naturaleza no repartió guapura el día que yo vine al mundo…

Ainhoa es muy graciosa. Es cordobesa y sí, es fea. Ella lo comenta muerta de la risa y yo la acompaño porque me doy cuenta enseguida de que no busca que le lleve la contraria, aunque tal y como va evolucionando la conversación tendré que hacerlo de un momento a otro.

—Soy chiquitilla y salada, y me ha ido bien en la vida. Podría decirle que estoy aquí porque siempre he querido ser madre sola, pero no sería verdad. No he encontrado al hombre que me gustara y quisiera estar conmigo. Gustarme, muchos, dispuestos, pocos… Por eso, vengo a buscar en un laboratorio lo que no he podido encontrar en la vida real.

Asiento sin interrumpirla porque me encanta escucharla. Lo ha pensado todo alrededor de un millón de veces.

—Yo ya le pongo —continúa— el salero, la inteligencia y el valor, que de eso tengo mucho, pero quiero un señor estupendo al otro lado del camino. —Acaba de imaginar al padre donante, guapo no, guapísimo, con todos los detalles. Estoy segura de que podría dibujarlo.

—Pues…, Ainhoa, siento decirte que no voy a poder hacer lo que me pides.

—Saque el catálogo y ya elijo yo. No soy nada quisquillosa, ni rara, ni dubitativa. En cuanto los vea voy a saber a quién elegir. Sólo necesito que esté sano y que sea rubio con ojos azules y más alto que el Mulhacén.

—No existe tal catálogo, Ainhoa.

—Pero yo lo he visto en un reportaje. Salían hasta las fotos de los padres del chico, sus aficiones, su cociente intelectual, ¡vamos, que creo recordar que hasta tenía un historial dental dentro de la ficha!

—Eso sería en Estados Unidos, porque aquí no es legal…

—¿Cómo no va a ser legal si yo me puedo comprar por Internet semen de un banco danés y ponérmelo en mi propia casa? —Ainhoa pone sobre la mesa una actividad ilegal.

—Eso está prohibido en nuestro país.

—Le juro que se puede hacer. Muchas mujeres lo hacen.

—Ya, pero eso no quiere decir que sea legal. Comprar semen por Internet no lo es. En esa página de la que hablas, ¿existen esos archivos con datos del donante?

—Vienen cosas, nombre de pila, su voz grabada, un saludo, sus aficiones…

—¿Y foto?

—No, foto no. Pensé que ustedes tendrían.

—Nosotros lo tenemos todo. Guardamos, de hecho, un importante registro de donantes en el Centro de Reproducción, pero en España, la donación de semen y óvulos es secreta. Desde el momento de la donación hasta el final.

—¿Me está diciendo que yo no puedo elegir? ¿Que esto no es lo que yo desee?

—Exacto. Esto no es lo que tú desees y no puedes elegir. Esa es la realidad.

—Pero si no voy a ir a buscarlo, se lo aseguro. Ya sé que ese tipo de hombres huyen de mí. Sólo quiero sus cositas para tener un bebé precioso.

—Nadie está diciendo que no vayas a tenerlo. Tú puedes tener un bebé maravilloso con un donante que no conozcas.

—¿Y si lo quisiera chino?

—¿Un donante chino, quieres decir?

—Sí. ¿Y si me gustaran los niños chinos?

—Tendrías que adoptar uno. Nosotros sólo podemos fecundarte con un varón que coincida con tu fenotipo.

—Mi ¿qué?

—El fenotipo es el conjunto de caracteres visibles que un individuo presenta. Buscaremos, por tanto, a alguien que se parezca a ti.

—Hay que joderse.

—Tú eres morena de pelo y de piel, estatura media…

—Y un callo…

—Eso lo dices tú, no yo.

—¿Me está diciendo que buscarán a un feo para que se parezca a mí?

—No. Eso no. Buscaremos a uno moreno, de piel morena si podemos. Tendrá que ver contigo, nada más.

—¿Y si yo hubiera venido con un marido chino y necesitáramos semen de donante?

—Haríamos exactamente lo mismo. Buscaríamos a alguien similar a ti.

—Me está dejando muerta, doctora. ¿Siempre como la mujer?

—Siempre.

—Pero eso es horrible, injusto… Es demasiado cerrado.

—Es lo que la ley nos permite.

No quiero decirle que yo también pienso que es injusto y que creo que necesariamente cambiará. Ahora mismo, Ainhoa tiene ganas de pelea y más ganas aún de llevarme a su terreno y convencerme para que haga trampas. Nunca lo ha conseguido nadie y ella tampoco podrá.

—Entonces, ¿quién será mi donante?, ¿un fantasma?

—No, es un hombre de carne y hueso que dona, se somete a evaluaciones y está plenamente controlado. Su semen no será portador de enfermedades que podamos haber advertido en los análisis o en su entrevista. Será un hombre seleccionado entre muchos, pero no por su belleza. Una persona genéticamente idónea para donar. Estable emocionalmente y sano.

—Y se parecerá a mí.

—En los rasgos fundamentales. Tú antes me has descrito un vikingo, que es exactamente lo contrario a ti. Eso no entra dentro de los planes previstos.

—¿Y qué más da? ¿Qué más les da?

—Son protocolos legales y los seguimos. Hay que tratar a todas las mujeres por igual.

—¿Y saben si es un tío con mala leche o mal carácter?

—Hay estructuras de la personalidad que son heredables. Siempre que tenemos alguna mínima sospecha, no ya sólo por el donante, sino por su entorno familiar, lo sacamos de la lista. Por ejemplo, un chico estupendo con un padre alcohólico no entraría, aunque no se haya tomado una copa en su vida y le creamos. ¿Y eso es justo? Pues no.

—Bueno, pero esos chicos vienen por dinero. Y por dinero se miente.

—Pillamos a algún mentiroso; por regla general son hombres que sí tienen una retribución económica mínima, pero para donar hay que querer compartir. Para mí es un acto de generosidad, así lo quiero entender.

—Muy bonito me lo pone, doctora. Esto no es lo que yo pensaba. Entonces, mi hijo o mi hija… ¿no podrá saber nada de su padre? ¿Ni siquiera si era…, no sé…? Esto no es lo que yo pensaba… —repite aturdida.

—Ahora mismo, tal y como es nuestra ley, tu hijo o hija no sólo no tendrá información de su padre, sino que no podrá buscarlo en ningún caso. Un chico o chica adoptada con mayoría de edad puede hacerlo, pero un nacido por reproducción asistida con donación de gametos no.

—¿Nunca?

—Sólo se permite excepcionalmente revelar su identidad si hay peligro cierto para la vida o salud del hijo.

—¿En serio? ¡Pero eso es una locura! Que un niño no pueda buscar a su padre…

—Aunque te parezca mentira, hay parejas que vienen de otros países para garantizar precisamente ese anonimato porque en sus lugares de origen sí está permitido localizar al donante.

—Eso es un derecho del hijo. No tiene nada que ver conmigo, pero ¿cómo le pueden negar algo así…?

—También te diría, Ainhoa, que nuestro sistema de donaciones es uno de los más importantes de Europa precisamente por el anonimato. Si el anonimato no fuera garantizado, el número de donantes caería de forma estrepitosa. Ya ha pasado en otros países.

—Pero... —piensa de nuevo la pregunta— ¿estas personas estarán en algún sitio?

—En nuestros archivos.

—En un archivo… español…

—De hecho, no. Debería haber un Registro Nacional de Donantes, pero lo cierto es que ahora mismo no existe. Sólo los registran por centros de reproducción, por eso no es tan sencillo controlar sus límites.

—¿Qué límites?

—Un donante o una donante no pueden tener más de seis hijos nacidos vivos entre sus donaciones y sus hijos propios.

—¿Cómo es posible controlar algo así? ¿Y me pone pegas a unos ojos azules y una cara bonita?

—Llego hasta donde llego, Ainhoa. Y esto es lo que te puedo ofrecer en la actualidad con los límites legales que tenemos.

—Pues me parece asombroso —me responde perpleja—. La Sanidad Pública no me ayuda, no puedo elegir al padre de mi hijo, comprar semen por Internet es ilegal…

—Bueno, tienes países como Estados Unidos donde puedes hacer lo que quieras. Allí un donante no sólo está localizable, su nombre está en un contrato y puede tener hasta 25 niños por cada 800.000 habitantes.

—¿Nacen muchos niños como el que yo quiero tener en España?

—¿Por inseminación con semen de donante? Muchos. Muchos más de los que imaginas. Y los tratamientos con donación de gametos ni te cuento. Casi la mitad de los que hacemos en un centro como este.

—Estoy muy..., no sé cómo decirlo...

—Necesitas pensar.

—Sí.

—Si no lo tienes claro, es mejor que analices todo con tranquilidad, aunque el hecho de que estés aquí me dice que ya estás bastante decidida. De todos modos, lo mejor es que proceses toda esta información y volvamos a vernos.

—Sin posibilidad de mi adonis vikingo...

—Sin esa posibilidad.

Nos miramos con el retrato de ese alto de pelo dorado en mente. Después de tantos minutos discutiendo estoy segura de que hemos llegado a fantasear con algo muy parecido. Ainhoa se marcha con la cabeza a punto de estallar y recojo la mesa como si todas sus preguntas hubieran quedado esparcidas sobre el cristal a modo de fichas de dominó. Son las mismas preguntas que recojo en cada una de estas consultas. Las mismas que haría cualquiera ante palabras que asustan tanto como «anonimato» o «desconocido». Una cara, sólo una cara puede llegar a ser tan importante. Podemos tener un hermano que no se parezca nada a nosotros y asumirlo como natural; sin embargo, no podemos o no queremos asumir que esa herencia genética no se manifieste cuando acudimos a la reproducción asistida. Las garantías genéticas no existen ni en la naturaleza, ni fuera de ella; pero ¿cómo no voy a entender a Ainhoa si llevo viviendo esta guerra desde hace más de una década con mi propia hija?

Olivia comenzó a preguntar por su padre hace ya mucho tiempo. Ella siempre asumió que yo le ocultaba información a propósito. Nunca fue el caso. Sólo podía darle la información con la que contaba, o lo que es lo mismo, la descripción de un crío que no quiso saber nada del embarazo de su novia cuando la palabra «novia» me hacía sentir tan bien...

—Mamá, quiero saber quién es mi padre.

—Tu padre será el señor en el que se ha convertido el chaval universitario con el que tu madre iba y venía como vas y vienes tú ahora con Rubén.

—Deberías ayudarme a buscarlo.

—¿Por qué haría tal cosa?

—Para ayudar a tu hija.

—¿Estás segura de que te ayudará encontrarlo? Si estás segura te ayudaré en lo que necesites. Sabemos su nombre y el lugar al que se fue hace diecisiete años, no creo que sea tan difícil dar con él. ¿No lo has buscado ya por Internet? Conociéndote…

—No lo busco porque me da miedo que tengas razón y no quiera saber nada de mí… —Olivia se queda pensativa—. ¿Me parezco a él?

—No. Te pareces a tu abuela. Siempre te lo digo.

—De verdad, ¿si algún día lo necesito, lo buscarás conmigo mamá?

—¿Aunque no te parezcas nada a él? —le digo mientras la abrazo por detrás, un gesto recuperado después de tantas semanas frías. Aprovecho que este es uno de los pocos temas en los que me permite la proximidad.

—Aunque no me parezca… Estaría asustado, mamá. —Me encanta que mi hija haya decidido perdonarle.

—Yo también lo estaba, Olivia. Yo también lo estaba.

He mantenido esta conversación con Olivia decenas de veces. Estoy preparada para acompañarla hasta donde ella desee, aunque tema por la respuesta de aquel chico por el que perdí los papeles. Y temo por ella porque nunca he llegado a comprender que él no haya preguntado ni una sola vez por su preciosa hija. Ni una llamada o una carta en diecisiete años para saber si ella está bien, cómo es, cómo anda, de qué lado duerme… Aunque no me guste reconocerlo, el padre de mi hija se ha comportado siempre como un donante anónimo.

Camino hacia el coche pensando en Olivia y en ese gesto que tiene en común con su padre: morderse la comisura del labio tres veces seguidas mientras elabora un pensamiento. Estoy a punto de utilizar el mando cuando oigo a Melchor.

—Miranda, espéranos. —Me giro hacia el hueco del ascensor y aparece Melchor con el doctor Prado, para mí La Mano de Dios.

—Simón, te presento a Miranda. Estuvimos hablando de ti justo antes de que llegaras. Miranda tenía muchas cosas que preguntar sobre tu decisión.

Quiero matar a Melchor, pero me concentro para no perder el débil control que tengo sobre esta conversación. Estrecho la mano de La Mano de Dios.

—Ya nos hemos… —añade él.

—… Estupenda charla de bienvenida —le interrumpo. No quiero que Melchor le dé vueltas a mi presencia en el laboratorio en aquel momento. Corto por lo sano con una huida de madre apurada—. Bienvenido, doctor Prado. Disculpadme, pero tengo una hija con una crisis emocional generada por la desconocida identidad de su padre, lógicamente desconocida para ella. —Río yo sola, sumergida en mi ridículo. Me doy cuenta de que me acabo de meter yo solita en un jardín sin sentido que me confiere más una imagen de madre loca que de una doctora de talento—. Me está esperando en casa seriamente disgustada y me tengo que ir.

¡Muy bien, Miranda! Primera presentación y ya le has contado a Míster Universo que eres madre soltera, que tu hija es infeliz contigo y que la conciliación laboral y familiar es un problema para ti (cosa que además no es cierta). ¿Por qué lo has hecho, Miranda? La Mano de Dios me mira sin desvelar nada con su gesto. Se mantiene sereno y calmado. Melchor está sorprendido por mi nerviosismo. ¡Quiero irme y no sé cómo! ¡Que alguien me ayude a salir de aquí!

—Un día largo.

Tres palabras. Sólo tres palabras para propiciar mi salida de madre soltera y acabada. La Mano de Dios las pronuncia como quien te guiña un ojo perfectamente consciente del mal rato que estoy pasando.

—¿Comemos mañana? —pregunta Melchor, mirándonos a los dos.

—Claro —contestamos al unísono.

—Dale besos a Olivia. Anda, corre al coche y sal tú primero. Yo acompaño a Simón hasta su coche. No hay nada más urgente que una hija en busca de un padre.

Te equivocas, Melchor, me digo. ¿Qué sabrás tú del agobio que siento yo ahora mismo pensando en la comida de mañana? Me quedan menos de dieciocho horas para decidir cómo arreglaré mi ridícula carta de presentación. Antes de entrar en el coche me giro para saludarlos con la mano. Caminan de espaldas y ya no me ven. De repente, recuerdo con total claridad los besos de Manuel, el padre de Olivia, su olor, sus manos bajo mi camisa anudada, el amor que sentía entonces... Creía haberlo olvidado todo hasta hoy. ¿Por qué habrán regresado los recuerdos y la inseguridad? Sonrío como la colegiala que fui y decido que pararé a comprarle un helado a Olivia por echarme un cable.

CAPÍTULO 12

—

NO TENDRÁS MIS OJOS

La comida se celebrará dentro de una hora en un conocido asador de la zona. Uno de esos sitios en los que exponen un jamón ibérico a la entrada y te ponen decenas de aperitivos altos en grasa antes de comenzar. Paredes de ladrillo y madera para recibir el olor de las carnes asadas que preparan a los hombres de negocios para amortiguar los seis *gin-tonics* que se tomarán durante una larga sobremesa. Está claro por la elección de Melchor que será un almuerzo largo y tranquilo para, entre otras cosas, agasajar a La Mano de Dios y utilizarme a mí para ello. Una chica cómplice en la mesa siempre ayuda, ese toque del personal médico favorece el acercamiento. Con la excusa de la importancia de la cita me he escapado a media mañana para ir a la peluquería y comprarme una chaqueta bonita. Con este calor, cada día más abrasador, una *blazer* blanca de lino será mi aliada perfecta en ese restaurante más rancio que el tocino. Me otorgará frescura y juventud; eso, si la encuentro en esta tienda en la que llevo más de veinte minutos revolviendo percheros. La nueva colección de verano no ha tenido en cuenta mis deseos y puede que esa chaqueta o similar ni siquiera exista. Tendré que improvisar, una tarea sencilla teniendo en cuenta que he venido al trabajo con vaqueros y camiseta blanca para permitirme cualquier compra. Unas sandalias de piel dorada en tiras completan mi *outfit*. Levanto la cara y me busco en un espejo. Apenas me he maquillado, lo justo para borrar las ojeras y darle un tono rosado a las mejillas. El pelo, recién teñido, me ha quedado bien, aunque esta manía de usar la tenacilla hará que me acabe recogiendo el pelo en una coleta. No busco estar demasiado guapa, en realidad, me gustaría que ambos sólo pensaran que debo ser un buen despertar por la mañana. Creo que eso define realmente el día que estás muy guapa.

Cuando conocí a Manuel, el padre de Olivia, muchas tardes nos dormíamos en una sala de máquinas de la facultad tirados sobre nuestras cazadoras. Una pequeña siesta abrazados que nos hacía perder alguna clase y entrar en sueños comunes. Recuerdo que, siempre que abría los ojos, él estaba mirándome y me repetía «estás tan guapa cuando te despiertas». Supongo que esa es la lozanía que busco con todos esos trucos estéticos: revelar la frescura que un día tuve y que no me resisto a perder.

Una percha se cae a unos metros de mí, al girarme alertada por el ruido reconozco a una mujer a la que he visto varias veces en la clínica. Ella no me reconoce. Vuelve a tirar otra percha que cae con una blusa de amapolas. Está despistada y torpe, señales inequívocas de que su cabeza está en otro sitio. La veo mirar por encima de los percheros. Sigue con la mirada los movimientos de otra mujer. Es una chica de unos 25 años que está dando una vuelta con una amiga. Tienen toda la pinta de haber salido de clase antes de tiempo y pasar el rato entre trapos. La paciente sólo mira a una de ellas y en su actitud la espía de forma involuntaria. De repente caigo. La que persigue con la mirada es castaña clara como ella, piel pálida como ella y de una estatura similar. Nuestra paciente debe de estar esperando una donación de óvulos. Su fantasía le lleva a situar a la posible donante cerca del centro. Sabe que nunca podrá tener la certeza, pero imaginar que puede ser cualquiera la aturde. Es evidente que se está haciendo a la idea; transita por estas semanas extrañas en las que puede que reciba la llamada que la coordine en su ciclo con otra mujer, de mucha menor edad, pero que podría recordar a ella en su juventud. Objetivamente incómoda, avanza hacia el cajero, donde la espera otra chica castaña clara con toda la frescura que ninguna chaqueta de lino le hará recuperar.

Los datos de la Sociedad Española de Fertilidad son rotundos. Las tasas de embarazo de embriones procedentes de óvulos donados son más altas, incluso, que las de fecundaciones in vitro con microinyección espermática. La tasa de nacimientos también es mayor que cuando utilizamos óvulos propios. También es cierto que la contrapartida es un mayor número de embarazos múltiples, algo que tendemos a controlar. Casi la mitad de las receptoras de ovocitos son, como la paciente que ahora espera delante de mí en la cola, mayores de 40 años. Todavía practico muchas más transferencias de embriones de ovocitos propios que donados, pero el éxito es mucho mayor por donación. Al final, la donación de óvulos reúne lo mejor de la pareja con lo mejor de la donante. A esto añadimos que la paciente no tiene que recibir estimulación, que siempre puede comprometer parcialmente la receptividad del endometrio. Con esas circunstancias y esos números, en tres o cuatro transferencias el 95% de las mujeres se quedan embarazadas. Los resultados médicos son fabulosos, aunque no puedo obviar que es una decisión difícil de tomar.

La cajera está quitando las alarmas de las compras de la paciente, que la mira repetidas veces mientras busca la tarjeta de crédito para pagar. «¿Le doy una bolsa grande o pequeña?». «Pequeña —responde la paciente—. Si no me queda bien,

¿podré cambiarlo? Hoy no me apetecía entrar en los probadores…». «Tiene quince días para hacerlo con el ticket de compra en cualquiera de nuestros centros». «Gracias, bonita», le dice temblorosa. «De nada, señora. ¡Siguiente!».

Salgo de la tienda con una chaqueta nueva de punto. Es color marfil y lleva unas tachuelas doradas en los hombros a modo de galones despedazados; un pequeño guiño a la autoridad que espero ejercer en algunos momentos de la comida. Aún tengo tiempo libre y decido pasear mirando escaparates. No dejo de pensar en la paciente y su nerviosismo en la fila. Ella, por su delgadez y fragilidad, me ha recordado a Yaiza, otra de las protagonistas de mi álbum de vidas. Su página está marcada por una mano de papel recortada que dibuja el símbolo de la victoria. Bajo esa mano, está la foto de Yaiza y Luis con sus dos mellizas. Aún recuerdo cómo le temblaba la pierna a ella la primera vez que los vi hace ya cinco años…

Yaiza y Luis… Y Sara

—Estamos en proceso de adopción. Llevamos tiempo pero no llega. Es largo y muy difícil y nos sentimos agotados por las entrevistas y también, un poco, por las dudas… Hay días en los que parece que no lo vamos a conseguir.

—Estamos muy cansados, la verdad —me insiste Luis, uno de esos hombres que llevan retratada la bondad en la comisura de los labios. Yaiza es preciosa y delicada. Parece una ninfa o una pequeña porcelana a punto de romperse.

—Entiendo —les digo— que este no es el primer centro o servicio de reproducción al que acudís…

—No… Bueno, acudimos a mi ginecólogo hace ya tiempo y en la clínica en la que él trabajaba nos hicieron las pruebas. A mí me diagnosticaron menopausia precoz. Mis ovarios han dejado de funcionar antes de tiempo. No soy tan mayor, 41 años ahora, entonces tenía 39, pero soy una anciana por dentro…

—No digas eso. —Luis le acaricia el brazo.

—Tiene razón Luis. No digas eso. Es un problema como otro cualquiera que tiene solución.

—Antes de aquello tuvimos un par de abortos y lo de la menopausia precoz nos vino a rematar.

—Unas cuantas noticias que no deseabais en poco tiempo. —Ahora comprendo su extrema fragilidad—. Pero…, lejos de rendiros, emprendéis el camino de la adopción y, además, hoy estáis aquí porque queréis agotar todas las posibilidades. Eso es muy valiente y muy inteligente también.

—El proceso de adopción es muy lento y hemos decidido seguir intentándolo mientras esperamos. Sólo queremos intentarlo por todos los medios y, por lo que hemos leído, este es uno.

—Estáis, entonces, al tanto de la donación de óvulos. En tu caso, Yaiza, es claramente lo que estaría recomendado.

—Sí, estamos al tanto, pero nos gustaría que la donante fuese mi hermana —me responde Yaiza desde una sugerencia que sabe que no tiene recorrido.

—Como os habéis informado, sabréis que eso no está permitido en España. Si tenéis claro que esta es vuestra opción, debéis acudir a países que lo permitan, como Inglaterra o Estados Unidos. También tenéis que contemplar que la donación de gametos de un familiar involucra a un tercero con todo lo que eso conlleva.

—Los casos que hemos encontrado tienen un final feliz…

—Madres y abuelas a un tiempo, hombres que son padres de sus hermanos biológicos que han sido gestados por su madre... No es tan complicado conseguir lo que queréis: ser padres con los óvulos de tu hermana. Sólo tenéis que viajar a países que lo permitan porque aquí, ya os lo adelanto, no es posible.

—Usted pensará que lo hacemos porque somos unos egoístas, pero sólo pensamos en que nuestro hijo nazca sano.

—Yo no pienso nada y no estoy aquí para juzgaros, sino para ayudaros. Entiendo lo de tu hermana y te explico cómo se puede hacer, y además me tomo la libertad de preguntarte si el parecido físico también es algo que está pesando en vuestra decisión.

—Suena un poco frívolo, pero... —Yaiza es valiente a pesar de su estructura de cristal.

—No suena a nada, te importa y ya está. Responderé a lo que me planteáis. Tema salud: uno de los grandes temores de los padres que recurren a la donación es si su hijo nacerá sano, es una incertidumbre muy similar a la que viven con los hijos adoptados y, por lo que me contáis, vosotros ya habíais superado esa barrera si estáis en proceso de adopción. El riesgo de tener un niño con algún problema de salud es análogo al de un embarazo normal. ¿Existe riesgo de tener un bebé con problemas? Eso existe siempre, pero al tener la donante menos de 35 años, los riesgos de que el bebé sufra síndrome de Down, Edwars o Pattau son muy inferiores a los del embarazo con óvulos propios en el caso de madres mayores o con óvulos muy envejecidos. La ley busca siempre, con sus pruebas y controles a los donantes, seleccionar gente normal sin ningún riesgo añadido. Gente, insisto, normal, no gente especial.

—El tema salud, como usted ha dicho, nos preocupa muchísimo, pero yo... —Yaiza mira a Luis y busca su complicidad en la confesión— pienso sobre todo en si seré capaz de querer a mi hijo o si mi hijo o hija me querrá a mí teniendo en cuenta que no será... —Yaiza traga saliva y termina la frase en un hilo de voz y agachando la cabeza— del todo... mío.

—Es un miedo lógico. Te entiendo perfectamente. La mayoría de las mujeres en tu caso temen por lo mismo, pero luego nace el bebé y todos esos miedos se esfuman.

—Es como el tema de la revelación —interviene Luis—. Creo que nosotros no tendríamos ningún problema en contárselo a nuestro hijo en un futuro, pero pensamos que la donación de gametos sigue siendo un tabú social...

—Así es —afirmo.

—Y pensamos que también eso le puede generar en el futuro un problema al niño porque para la familia, no para nosotros, sino para su entorno, puede ser... por ejemplo... menos nieto... o un «sobrino distinto».

—Es complicado y os entiendo. Y esas son decisiones que tendréis que tomar, como ahora tenéis que decidir si queréis recurrir a la donación o no.

—No se trata de egoísmo, de verdad, sólo perseguimos que ese niño o esa niña encaje en la familia.

—Pues ¡claro que va a encajar! Hablamos del 50% del material genético de ese niño porque doy por hecho que tú, Luis, también te has sometido a pruebas y estás bien. Las repetiremos en cualquier caso, pero para plantear la situación, digamos que contamos con los espermatozoides de Luis, tu útero, Yaiza, que tampoco tiene problemas, y los óvulos de una donante. —Me miran como si fuera una bruja formulando una antigua pócima—. Creo que lo más sencillo es que os lo planteéis como una semiadopción. No puedes pretender que sea exactamente igual a vosotros, pero ¿no tenéis hermanos de esos que decís: «de quién será, porque no se parece a nadie»? Y se hacen chistes con el butanero y la madre, y todo es muy distendido y divertido con unas cañas de por medio; pero, si es hijo de una donación, un comentario como ese te duele en el alma. ¿Por qué? Es una semiadopción y vosotros ya os estabais planteando la adopción completa…Tú vas a gestar a ese bebé, Yaiza, y tú, Luis, aportarás tu carga genética y seréis padres juntos. Hay quien comienza por aquí y termina adoptando porque no se atreve, prefiere que sea un cien por cien ajeno, pero esto es una oportunidad distinta. —Me doy cuenta de que, sin saber por qué, les quiero convencer porque creo que serán muy felices con esta decisión—. No sois de esos que piensan… «Es que si no es de mi mujer no lo voy a querer». Tú no eres así. —Señalo a Luis y luego a los dos—. Y tú tampoco, Yaiza. La pregunta que os tenéis que hacer es esta: tener un hijo con un gameto donado, ¿os va a ayudar en la vida u os va a complicar la vida? No tendréis la certeza absoluta nunca… —Estoy casi volcada en la mesa revelando mi entusiasmo. Sé que es poco profesional, pero no puedo evitarlo—. Pero el amor lo tendréis que tener y me parece que os sobra. ¿Un hijo te lo da el gen de un abuelo? A un hijo lo vas a hacer tú con tu educación y tu cariño. Habrá determinados aspectos del niño que escapen a vuestro control, pero será vuestro hijo, al que habréis cuidado, al que habréis dado el biberón, por el que os habréis despertado mil veces… Y si algún día se os pasa por la cabeza un «a saber tu padre dónde está», será desde la rabia, o desde un enfado que durará sólo un momento… No le pongáis cara a una célula. Eso es sólo vuestra necesidad de identificaros. ¿Es madre la que pare? Sí. Y la que cría, y la que educa… ¿Estáis preparados para asumir lo que viene? ¿Pasaríais el corte si hubiera pruebas de selección como en las adopciones? Mi respuesta es sí, y os aseguro que no siempre puedo decir lo mismo. Y ahora voy a dejaros solos un momento para que podáis charlar.

—¿Cómo lo haríamos? —pregunta Yaiza mirando ya de frente, frenando mi salida.

—Tú esperarías a que encontráramos a una donante para ti y os coordinásemos.

—¿Cuánto suelen tardar?

—Depende de lo que tardemos en encontrarla. A veces aparece a las pocas semanas, otras unos tres meses. Hay una gran demanda de donación de óvulos y no todas las que quieren donan; en ocasiones, por analítica, fenotipo, aspecto o raza no entran en el programa.

—¿Y somos muchas las mujeres que esperamos? ¿No hay óvulos congelados de donantes?

—En el futuro, ojalá sea así; de hecho, el semen hay que congelarlo y analizarlo seis meses después para descartar enfermedades, y ese será también el futuro de los óvulos congelados; pero, de momento, hay tal demanda que cuando aparece una donante óptima hay tres mujeres esperando. Lo hacemos todo en fresco.

—¿Y donan mucho? ¿Son chicas…?

—Te aseguro que no dona cualquiera; y en España, sí, se dona mucho, aunque necesitaríamos que se donara más. Una mujer en nuestro centro dona como mucho tres veces. Los límites legales nos permiten seis nacidos vivos por donante y nosotros establecemos dos o tres donaciones, no más.

—Y esas chicas, ¿nunca se acuerdan de que pueden tener un hijo por ahí? —Yaiza, que lleva tanto tiempo buscando ser madre, no logra entender la mentalidad de su salvadora.

—Seleccionamos a personas muy estables emocionalmente que saben para qué donan y les explicamos claramente que cuando fecundamos su óvulo, deja de pertenecerles. Desde ese momento os pertenecerá a vosotros. Y no. —Ya conozco la siguiente pregunta—. No os podrá buscar, ni localizar a vuestra familia. La ley protege a la donante y a los receptores en una doble dirección. Al menos, la ley española... Mira, si vais a Inglaterra, eso cambiará.

—La verdad —me comenta Yaiza— es que aún no lo habíamos hablado en profundidad con mi hermana. ¿Podemos llamarla mañana cuando tengamos claro qué hacer?

—Por supuesto, llamadme cuando queráis. —Demasiados años trabajando en esto para no saber que Luis y Yaiza me darán un sí.

En aquellos días, esperaba ansiosa la llegada de la donante para Yaiza. Mariano se reía de mí: «las mujeres sois complicadas para todo. Mira mis donantes, fuertes y robustos, jóvenes que vienen hasta mí una o dos veces por semana durante seis meses. Es la relación más seria y fiel que he mantenido con un hombre».

Yo buscaba otra fidelidad, la de una chica morena de ojos verdes como Yaiza, con las ideas claras y el cariño que este caso precisaba.

Sara apareció como una brisa extraña que te sorprende al abrir una ventana. Vino acompañada de una amiga llamada Lidia, dispuesta a no poner las cosas fáciles. Su entrevista doble es también historia de mi vida. Muchas veces he querido unir su foto a la página de Yaiza y Luis en mi libro, pero soy tan extremadamente cuidadosa con estos caminos que no deben cruzarse que me he forzado a no hacerlo aunque sé que si Sara y Yaiza se hubieran encontrado se habrían querido al instante.

Sara, que ahora tendrá 26 años, vino al centro por un anuncio que escuchó en Los 40 Principales. Tenía 21 años cuando la conocí y representaba el ejemplo perfecto de la donante que el mundo debería conocer. La Organización Nacional de Trasplantes ha conseguido, gracias a estupendas campañas y a la colaboración de mucha gente muy generosa, que el ser donante de órganos sea un motivo de orgullo. Sin embargo, la donación de gametos no goza de esta especie de bendición social. Eso, claro está, si no eres Sara.

—Hola, doctora.

—Buenos días a las dos. Sara es…

—Yo soy Sara. —Sus ojos verde agua me llaman poderosamente la atención.

—Yo no voy a donar; vengo sólo a acompañarla. Soy Lidia.

—Hola, Lidia. En realidad estas entrevistas son personales y no suelen entrar acompañantes, pero si Sara quiere que estés con ella…

—Sí, sólo vengo a informarme —intervino Sara.

—Yo fui la que le contó que otras amigas lo habían hecho, que era fácil, que te llevabas unos mil euros y, al final, son simplemente unos pinchazos…, ¿verdad, doctora?

—Bueno, en realidad no es tan sencillo. No sé adónde habrán ido tus amigas, pero Sara o tú, si quisieras, tendríais que pasar unas pruebas de selección. Primero una entrevista médica conmigo y después otra con la psicóloga del centro. Al fin y al cabo, a una donante la sometemos a situaciones en las que va a tener que hacer las cosas muy bien.

—¿Qué necesita saber de mí en esas pruebas? —me pregunta Sara sonriendo amable y dejando a un lado el tono arisco de Lidia.

—Bueno, te voy a preguntar por antecedentes familiares, personales, te haríamos una analítica que exige la ley, una exploración física para ver tus ovarios, estudiaremos tu reserva ovárica, que por tu edad será seguro estupenda, también tu útero y, bueno, en general certificaremos que te encuentras en un buen estado de salud física y mental.

—Pero, vamos, que si quieres mentir puedes y ellos no tienen forma de contrastarlo. A Eva, la de segundo, le preguntaron si tenía cáncer de mama en la familia y…

—Lidia —la interrumpo visiblemente molesta—, ¿cuál es exactamente la razón de tu visita?

—Asegurarme de que no engañan a mi amiga y de que sepa a lo que ha venido y lo que debe recibir por ello. Ustedes sólo quieren sus óvulos, pero ella tiene que sacar lo que le corresponde.

—Lo que le corresponde, como tú dices, es una compensación regulada por la Comisión Nacional de Bioética. Es una compensación por el tiempo y las molestias. Tomamos como referencia cuántas visitas al centro tendrá que hacer la donante, cuántas analíticas, ecografías, cuánto tiempo pierde en su trabajo si lo tiene y se cuantifica…

—Y hablamos de… —Lidia sigue en ese papel de negociadora patética. Idiota o no, me está sacando de quicio.

—Hablamos de unos mil euros por ciclo, como tú has dicho. En este centro, cuando aceptamos a una donante, la sometemos a un máximo de dos o tres ciclos…

—Y luego te puedes ir a otra clínica y como no hay un registro… —Lidia insiste en molestar.

—Mira, Sara, tu amiga tiene razón, no existe un Registro Nacional de Donantes donde nosotros podamos chequear si has donado en más centros. Puedes engañarnos con esto y puedes engañarnos en la entrevista, pero ¿sabes una cosa? ¿De qué te serviría? Creo, además, que en la entrevista psicológica te podrían cazar y no merece la pena. Bueno, a ti seguro que te cazarían —le digo a Lidia haciéndola un poco más pequeña e infame de lo que es.

—Creo que ninguna de las dos sabéis por qué estoy aquí. —Sara se apodera de la situación—. Primero, yo quería venir sola, pero tú has insistido en acompañarme y me parece bien, pero esto es serio e importante para mí. Es cierto que me viene bien el dinero, muy bien, de hecho, pero me he decidido a donar, a pesar de que me dan miedo las agujas y sé que me tengo que pinchar, porque una tía mía, después de muchos intentos, no ha logrado ser madre y sé cuánto ha sufrido. Ahora está a la espera de una donante. Sé que no puedo ser yo, por eso, ya que no puedo ayudarla directamente, me gustaría ayudar a otra mujer que lo esté pasando tan mal como ella.

Nos quedamos calladas. Lidia y yo. Sin palabras.

—Es imposible que me encuentren, ¿verdad? —me pregunta Sara.

—Tu donación será completamente anónima y se garantizará la confidencialidad.

—¿Qué pasará con los embriones?

—Unos se transferirán y otros serán crioconservados. —Sara me mira y entiende cada palabra de lo que digo. Ha venido informada, decidida y preparada—. Estos serán utilizados por la pareja o la mujer, o bien donados con fines reproductivos, de investigación… Pero esto ya no te corresponderá a ti. Tú tendrás pleno poder de decisión hasta que tus óvulos sean fecundados, si antes de que esto ocurra tú nos llamas porque te lo has pensado mejor, se puede revocar el consentimiento, pero una vez mezclados, esos ovocitos no son propiedad tuya.

—No quiero saber nada de ellos —me responde Sara—. Para mí lo importante es que los dejo aquí y nadie me podrá buscar y nunca podré saber nada de esa pareja, ni de sus hijos. Eso es lo único que me da miedo y me asusta.

—Te garantizo que eso no puede ocurrir.

—¿Y si quisiera congelar algunos para mí?

—¿Congelar tus óvulos?

—Sí. Algunos para mí. Para que no me ocurra lo que le ha pasado a mi tía. Me gustaría tener ese seguro y si soy joven, mejor ahora, ¿no? Ella dice que, si lo hubiera sabido, habría congelado hace años.

—La verdad es que la congelación de óvulos no es una compensación como tal, pero podría hablar con el centro conociendo tu interés, seguro que te podemos ayudar.

Sara fue y ha sido la única mujer que nos ha propuesto algo así. Por eso, ella representa para mí el futuro. La mirada larga de quien sabe ver un poco más allá.

—En cuanto a la compensación, Lidia, quiero que sepas que no me ha ofendido tu insistencia, pero creo que sobraba cierto protagonismo que hoy no te correspondía. En Estados Unidos, una mujer puede vender sus óvulos al mejor postor y pedir diez mil dólares porque es rubia, judía, universitaria, muy inteligente, 1,80 de estatura y pocas veces hay estafas o problemas con esta serie de tratos. También te digo que en Francia, por ejemplo, está prohibido compensar y por eso hay apenas cien o doscientas donaciones en todo el país. No tengo problemas con el dinero y tampoco con la solidaridad, pero sí con los obstáculos. Ahora, si Sara me lo permite, me gustaría que la esperases fuera para que podamos avanzar en el examen médico. ¿Te parece, Sara?

—Claro. Lidia, puedes esperarme fuera o vete si quieres. Puedo coger el autobús para volver a Madrid. Te llamo luego, ¿vale?

Lidia se da la vuelta y recoge su bolsa. No parece que vaya a esperar a su amiga y ni siquiera contesta. Sara y yo nos quedamos preparando la donación. Le digo que hay una mujer esperándola que se parece mucho a ella y a la que va a convertir en una madre muy feliz.

Me he sorprendido recordando a Sara dentro de una perfumería. Sin pensarlo me he probado hasta tres fragancias florales. Ahora parezco un jardín atiborrado en plena primavera. No me importa, porque ella y esas semanas juntas preparando el paso hacia Yaiza fueron estupendas. Sara las vivió como un acto de solidaridad imborrable. Me hablaba de su tía una y otra vez, de sus problemas de fertilidad, de sus llantos en medio de una comida familiar sin que nadie supiera el motivo, de su confianza y sus secretos. Fue bonito, la medicina muchas veces lo es, sobre todo si tienes la suerte de que llegue una Sara a tu vida. Sus óvulos congelados siguen en nuestro centro y espero verla algún día de nuevo aunque sea para saludarla y decirle que tenemos que darles un destino. Cualquier excusa sería buena para volver a darle las gracias por mí y por Yaiza.

Ojalá todo el mundo fuera como ellos tres. Ese triángulo de cariño y buenas intenciones que formaron sin querer. El mismo día que tenía a Sara en un quirófano tumbada para la punción, Yaiza y Luis esperaban en otro cuarto para dejarnos la muestra de él. Logramos cuatro embriones de similares características. Implantamos dos que son ahora las mellizas que corren en esa casa; los otros dos siguen congelados a la espera de su decisión. Nunca tuve dudas cuando los conocí. Sentí desde el primer instante que lo conseguiríamos. Cada día tengo que lidiar con parejas a las que quiero decir, y a veces lo hago, que no. No estáis preparados, no lo hagáis porque no lo vais a querer. Hombres o mujeres que me piden que me fije en el mentón familiar y me traen fotos para que busque esa característica, convencidos de que lograremos que el futuro bebé la herede. «Mire mis ojos». «Mire mi perfil». «Míreme, doctora». ¿Qué tal si le dejo de mirar a usted para seguir mirando hacia delante? Esa es la respuesta que me gustaría dar, aunque no siempre puedo.

—¿Qué miras?

Una pregunta casi en la nuca me sobresalta. Seguía dentro de ese mundo de perfume con mis recuerdos de Yaiza, Luis, Sara y también de algún paciente insoportable al que no le dije lo que debía a tiempo.

—Doctor Prado, ¿qué tal?

—Hola, Miranda. He llegado pronto y al pasar te he visto dentro de la perfumería. Melchor me ha escrito porque se va a retrasar. Seguro que te ha dejado un mensaje. Me dice que nos vayamos sentando y pidamos algo. ¿Quieres probarte algún perfume más o podemos irnos?

Me acabo de dar cuenta de que Simón tiene los ojos del mismo color de Sara y Yaiza. Un verde agua transparente que sin querer asocio a las buenas personas.

Lejos de avergonzarme de mi cóctel de aromas, le contesto.

—Voy a probarme uno más y nos vamos. Así podrás decirme si te gusta.

CAPÍTULO 13

—

EL PINO, LA BICI Y OTROS CUENTOS DE CAMA

Quince minutos después seguimos hablando de talcos, maderas y limones, canela y jazmines. Simón también se ha probado media perfumería jugando a las mezclas imposibles. He olido sus muñecas una y otra vez, detectando la justa rudeza. Por su actitud y su olor, por su disposición a dejarse llevar por el juego, me he dado cuenta de que no sabe, ni quiere ser áspero. No delata ni tan siquiera cierta tristeza; si realmente la ha traído desde Nueva York, la deja escondida en casa. Es alegre y humilde, y le gustan las mujeres con olor, un mundo que huela y se manifieste para darnos la oportunidad de saborearlo y reconocerlo.

—Me encantan los perfumes, pero sólo necesito ponerme una gota, sólo unas gotas de una fragancia que no me encaje y puedo pasarme toda una mañana mareada y con náuseas. Típico regalo que abres sin haberlo probado antes en cualquier perfumería como esta y cuando quieres quitártelo está dentro de tu piel.

—Trabajo en un lugar tan séptico, tan extremadamente antinatural, que echo de menos los lugares con olor, las mezclas imposibles, alguna mancha, algo que gotea… Suelo viajar a Asia de vacaciones sólo para «mancharme» de colores, emborracharme de sabores extremos, olor… Un paisaje vital que estimule mis sentidos. Paso demasiadas horas en esa especie de cubo de cristal que es un laboratorio.

—Podrías ponerte una gotita de perfume bajo la nariz.

—Eso me despistaría. Lo cierto es que es fundamental que mis sentidos, y hablo de lo básico, estén prácticamente anulados para que pueda concentrarme en todo lo demás. Mi vista tiene que ir un poco más allá, llegando a alcanzar una mirada analítica, no una que se deleita con lo que ve..., aunque te reconozco que no siempre lo consigo.

—Sin embargo, dicen que lo consigues casi siempre...

—Ojalá fuese así. Tengo mi manera de hacer las cosas, pero estoy convencido de que me queda por descubrir siempre un método aún mejor, un toque que no he visto, un detalle que se me ha escapado. El tiempo que paso ilusionado ahí dentro tiene que ver con lo inesperado que ahora no soy capaz de identificar y que sé que un día de estos llegaré a ver.

—Menuda fe en tus posibilidades...

—No es falta de humildad, es amor por lo que hago. Auténtico amor —dice dos veces la palabra «amor» y parece que el suelo tiembla mientras caminamos—. Creo en lo que hago mucho más que en mí mismo.

—De alguna forma, los límites que tienes son los técnicos y los que determinan tu propia capacidad y talento. Yo, sin embargo, trabajo con otros límites, y a veces son tan injustos...

—Y a veces son también muy necesarios, ¿no crees? En cualquier caso, ¿a cuáles te refieres?

—Los conoces de sobra. Tú vienes de Estados Unidos, la tierra sin límites.

—Conozco los límites de la ley, pero no sé cuáles te quitan el sueño a ti. —Me acabo de imaginar dormida a su lado y no puedo evitar que todo lo que está pasando tenga un tono, no sé cómo definirlo..., ¿íntimo?

—Antes de la perfumería he estado observando a una paciente en una tienda. Buscaba desesperadamente congraciarse con la imagen de una chica joven que podría ser, por su fenotipo, una de sus donantes. Esa mujer sufría y yo no hubiera sabido cómo ayudarla. Al menos, creo que soy capaz de acompañarla hasta un puerto en el que encuentre un final feliz. Pero, por ejemplo, mira esto... —Me detengo frente a una foto enorme que cubre medio escaparate. En ella hay un chico negro y una chica blanca abrazados y sonriendo casi volcados sobre la cámara—. Si ellos fueran mis pacientes, yo no podría hacer nada. Si ellos dos fueran pareja, no podrían tener un hijo mulato conmigo.

—Tendrías que buscar por ley el fenotipo de la madre...

—Incluso si su semen fuera el que no entrara en juego, con óvulos de ella, con el 50% de su material genético... No podría elegir un donante de raza negra. Sólo podría elegir a un hombre que se pareciese a la madre. Trabajo en un mundo demasiado femenino, en el que la mujer es la absoluta protagonista.

—Trabajas en el mundo de la Maternidad. No lo llamamos Paternidad en ningún caso. Por supuesto que la madre lo...

—Fagocita todo. —Vuelvo a mirar el cartel—. Es injusto. Trabajamos con leyes injustas...

—Que cambiarán sin duda. Cuando fueron redactadas, entiendo que no habría muchas parejas mixtas en España. No muchísimas, al menos.

—No, pero con que haya una, sólo una, en la que yo tenga que eliminarlo a él de la ecuación como si fuese la nada, sólo una... —Mi discurso se tensa llevada por el énfasis—. Me basta para querer acudir a encadenarme al ministerio para protestar.

Simón se ríe.

—Hazlo.

—Debería hacerlo. Sin embargo, me quedo en ese despacho intentando aliviar el dolor que provoca lo injusto y la sinrazón para que esa pareja no se sienta peor aún. Ese es mi lugar de trabajo, lo contrario al tuyo, infectado de emociones, dolor, entusiasmo, esperanza, ilusión, verdades a medias…

—Parece más vivo que el mío.

—Que sea más complejo no significa que esté más vivo.

—Tú trabajas con la vida en su origen.

—Y tú con esa vida en desarrollo. ¿Quién está más vivo? —Simón deja la pregunta en el aire y le indico el camino hacia el restaurante. Le cuento el tipo de lugar que ha elegido Melchor para nuestra cita.

—Otro sitio que huele —me dice plantado a pocos centímetros del jamón ibérico que lleva sudando al menos una hora. No me da tiempo a contestarle.

—¿Tenían reserva?

—Mesa a nombre de Simón Prado —contesta él. ¿No había reservado Melchor?—. Hizo la reserva mi secretaria aconsejada por la de Melchor. No nos lo tengas en cuenta. Entiende que llevo mucho tiempo fuera de España. Todo esto tan español —abre los brazos señalando las paletas y los jamones que cuelgan cerca de una barra— me gusta… ahora. Es el regreso. Luego se me pasará.

—Te lo perdono porque estás de vuelta, pero si volvemos a comer o a cenar, nos alejaremos de tanto… tocino.

—Me encanta el tocino. —Acabo de visualizar la grasa que tengo en la cara interna de los muslos. Necesito concentrarme para que esta conversación no se me vaya de las manos.

—Entonces, te gustaría cambiar el mundo de la medicina reproductiva…

—Me gustaría que fuese más productiva, si te pones así. Yo trabajo con emociones y a veces, los límites legales no ayudan. Empezando porque no puedo ayudar a un hombre sólo, a una pareja gay, a una mujer sin útero que necesita la gestación subrogada… Hay tantas cosas que no puedo hacer… Pierdo demasiado tiempo entre miedos, supersticiones y falta de información. La desinformación me mata. Aquí en España, ya te darás cuenta, todo nuestro mundo sigue siendo algo ciertamente secreto y escondido. A veces tengo la sensación de que trabajo en un centro de espionaje.

—Tú eres James Bond y yo el señor de los inventos.

—Lo digo porque la gente se esconde, por eso hay falta de información, porque no se habla con libertad de ello en la calle; al menos no en todas partes, y así es como crecen los rumores, las leyendas, todo eso que impide mi trabajo, lo ralentiza y en algunos casos lo imposibilita.

—¿Leyendas como cuáles? ¿remedios naturales y esas cosas? Eso no hace daño y lo sabes, Miranda. —Ha dicho mi nombre mientras extiende la servilleta sobre sus piernas y me ha sonado a postre caliente. ¿Habrá sentido algo especial al decirlo? Por su soltura, creo que no—. ¿Qué tiene de malo confiar, creer en algo por muy absurdo que sea?

—La realidad es necesaria…

—Y la fantasía también… ¿De qué quieres hablarme? ¿De desterrar todas las leyendas populares que se han extendido a lo largo de la tradición familiar de generaciones y generaciones?

—Que lleven vivas mucho tiempo no significa que no haya que acabar con ellas.

—Si estás mirando tan atrás, no estás hablando de tomar maca andina, aceite de onagra, dieta rica en zinc, selenio… y esas cosas. Tú estás hablando de…

—Hacer el pino…, la bicicleta… —Simón empieza a reír a carcajadas y yo le sigo—. Tú sabes que lo que me duele no es…

—… Que las parejas hagan la ridícula bicicleta, ni el pino al final, culo para arriba… —No puede parar de reír.

—Sino que el hecho de que una mujer asocie ese día que hizo el pino a su embarazo y lo cuente frustra a todas las que hacen la misma postura y no lo logran. Y no entro en las posturas para lograrlo, esa es otra… La idea supersticiosa acerca de cómo lograrlo…

—Bueno, al menos, las prueban todas y eso que ganan.

—Y ¿qué me dices del «cuando se relajaron se quedaron»? —digo, de nuevo irritada—. ¿No será que cuando se relajaron empezaron a disfrutar más el uno del otro, mejoraron sus relaciones sexuales, fueron más intensas y frecuentes…? —Me ruborizo ligeramente—. ¿No será que confundimos relajación con normalidad?

—Yo sólo puedo pensar en todas las mujeres de este restaurante haciendo el pino y todos los hombres atiborrándose de maca andina. —Simón no ha soltado la risa en ningún momento.

—¿Incluido tú?

—No, incluida tú y el pino. —Ahora me ruborizo de verdad.

—Hace mucho que no hago el pino, te lo aseguro.

—Pues será porque tú no quieres, Miranda.

Cambio de tema porque a partir de este punto no puedo seguir la conversación. Toso ligeramente y levanto la mano buscando a cualquier camarero.

—¿Qué quieres tomar, Simón?

—¿Ya hemos terminado? Era divertido.

—A mí también puede hacerme gracia, pero tú no vives las consecuencias de esa mala información. Algunos vienen destrozados, agotados, con sus relaciones hechas añicos.

Llega el camarero.

—Una cerveza fría, por favor —le digo, y señalando a Simón, le invito a pedir.

—Lo mismo para mí, gracias. —Simón retoma cierta seriedad—. Vale, Miranda. Lo entiendo. Sólo digo que, aun sabiendo lo que sé, quizá me tomara un zumo de tomate si me dijeran que ayuda; y no sería más tonto, ni más infeliz, sólo sentiría que estoy haciendo todo lo que puedo…

—¿Y cuando todo lo que puedo no me da frutos?

—Cada uno en nuestro lugar de trabajo asumimos fracasos. Es parte de lo nuestro, Miranda.

—Precisamente por eso nosotros no podemos apoyar leyendas que sólo alimentan la esperanza en imposibles. Tú no puedes decir lo que has dicho porque eres un hereje dentro del sistema. Se lo haré saber a Melchor —le amenazo pícara.

—En realidad, soy una inspiración a la vida y un terrorista que lucha contra el hermetismo. —Levanta ligeramente los brazos como si fuera un predicador—. Las emociones son como las erecciones, suben y bajan, pero es absolutamente necesario que se den de vez en cuando. —Ahora ya sólo puedo pensar en su erección y todo lo demás se queda flotando en una sopa de ideas y frases que ya no recuerdo—. Fíjate, Miranda, cuando empecé en esto e iba al quirófano con los embriones para que fuesen implantados, me gustaba que los padres mirasen unos segundos bien un embrión y otro…

—O sea, que nosotros, en las consultas, los bajamos a la tierra y resulta que Míster Fantasías vive en el laboratorio.

—Soy muy consciente de las maravillas del proceso vital que manejo. Me sorprende, me abruma, me debilita a veces y siempre me emociona…, señora Fría. Menos mal que te he conocido dentro de una perfumería.

—Porque si no, mi alma olería a aguarrás.

—No tanto, pero un poco de esencia floral interna te ayudaría...

—Dejándome a mí a un lado, tú sabes que esperanzarlos no ayuda…

—O sí…

—No es nuestra política.

—No tienes pinta de seguir la política. No eres chica de protocolos, sino de dar órdenes. A mí no me engañas. —Sus ojos se clavan en mis hombreras identificando los galones que perdí hace tantos minutos bajo su influencia.

«Siempre que en la primera cita discuto, luego me enamoro», pienso.

—¿Qué has dicho? —me pregunta Simón.

—Nada —respondo apurada—. Estaba pensando…

—Me pareció escuchar algo.

Acudo a mi propio rescate.

—Bueno, está claro que pensamos de forma diferente.

—Eso no tiene por qué ser malo. Al revés. Creo que Melchor quiere que trabajemos juntos. Le he pedido un contacto… —La palabra «contacto» me eriza el nacimiento del pelo a la altura de la nuca—. Alguien a quien acudir.

—Ellos, los pacientes, al final, sólo tienen al doctor Google, cómo no van a buscarlo…

—Por eso yo quiero tenerte. He visto los datos de tu trabajo y Melchor confía mucho en ti. Yo también quiero confiar en ti.

—Aunque pensemos de modo muy distinto.

—Precisamente por eso. ¡Hombre!, quizá me hubiera venido mejor que fueses más dócil, pero no siempre los embriones más perfectos son los mejores. Trabajo con una ciencia imprecisa, frágil…, me gusta ese toque de inseguridad.

—El otro día hablabas de instinto. ¿Eso es lo que hace que te llamen La Mano de Dios?

—¿Tú me llamas así?

—Por supuesto que no —me apresuro a mentir.

—Creo en el instinto. Tú lo tienes. Al menos el instinto de cambiar las cosas. Mira lo del chico negro. Eres una guerrera. Nos pelearemos, pero seremos felices y muy productivos haciéndolo. Y yo me tomaré complejos vitamínicos que no sirven para nada para poder alcanzarte y ser tan listo como tú —me dice mirándome fijamente a los ojos.

—El fichaje estrella eres tú. No lo olvides. —El camarero llega oportuno con las bebidas y varios platitos en una bandeja, anchoas, aceitunas rellenas, patatas fritas, tomate con melva.

—Y tú me contarás quiénes son ellos. Conoceremos sus historias. Intentaremos comprenderlos mejor…, a las personas y a sus células.

—Tú estás loco…

—Y completamente enamorado de lo que hago. Aspiro a poder interpretarlo todo. Necesito la información y la ayuda. En Nueva York trabajaba así. —En un instante adivino la colaboración de su exnovia—. Y mis tasas de éxito se deben a la información, a toda la información, no sólo a la del laboratorio.

—¿Me estás diciendo que tú, entre los parámetros que valoras en el trabajo, incluyes a las personas?

—Por supuesto. Son lo más importante. Ellos. Ellos despiertan mi intuición. Elegiremos juntos. Buscaremos el brillo que el otro no ve. Le daremos algo de sentido a todo esto que nos supera.

Yo sí que estoy absolutamente superada. Tengo calor y cierto sofoco. Todo lo que me dice me acaricia y no puedo evitarlo…

—Y además —continúa—, eres madre. Y fuiste madre muy pronto. Lo sentiste todo de otra manera. No vives esa angustia, y eso es importante.

Si él supiera de mis angustias, de la difícil e irresistible Olivia, de mi complejidad y mi soledad…

—Todo me sirve. Tu mirada es algo que yo no puedo tener. La maternidad y a tiempo… Imagina lo que sabes. Eres un pozo de sabiduría, Miranda.

—¿Porque me quedé preñada cuando era una cría de un chico que salió corriendo con el rabo entre las piernas?

—Por eso mismo. Viviste un idilio maravilloso con tu embrión que ahora es tu hija. La maternidad a tope.

Hace que todo sea tan fácil y acompaña cada palabra con una sonrisa.

—Eres un romántico. Un hombre de ciencia romántico...

—Y renacentista... Soy un...

—Disculpad el retraso. —Melchor entra rompiendo la atmósfera como si hubiera volcado todo el peso de una espada medieval sobre la mesa. Le odio por destruir este momento—. ¿Ya habéis hablado? Has puesto al día a Mirandita.

—Más o menos. Creo que nos entenderemos, pero antes de tomar una decisión quiero saber algo. —Simón y Melchor se saludan con un apretón de manos.

—Lo que necesites —dice mi entrometido jefe.

—Creo que esa respuesta no la encontraré en su currículo. Dime la verdad, Melchor, ¿me ha llamado alguna vez La Mano de Dios?

—Siempre. De hecho, no creo que sepa ni que te llamas Simón.

—Entonces, como me imaginaba, esta es mi chica —me dice señalándome con el dedo.

—No hay nada como llegar a una comida de negocios y que tus subordinados ya hayan hecho el trabajo. Ahora sólo nos queda celebrarlo.

La voz de Melchor se diluye entre ruido de platos en la cocina, comandas y nuevos clientes que no dejan de pasar rozando nuestra mesa. Lo miro sin querer mirarlo así, rendida a su discurso, a sus ideas. Creo que podría pasarme todas las horas que aguantara despierta sólo escuchando todo lo que me quisiera decir, y siento que estar a su lado me haría capaz de lograr cualquier cosa.

Noto cómo se desvanece por completo mi pequeño peso de autoridad... Y me encanta.

CAPÍTULO 14

LA MADRE PAVO REAL

Han pasado dos semanas desde aquella grasienta comida que me supo a gloria. La Mano de Dios y yo compartimos las intimidades de decenas de personas, incluidas sus células y embriones, su futuro, sus esperanzas y sus posibilidades, sin compartir ni mezclar ni un poco de saliva propia. Nos llevamos bien, en realidad, mucho mejor que bien. Nunca había trabajado con alguien tan competente e inspirador. Es divertido, listo, ágil, muy guapo, atento, educado, sorprendente y... pasa de mí. Cuida de su compañera a los mandos como si fuese el mayor de sus tesoros, pero cuando termina lo que nos haya unido dentro de su laboratorio se esfuma sin que lo pueda apresar. No da opciones al *afterwork* porque nunca me explica dónde va, ni qué hace, no da pistas y no se disculpa. Da por hecho que esta situación es perfecta —lo adivino por su entusiasmo— y continúa alimentándola como si saltarse este protocolo fuese a romper la magia profesional o simplemente porque quizás no le intereso lo más mínimo como hembra. Me fastidia reconocerlo, pero cuando me mira sé que me cogería y me elevaría por los aires para celebrar un embarazo deseado entre nuestros pacientes más difíciles, pero para nada más.

Nosotros nos dedicamos a los fluidos de otros.

Mi amiga Manuela es una experta en intercambio de fluidos sin fines reproductivos. Le encantan los hombres, pero detesta a los niños. Ni siquiera siente una mayor debilidad por los de su familia; verdaderamente, no le gustan nada de nada. Le ponen nerviosa desde siempre o, al menos, desde que yo la conozco. Manuela asegura que recuerda de forma tan nítida su temprana pulsión sexual como su determinación de no ser madre. Nunca ha dudado; es más, le dan miedo las embarazadas y no soporta la idea de imaginarse en ese estado. Le da, como ella dice, «mucho yuyu». Manuela no es una egoísta, ni una arpía, no es rara, ni mala. Es, de hecho, mi mejor amiga y una de las personas más dulces, generosas y francas que he conocido. Trabaja en una gran agencia de publicidad como alta ejecutiva. Lleva cuentas importantísimas a nivel internacional y adora su día a día. Ayer me llamó para invitarme a una cena en la que tiene intereses profesionales. Me recogerá a las ocho de la tarde para llevarme a una gran casa en La Moraleja, vivienda del hijo del dueño de una de las principales bodegas de España. No me ha dicho el nombre, asume que no sé nada de vinos y acierta. «Es una excusa perfecta para vernos. Tú y yo sabemos pasárnoslo bien en cualquier parte, Miranda». En eso tiene razón. He viajado con ella por el mundo, he criado a Olivia gritando a Manuela por teléfono y hemos sido felices con todo y con nada. Manuela me necesita esta noche para no morirse del aburrimiento en una cita de esas que se pueden torcer porque no llevan a ninguna parte… o todo lo contrario. Simón, La Mano de Dios, sin embargo, no necesita a nadie, ni nada, para sentir que tiene un objetivo, un destino, un lugar al que llegar para ser, sin buscarlo, el más fascinante y el más inalcanzable de todos los vencedores.

—Miranda, por favor, han pasado dos semanas, ¡dos! —Manuela marca un dos con los dedos soltando el volante—. Eres impaciente y muy caprichosa.

—Tú no estás todo el día arrimada a él, que encima te mira como si fueses un ser complejo de estructuras moleculares, sin un alma que querer estrujar.

—Es posible que lo que te propone con su comportamiento sea precisamente eso, llenar otros rincones, Miranda. No todo es sexo… —La voz de Manuela ha adquirido un tono de locutora nocturna que no le pega nada.

—Habló la que no busca sexo sin razones. ¡Pero si vas presumiendo de ser la mujer que más estrellas Michelín se ha tirado, Manuela! ¿De qué vas? —Siempre hablamos de eso entre cóctel y cóctel. Lo de Manuela con los cocineros es recurrente.

—A mí siempre me ha gustado un chef. Tú nunca has hablado de que tuvieras ninguna predilección por las ratas de laboratorio. Lo mío es una pauta seria. Lo tuyo es: el ahora.

—Si lo vieras…

—Si lo viera me daría igual. Me gustan otras cocinas donde las cosas saben y huelen…

—A él también, o eso dice…

—Que diga lo que quiera. Según me cuentas, se pasa más de doce horas diarias en ese lugar tan frío en el que trabajas y luego se despide sin saber siquiera si cenará, dormirá o verá una buena serie. Si tanto le fascinara la vida con sabores, se metería en más salsas.

Las dos reímos pensando en un camarero de República Dominicana al que le hicimos probar casi una decena de salsas para testar su paciencia. Estábamos un poco borrachas aquel día y el camarero, por su bondad, acabó en brazos de una agradecida Manuela.

—¿Cómo se llamaba? —Seguimos riendo sin parar.

—Ni idea. —Manuela gesticula elevando los hombros hasta sus orejas—. Pero recuerdo muy bien que la boca le sabía a una mostaza buenísima.

—¡Eres una asquerosa! —le grito.

—Siempre mi amor. Y lo sabes… —me señala.

Estamos entrando ya en La Moraleja e intentamos recomponernos de nuestra locura del momento. La Mano de Dios se queda en una nube de recuerdos que dejamos reposar en la parte trasera del coche y Manuela me da el esperado *briefing* de nuestra cita.

—Bueno, amiga, esta es la situación que tenemos entre manos. Este señor, nuestro futuro cliente, o eso espero, está casado, tiene tres hijos, uno de ellos muy pequeñito, y ha organizado esta cena porque ha trasladado su residencia a Madrid hace como un año. Le conocí en una fiesta de otra marca de su sector y me pareció muy interesante lo perdido que estaba. Necesita una agencia de publicidad que presente su marca al mundo. Y ahí entra en juego esta cena que puede ser terrible o espectacular. No sé cuántos vamos a cenar. No sé cuál es el perfil de sus invitados o amigos. No tengo ni idea de nada más. Tenemos que estar aquí y pelear en esta batallita por el imperio de los vinos. ¿Estás conmigo, amiga?

—Siempre. ¿Cuántas botellas hay que beberse?

—Las que quieras hasta que te apetezca subirte a la mesa. Ahí paras, Miranda, o te paro. —Me rasca un poquito el hombro con una uña—. Porque cuando lo conocí me dio la sensación de que este señor, llamado Carlos, no se ha divertido ni un solo minuto en toda su vida. —Miro a Manuela con el gesto de reproche que merece—. Ya sé que te dije que sería un plan divertido, pero eso, cariño, sólo dependerá de nosotras.

La concentración de *nannies*, la mayoría sudamericanas, en el jardín de la casa nos deja claro el nivel adquisitivo de los invitados. La zona arbolada parece una guardería. Cada una vigila a los suyos, sin perder el zigzag de las carreras. Detrás de los gritos de los niños adivinamos los graves de las voces de sus padres, que, suponemos, ocupan un perfecto porche frente a una gran piscina.

—Manuela, ¡bienvenida!

El tal Carlos nos recibe con un grito controlado en la distancia. Desde ese punto ya vemos parte de la piscina y del porche.

—¡Qué rabia da que sean tan predecibles y nosotras tan perras viejas! —me susurra Manuela muy bajito al oído. Y luego sube el tono de voz—. ¡Carlos! Por fin logramos vernos fuera de las fiestas de otros.

—¡Qué razón tienes! Soy un desconsiderado por no haberte traído antes a mi casa.

—Te presento a mi amiga Miranda, compañera de fatigas, pero no de entorno profesional, afortunadamente.

—Quieres decir que será una persona honesta, no como tú. —Carlos es gracioso. Me cae bien al instante. Quizás Manuela se ha equivocado. Yo sí creo que se lo ha pasado bien algún minuto de su vida.

—Hola, ¿qué tal? —Una voz femenina entra en escena.

—Os presento. —Carlos sonríe—. Esta es mi mujer, Catalina.

Un metro antes de llegar Catalina, sin soltar el bebé que lleva en los brazos, nos ha mirado de arriba abajo ligeramente, pero sin disimular. Pudiera parecer que miraba el césped para no resbalar con el niño, pero en realidad nos acaba de hacer un examen que puede que no hayamos pasado.

—Bienvenidas. —Catalina espera algo y no sabemos qué es.

No hemos traído regalo, pienso, ni una mísera botella de vino (aunque eso hubiera sido ofensivo en el caso de una mala elección), algo para la casa, una vela aromática... Nada. Hemos venido con las manos vacías. ¡Hay que ser cutres! Miro a Manuela en busca de una explicación, la que sea...

—La verdad —dice ella en modo salvavidas— es que hemos tenido un día horrible y no sabíamos siquiera si podríamos venir, pero... —Manuela tose— finalmente hemos podido llegar, aunque no nos ha dado tiempo a... —Catalina interrumpe su explicación y nos demuestra su falta de interés en el tema que abordamos, es decir: otra vela, otra botella de vino. De repente, le recoloca el chupete al bebé y sonríe. Inmediatamente después nos mira. Creo que ahora sé lo que está pasando.

—¡Felicidades! —digo—. ¿Qué tiempo tiene? —Catalina, sin disimulo de nuevo, asiente, dando por bueno nuestro gesto actual. Eso era lo que esperaba: máxima atención en el retoño.

—Tiene cuatro meses. Se llama Mauro y está muy grande para su edad.

Manuela y yo nos quedamos de nuevo en silencio, esperando que Carlos nos invite al porche para mezclarnos con los invitados, pero eso no ocurre. En un momento, empezamos a creer que se trata de una cámara oculta por el silencio de los dos.

—¿Duerme bien? —improviso. Manuela espira en señal de alivio.

—Muy bien. Es un niño muy bueno, ¿verdad, Carlos? —Carlos, que ya no parece tan divertido, sonríe entregado al interrogatorio silencioso.

—¿Lo queréis coger? —Manuela casi da un respingo ante la oferta. Me toca salvarla porque sé que está aterrorizada.

—No. —Me acerco al bebé y le toco la frente con el pulgar—. Está muy tranquilo en tus brazos. Si lo cogemos se despertará y ya sabemos que eso puede ser una… —no sé cómo terminar la frase— una… mala noticia…

—… para todos —añade precipitadamente Manuela.

Catalina acaba de sentenciarla a ser decapitada socialmente en su mesa. Estoy segura de que yo correré, tarde o temprano, la misma suerte.

Estamos ya en el segundo plato y ninguna conversación ha salido de la esfera magnética que crea el bebé y la vida familiar de la casa de los vinos. Manuela la acaba de bautizar así en un wasap por debajo de la mesa, al que ha añadido: «Nos bebemos la bodega y nos vamos». La mayoría de los invitados asistimos atónitos a esta oda a la maternidad, incluso los que también son padres y que ya han mandado a sus niños con las cuidadoras de vuelta a casas que imaginamos en la misma urbanización o cerca de ella. Alguna madre en la mesa ha acompañado a Catalina en alguna de sus observaciones sobre la vida completa y llena que te aportan los hijos, la importancia de elegir bien un colegio, seleccionar escrupulosamente a las personas que cuidan de ellos y tener la mejor línea de higiene del bebé que todas ellas comparten. Me he fijado en una chica que hay en la mesa y que ni siquiera se atreve a coger la mano de su pareja cuando este la pasa por su muslo, según me indica el movimiento de su brazo. Es una caricia corta y calmante, sin presión. Creo que ella, rubia de pelo extraliso, ojos casi transparentes, está sufriendo duramente el acoso de las Madres Pavo Real comandadas por Catalina. Soy ginecóloga, no adivina, pero llevo tantas horas con parejas que estas reacciones no me pasan desapercibidas.

—A veces, me planteo incluso que tengamos… ¡cuatro! —Catalina grita el número como si fuese la locutora de un bingo. La mesa ríe y busca la contestación de Carlos. El Señor del Vino y los Hijos asiente y consiente desde el otro lado de la mesa. Mi imaginación me traslada a la Edad Media.

—Lo quieres, cariño, lo tienes —dice él.

Semejante afirmación hace que deje el tenedor sobre el plato sin evitar su sonido al caer. Dejo de comer.

—¿Sabéis por qué lo dice? —continúa hablando Catalina en una especie de charla programada que han debido de reproducir ante decenas de personas—, porque de Huguito, nuestro primogénito, nos quedamos a la primera y cuando digo a la primera es a la primera. Yo esperaba quedarme en unos meses después de la boda, pero...

—... Yo disparo una vez y me sobra. —Carlos acaba de convertirse en el hombre más desagradable que he conocido en los últimos meses o años. Ahora es la chica casi albina la que busca con el cuerpo y los sentidos a su pareja.

Pienso en la verdad de la historia de Catalina y Carlos. Es cierto que hay parejas superfértiles, pero no son tantas. Quizá ocurriese así, como lo cuentan, o quizá sólo están exagerando. Miro alrededor y me fijo en la decoración de la casa, obra de un decorador afamado, seguro, pero con poco talento. Un espacio sin personalidad, plano y frío. No veo obra de arte alguna, pero sí una demostración de poder. Personas que viven de puertas para afuera, muy típico en países del sur de Europa, los coches de lujo, las camisas más bonitas, los mejores relojes... No me molestan las parejas anuncio, es más, acabo de ver un sillón precioso que me ha sorprendido, una joya entre tanta ostentación y ¡me encantaría tenerlo en mi salón! Y poder poner también el pedazo de proyector que veo suspendido en el techo preparado para llenar una pantalla gigante. Me encantaría presumir de todo eso y más, pero nunca presumiría de Olivia. Mi hija es un motivo de orgullo para mí, un lazo de amor, mi alma y mi carne, pero lo que siento es tan íntimo y profundo que me produce incluso cierto pudor compartirlo. La quiero tanto que me sentiría incómoda contándoselo a cualquiera.

—Carlos, ¿te importaría acercarte a mirar si están los niños despiertos? Me encantaría que nos dieran las buenas noches. —Carlos, obediente y aparentemente orgulloso, abandona el salón.

Me imagino una manifestación de todos estos padres, juntos, origen y germen del tabú social que daña a tantas parejas que recibo. Ellos, que prácticamente programan sus embarazos, cargados de bebés en tropel, bajando en un autobús por la calzada de la Castellana, como si hubieran ganado un título de Liga.

Carlos aparece por la entrada del salón que debe de dar a las habitaciones. Lleva de la mano a un niño de unos cinco años. El pequeño bosteza y se frota la nariz sin abrir del todo los ojos. A la vez, carga una niña de rizos voluminosos, una muñeca desplomada sobre su hombro. Los dos llevan pijamas de estrellas de diferente color.

—Hugo, Patricia, pequeños —dice Catalina—, decid buenas noches a los invitados. —Todos sentimos una compasión natural por los niños. La niña está profundamente dormida—. Es raro —añade Catalina—, ella siempre está despierta.

Se acerca a la niña y le pasa el pelo detrás de la oreja.

—Patricia, mi amor —le susurra—. ¡Mira quién ha venido!

Cada vez nos sentimos más violentos. Ninguno queremos que rompa su sueño. El niño ya tiene los ojos como dos faroles, despierto como si fueran las nueve de la mañana. Catalina sigue tocando a su hija, la sacude levemente poniendo la palma en su espalda. La niña se revuelve y gime para expresar su descontento. De repente, una voz rompe el momento de tensión.

—No los despiertes. —La chica rubia tiene una voz aguda de flauta y bosque. Parece una auténtica ninfa. Está enfadada con la rabia peligrosa de las hadas.

—No pasa nada, Alberta —dice Catalina tajante y dueña de los metros que habita.

—No es necesario. Ya los hemos visto. Están preciosos. Déjales dormir.

Catalina mira a Carlos. Hugo sonríe a la elfa albina como si fuera un hada de verdad. No puede dejar de mirarla mientras su padre lo arrastra de nuevo hacia su habitación, ahora ya excitado y despierto. Le dice adiós con la mano, agradecido y cómplice. Mientras, su madre, Catalina, vuelve a la mesa después de lanzar un par de besos a sus hijos.

—Alberta es mi prima y Marco su marido. Se casaron hace ahora... ¿cuánto? ¿Un año y medio? Y todos estamos esperando que nos den de un momento a otro la sorpresa. ¿Para cuándo, Alberta? Porque ya os toca...

El hada ha dejado de volar. Su melena rubia cae con más peso sobre los hombros. Marco, su pareja, manifiesta su nula intención de colaborar acomplejado por nadie sabe qué.

—Siempre le digo a Alberta: «cuando seas madre lo entenderás». —Catalina mira a toda la mesa de uno en uno—. Entenderás tantas cosas, prima.

Alberta está a punto de llorar. Baja la cabeza hasta que su barbilla toca con su pecho.

—¿Y tú, Catalina, estás en paro?

Un silencio de hielo recorre el salón junto al aire acondicionado.

—¿Tu vida es tan ideal como la pintas o en realidad... no? —le digo sin apartarle la mirada ni un segundo.

—¡Disculpa! —Catalina se ríe nerviosa.

—Te lo he preguntado con toda mi buena intención, tal y como preguntas tú, desde el respeto y el cariño —ironizo y miro a Manuela. Me estoy cargando todas sus posibilidades de negocio y no he sido lo suficientemente generosa con mi amiga. He saltado sin pensar. Manuela me mira y sonríe, y me marca un gesto afirmativo rotundo para que no dude—. Porque tú, Catalina, no has preguntado desde el cotilleo, ¿verdad? —ironizo—; de hecho, ya tenías preparada tu próxima embestida del tipo: «¿Y sabéis si tenéis algún problema?». O alguna crueldad similar… Y ellos —señalo a la ninfa— sólo intentan sujetarse con conductas adaptativas para sobrevivir a los actos en sociedad. ¿Y cómo lo hacen? Con frases hechas del tipo «no es un buen momento», «ya veremos más adelante». ¿Habéis oído decir alguna vez a una pareja en una conversación ante desconocidos: «Lo estamos intentando, pero tenemos dificultades y por eso estamos en tratamiento»? Me apostaría algo a que no —paseo mi mirada por cada uno de los comensales.

Golpeo un poco la mesa para hacer notar aún más mi enfado. Estoy retando a los que me miran. Alberta, de repente, empieza a llorar con un gimoteo lastimero y vencido.

—¡Y tú no llores! —le digo, acogiéndola en mi barco a punto de zarpar. Pienso en sacarla de aquí.

—¿A qué se dedica tu amiga, Manuela? Me has dicho que no pertenecía a tu mundo, ahora siento verdadera curiosidad por saber de dónde saca ese carácter poco amigable y ciertamente tosco —pregunta Carlos, muy molesto con lo que se ha encontrado a su vuelta.

—Miranda es ginecóloga y trabaja en reproducción asistida desde hace muchos años, es… —Catalina la interrumpe.

—¡Ah, bueno! Si tenemos aquí a la doctora Mengele, entonces lo mejor es callarse. Bastante tienes con dedicarte a eso a lo que te dedicas tú.

—Y ¿a qué crees que me dedico yo?

—No sé. Quizá yo no trabaje porque cuido de mis hijos, pero al menos no tengo que estar pensando que juego con embriones que están por allí y luego vete tú a saber, locuras como el bebé medicamento, crear un niño para salvar a otro…

—Pero ¿qué dices? ¿Te has vuelto loca? Nosotros ayudamos a la gente, ¡ayudamos! Que no te quepa ninguna duda.

—Tengo todas las dudas. Todas. Afortunadamente, nuestro consejero espiritual nunca nos permitiría participar de esas barbaridades que hacéis ahí. Vais a acabar seleccionando el sexo y destruyendo embriones o experimentando con ellos. Es lo más parecido a un infierno que yo pueda imaginar. Y ahora… —Catalina está a punto de echarme de la casa, pero Manuela entra en escena y se pone de pie.

—… Ahora, nos vamos a ir, pero no antes de deciros a algunas de vosotras, a ti, Carlos, te dejaré fuera, lo que veo desde mi absoluto rechazo a lo maternal. Soy una hereje convencida. Detesto la maternidad. Me da miedo y me produce escalofríos. Soy una mujer feliz y sé que lo soy porque no tengo hijos. El «si fueras madre lo entenderías» —mira directamente a Catalina— no me impresiona porque ya soy una señora, mayor que tú, Madre Pavo Real. No me das miedo y tu consejero espiritual me da exactamente igual. Y a ti —se vuelve hacia Alberta— te aconsejaría que visitases en secreto a mi amiga para que no se entere tu familia, que evidentemente no está de tu parte, e intentases ser mamá y ser feliz, si es eso lo que quieres.

—Alberta no va a ir a ningún sitio de esos. La familia y la ayuda de Dios serán suficientes —concluye Catalina.

Manuela y yo recogemos nuestras cosas en silencio. Ningún invitado se mueve para despedirnos. Hemos sobrepasado el impacto de decenas de bailes sobre la mesa. En esta casa ya somos leyenda, pero nunca nos volverán a dejar entrar. Bueno, en esta y en todas las de alrededor que habitarán los comensales presentes.

—Adiós —dice Manuela. Salimos al jardín y tropezamos con una pelota de goma del tamaño de los balones de Nivea. Sí, también fuimos niñas. Estamos a punto de alcanzar el portón que nos separa de la calle cuando oímos unos pasos que nos siguen.

—Doctora, espere, doctora.

Es Marco, el marido de Alberta, quien nos descubre su rostro al lado del farol de entrada.

—Quería despedirme y preguntarle si… —Ya has llegado hasta aquí, pienso. No seas cobarde ahora—. Si… tiene usted a mano una tarjeta.

Manuela me quita el bolso y se pone a rebuscar en su interior.

—No tienes —dice Manuela.

—Busca un papel y apunta mi número, por favor.

Se lo entregamos a Marco.

—Estaré encantada de ayudaros hasta donde mi experiencia llegue. Y ahora, vuelve a entrar. Será mejor que no sepan que hemos hablado.

—Alberta se alegrará.

—Buenas noches —le digo, agotada y afectada. Entramos en el coche sin fuerzas para comentar lo ocurrido.

Estamos casi llegando a mi casa cuando Manuela me dice:

—Mengele. Te ha llamado Mengele.

—Bebé medicamento. ¡Qué expresión tan horrible! —le digo aún afectada—. Todos los términos son despectivos cuando los lanzan así. Vientre de alquiler…, pero ¿a quién se le ocurrió?

—Ya. Yo he perdido una cuenta con demasiados ceros para contarlos ahora, pero tú has sido lapidada en una casa de La Moraleja. ¿Te duele algo, amiga?

—Me la imagino con su hija, ya con 15 años, embarazada, convenciéndola para abortar y engañando a su confesor... Me la imagino también con un hijo cuya vida dependiera del nacimiento de otro hermano HLA compatible, o lo que es lo mismo, que su sistema de inmunología de reconocimiento sea idéntico. Me la imagino atravesando esos desiertos y me pregunto si pensaría lo mismo que ahora…

—Ha sido una noche larga, Miranda. Vete a dormir, abraza a Olivia si puedes.

—No somos monstruos.

—Claro que no, cariño, tú eres cualquier cosa menos un monstruo.

El beso de Manuela se queda en mi mejilla como un foco de energía caliente. Cojo el teléfono tentada de llamar a Simón para que me recuerde todo lo bueno que hacemos por muchas personas que nos necesitan. Por supuesto, no me ha dejado ni un mensaje, ni un wasap ni nada de nada. Olivia se ha quedado dormida en el sofá. La despierto despacio, sin romper del todo su sueño, y a duras penas logro que suba las escaleras abrazada a mí. Ya tumbada en la cama, hace el ademán de un beso con los labios, exactamente igual que si fuera aquel bebé que me conmovía agarrado a mi pecho diecisiete años atrás.

La Mano de Dios continua repasando notas en su laboratorio mientras vigila la evolución de unos embriones que han alcanzado su día 4 en muy buen estado. Proteómica y Metabolómica, dos palabras que se cruzan en su ensoñación. Piensa en qué tipo de marcadores le darán una pista sobre lo que pasa, por ejemplo, en el ovocito. Esos datos que le harán ser más eficiente, más rápido, más certero. Mira el móvil y chequea sus mensajes. No tiene ningún SMS, imessage, wasap, ni nada de nada. ¿Quién pudiera entender estos marcadores? Mira el monitor y observa una nueva división en uno de los embriones. «Puede que la biotecnología cambie el futuro de la medicina, pero siempre habrá secretos para la ciencia». La Mano de Dios coge un papel y con un lápiz muy afilado escribe el nombre de uno de ellos: Miranda.

CAPÍTULO 15

COSAS DEL DEMONIO

La luz del sol no hace desaparecer este pensamiento incrustado en mi mente: Cosas del demonio. Las acusaciones de Catalina me han puesto contra las cuerdas de mi propio ring personal. No tengo dudas acerca del propósito y bondad de mi trabajo —dejé esos conflictos atrás hace mucho tiempo—, pero sería estúpida si no intento, al menos, entender a aquellos que sitúan mis prácticas profesionales entre aquellas que son inmorales, peligrosas, esas… cosas del demonio.

Comprendo las dudas que suscita la selección manual embrionaria. Soy la primera que desea que muchos procesos se automaticen para poder descargarlos de responsabilidad humana. Catalina es una mujer detestable, pero no es la única que me ha mirado con desconfianza. Me ha pasado con gente a la que quiero, con amigos y —por qué no reconocerlo— con algún familiar incapaz de comprender nuestros límites. El miedo a ese lugar o tiempo en el que todo sea posible provoca los mayores insultos y desprecios. Yo tampoco quiero un «todo vale», no lo apruebo, no me hace sentir segura en la defensa de lo que hago; no quiero imaginar un futuro donde todas las locuras particulares prosperan, ni una evolución de la técnica que anula el debate de los conflictos morales. Prefiero pensar en un futuro donde esas conversaciones buscan al contrario, aunque no piense igual que tú; como charlar con un sacerdote como el padre Gafo, experto en bioética, con todas sus dudas y su curiosidad. Él comprendía parte de lo que hacemos y otra parte no. Nunca se sumó a aplaudir la selección embrionaria, pero comprendió los casos particulares, el análisis de cada uno de ellos, y los beneficios de algunos métodos reproductivos. El padre Gafo murió y no nos dejó un reemplazo con quien yo pudiera hoy hablar de esas nuevas «cosas del demonio». Nadie que me pueda recordar con su cariño que la incomprensión nos frena y reponernos de sus ataques es también nuestra pelea. Saber lo que hay que saber y dudar de lo que debemos dudar. En ambas situaciones, con la misma intensidad.

—¡Miranda! —Mariano abre la puerta de mi despacho sin llamar, con un abanico de plumas en la mano—. ¿Vendrás mañana al desfile, Mirandita? ¡No te lo puedes perder! Este año, no. Me lo prometiste. Disfrázate conmigo. —Me parece ver a Mariano casi desnudo detrás de ese abanico de doble color rosa y nata. Una música de sintetizador entra en mi cabeza con un sabor incluso metálico.

Alguien llama a la puerta. Echo un vistazo a la agenda en el ordenador. Tengo programada una visita a esta hora. No hay nombre.

—Pase. Adelante. —La puerta se abre. La fuerte luz del pasillo no me permite ver bien la cara de mi nueva paciente. Es por su silueta una rotunda mujer.

—Buenos días, doctora Ortega.

—Buenos días, discúlpeme, pero en citaciones no han debido tomar su nombre o no lo ha cargado el sistema…

—No importa, de hecho, no es relevante. No vengo a hablar de mí, sino de usted. Estoy muy interesada en su trabajo.

—En mi trabajo para que pueda ayudarla a usted de alguna manera…

—En su trabajo a secas.

—¿Es usted periodista, trabaja en otra clínica? Sin saber quién es ni a qué se dedica no podré contestarle a muchas cosas. En realidad, no podré contestarle a ninguna.

Me fijo en ella intentando averiguar lo que no me cuenta. Es una mujer que ronda la treintena, quizás 32 o 33 años, su voz, sin embargo, denota una madurez mucho mayor. Es morena, de piel curtida, como una indígena que viviera en una zona desértica. Sus pómulos son, por el contrario, jugosos y rosáceos. Tiene una melena negra y ondulada, la lleva secada al viento por sus bucles naturales, algunos más enredados que otros. Se muerde las uñas. Sus manos son largas y un riego fuerte denota las venas del dorso. El color de su piel disfraza su sangre de un verde oliva. Es moderadamente guapa, extrañamente andrógina, pero, a la vez, terriblemente femenina. Tiene los ojos tan negros como el fondo de una cueva fría y los labios dibujados como una cerradura perfectamente simétrica. Es alta, muy alta diría, ahora que me fijo en la longitud de sus piernas cruzadas; y si pudiera acercarme a comprobarlo, diría que huele a tierra y que ha cocido verdura esta mañana.

—Yo tengo problemas, como todo el mundo, pero no tienen que ver con mi fertilidad. Tengo problemas con lo que hace usted con la fertilidad de los demás.

—En realidad, yo trabajo con personas que, precisamente, tienen problemas de fertilidad. Nunca intervengo si la fertilidad no está comprometida.

—Interviene si una mujer soltera quiere ser madre por muy fértil que sea.

—Intervengo porque su deseo es ser madre y no puede conseguirlo sin un donante, por ejemplo.

—Interviene si dos mujeres lesbianas quieren ser madres, o una de ellas al menos quiere serlo y las fecunda…

—También con semen de donante, sí…

—Y en el caso de las parejas a las que trata, selecciona los embriones que implanta…

—Los seleccionan en laboratorio, sí. Siempre buscamos el resultado positivo y siguiendo nuestros parámetros intentamos identificar a los embriones más viables, los que van a darnos las mayores posibilidades de que esa pareja, o esa mujer, puedan lograr el embarazo. Pero… ¿por qué me pregunta todo es...?

—¿Y qué piensa usted realmente de esos parámetros?

—No sé a qué se refiere…

—¿Cree que realmente saben lo que hacen o que están dando palos de ciego?

—Si pudiéramos, por ejemplo, analizar un poco más todos los embriones estaríamos más seguros, pero la ley aún no nos permite biopsiarlos todos, sólo en algunos casos…

—Analizarlos quiere decir manipularlos.

—Nosotros fecundamos en laboratorio. Por supuesto que los manipulamos. Es necesario para hacer nuestro trabajo.

—Pero hay técnicas más invasivas que otras…

Levanto el teléfono para llamar a una enfermera que me aclare quién es esta señora. La línea comunica.

—Desde luego, pero si quiere analizar mi trabajo y conocer mi opinión, creo que hacer un diagnóstico de los embriones será el futuro de la reproducción. En todos los casos que los padres así lo deseen. Eso mejorará sustancialmente los resultados.

—Y ahora no lo pueden hacer…

—No siempre que queremos, sólo si la edad de la madre compromete seriamente la salud del bebé o si los padres tienen algún tipo de enfermedad grave hereditaria. —Mi paciente sin nombre levanta los brazos y se retira el pelo para hacerse una coleta. El gesto denota un calor que yo no siento.

—Pero con Nuria y Salvador sí lo van a hacer.

Calor o ganas de pelea. ¿Cómo sabe lo de Nuria y Salvador? Esta misma mañana he recibido la aprobación de la Consejería de Sanidad. Nadie la ha visto excepto yo. La miro fijamente. «¿Quién eres y cómo lo sabes?».

Nuria y Salvador

Nuria y Salvador vinieron a nuestra clínica en un momento de total desesperación. Nos explicaron su situación entre lágrimas, sollozos y fotos de su hijo Ángel, un niño afectado de aplasia medular severa, una grave enfermedad hematológica que provoca la desaparición de las células encargadas de la producción de sangre en la médula ósea.

—Nos han dicho que aquí nos podrían conseguir una técnica para salvar a nuestro hijo.

Hablan de lo que hacemos sin demasiado conocimiento. Rendidos a cualquier esperanza que podamos darles por muy frágil que sea.

—Han hecho lo mismo con otra pareja el año pasado —nos dijo Salvador en una consulta en la que estábamos varios médicos del centro.

—Es cierto —contesta Melchor—, en esta clínica practicamos el Diagnóstico Genético Preimplantacional en el caso de una pareja con un hijo afectado por beta-Talasemia mayor. Pudimos determinar, gracias a esa técnica, qué embrión tenía un perfil de histocompatibilidad idéntico al hermano (HLA). El bebé nació sano y en un hospital especializado pudieron utilizar la sangre de su cordón umbilical para salvar a su hermano enfermo. Fue un proceso largo y complejo, pero el resultado no pudo ser mejor.

—Nosotros queremos hacer lo mismo —dice Nuria con la lágrima a punto de resbalar.

—Es ella la que está con Ángel desde el principio, hay que cuidarlo mucho y... aunque es un niño estupendo y ya se ha acostumbrado a los pinchazos, sólo queremos que nuestro hijo esté bien.

Un carraspeo ayuda a Melchor a continuar.

—Les explicaré cómo son estos procedimientos. Nosotros debemos informar a la Consejería de Sanidad de nuestra comunidad, que, a su vez, tendrá que consultarlo a la Comisión Nacional de Reproducción Asistida.

—¿Y eso cuánto tarda? —se precipita Salvador. Yo tengo que mirar a la ventana para que no adivinen mi frustración.

—A veces... demasiado —digo.

—Son procedimientos largos —quiere suavizar Melchor—. Deben pasar muchos controles burocráticos.

—Pero nuestro hijo está muy enfermo y podría... —Nuria no logra verbalizarlo.

—Nosotros —añade Melchor— podemos insistir todo lo que podamos desde aquí e intentar agilizarlo con nuestro equipo jurídico, pero hemos tenido malas experiencias a veces en cuanto a la celeridad. No estamos autorizados a haceros ese tratamiento en el que participaríamos sin dudarlo, si no contamos con esa autorización.

Otro silencio terrible se posa sobre la mesa de reuniones.

—También debo advertiros que estos procedimientos a veces funcionan, pero no tienen una tasa de éxito del cien por cien.

—Eso ya lo sabemos —dice Salvador visiblemente hundido—, pero es nuestra única posibilidad. Eso es lo que nos han dicho los médicos. Este es el único camino para curar a nuestro hijo…

—Tendremos otro hijo o una hija que, además, salvará a su hermano. ¿Qué puede haber de malo en eso? —plantea Nuria abriendo los brazos.

—Empecemos a tramitarlo cuanto antes —le digo a Melchor.

—¿Trabaja usted en algunos de los organismos oficiales que han tramitado los permisos para el caso de Nuria y Salvador? —Mi paciente sin identificar tiene demasiada información para ser simplemente una desconocida.

—¿Quiere decir para este nuevo «bebé medicamento» que nacerá en el próximo año? —me contesta.

—Ese nombre es ¡horrible! —le digo visiblemente enfadada.

—¿Cuál? —me pregunta tranquila mientras se acaricia el pulgar con las yemas de los dedos desde el meñique hasta el índice.

—¿Cuál va a ser? Be-bé me-di-ca-men-to —digo lentamente—. Es terrible. No sé quién es usted, pero si no me lo aclara no tengo por qué compartir con usted información confidencial…

—¿Confidencial? —dice mientras se levanta y comienza a reír—. Miranda, Miranda. Nunca has sido fácil. —Camina delante de la mesa de lado a lado y puedo confirmar su elevada estatura, su musculatura perfecta y su imposible mezcla de piel extraseca y, por zonas, jugosa, casi húmeda—. ¿Cómo te gusta llamarlo a ti?

—Desde luego, nunca lo llamaría be…

—No hablo de eso, Miranda. Eso no me importa. Un caso más. Otra historia que ya veremos cómo acaba… Me refiero a cómo te gusta llamar a todas las respuestas que no tienes, a todo eso que no puedes explicar… —Se apoya en la mesa y el pelo le cae de un golpe sobre los brazos como lianas pesadas e irrompibles. Me envuelve como en un hechizo—. ¿Cómo llamas tú a lo que le pasó, por ejemplo, a la hermana de Mariano? —¿También conoce a Mariano? Regresa a su movimiento ensayado por la habitación—. ¿Cómo llamas al embarazo natural de una mujer cuyas trompas estaban, como dijiste tú…, selladas?

—No sólo lo dije yo. —¿Cómo había conseguido también ese historial? ¿Habría hackeado los archivos del IVI?—. Su diagnóstico era claro.

—¿Claro? —Vuelve a reír—. Y ¿entonces? ¿Qué pudo pasar?

—¡Quién sabe! —contesto elevando la voz y poniéndome en pie, harta de tal interrogatorio—. ¡Casualidad, evolución… Azar!

—De esas tres —me dice mirándome fijamente a los ojos— mi favorita es azar. Me llaman Azar, Suerte, Casualidad, Destino, Fe, incluso Dios cuando les encaja, pero es mucho más sencillo… —Su silueta comienza a agrandarse como su voz. El olor a musgo, barro y verdura hervida se hace insoportable—. ¿Cómo te atreves a alzarme la voz? ¡Todo lo que pasa aquí ocurre porque yo lo permito, Miranda, yo y solo yo! —me grita con el dedo índice marcando toda mi cara—. Puedes llamarme por mi nombre o seguir inventándote excusas, proyectos, casos particulares, madres, madres y más madres a las que acompañar, pero ¡Madre sólo hay una y soy yo! —Su grito hace vibrar los cristales de las ventanas del despacho—. Yo soy la que tiene todas las respuestas y la que, sólo a veces, te da lo que deseas. La más injusta y la más venerada. La más poderosa y, en ocasiones, la más insensible. Soy la única madre de la que merece la pena hablar, Miranda, ¡arrodíllate ante mí! ¡Arrodíllate ante La Madre Naturaleza!

Cuando abro los ojos no puedo reconocer mi habitación. Me revuelvo en la cama esperando una señal que me devuelva a algún lugar seguro. Me incorporo jadeando, con los párpados desaparecidos en un gesto de terror. Corro por el pasillo hasta dar con la puerta de la habitación de Olivia. Está dormida con los cascos puestos, pero reparo en ello cuando ya la estoy agitando. De un salto, abandona su sueño y me increpa: «Mamá». «Olivia, ¿tú crees que lo que hago...?».

Los pinos se agitan fuera sin violencia, mecidos por un movimiento casi musical. Escucho su roce y no termino esa pregunta. Decido cambiarla por otra. «¿Puedo dormir contigo esta noche?». Antes de que se niegue, entro en su cama y me acurruco para abrazarla en cuanto se da la vuelta. Por encima del pelo de Olivia, miro de nuevo los pinos. Un repentino cambio de aire los revuelve por un segundo como si fueran personas desorientadas que no saben hacia dónde van. Un instante después, regresan a un bamboleo tan metódico como el de un diapasón. «Aquí la Madre soy yo» —susurro. Olivia refunfuña apretada contra mi pecho.

CAPÍTULO 16

—

EL CONGELADOR

Simón, La Mano de Dios, está sentado en su despacho. Acabo de verlo a través del doble cristal que le separa del pasillo y del laboratorio. Es un despacho sin intimidad. Todo el mundo puede observar lo que hace. Podría haber elegido cualquier otro espacio en la planta, pero, por deseo expreso, tal y como me explicó Melchor, ha elegido este cubículo porque «quiero estar en el centro de lo que ocurre». Lo cierto es que observarlo —como hago yo ahora— es inspirador. Está recostado en su sillón, mirando varias pantallas empotradas a la altura de los ojos. Tiene las plantas de los pies desnudos pisando la pared. Analiza, sin prisa, tres embriones diferentes. Parece concentrado, casi ensimismado en la visión. En la otra pared distingo imágenes impresas y notas en una pizarra blanca. Dejo de espiarlo desde la retaguardia y permito que entre en mi campo de visión el movimiento de los biólogos rodeando incubadores y mesas de trabajo. Accedo al despacho de La Mano de Dios sin disimulo, ni paso de iglesia. Percibe al instante mi presencia, pero no se gira. Antes de que pueda saludarle, me dice:

—A veces pienso mucho en congelar el tiempo, teniendo en cuenta que lo hacemos… —¿Por qué habrá dicho eso?, me pregunto. ¿A qué ha venido esa extraña frase que no termina…? De momento ni siquiera he podido ver su perfil, sólo una nuca de nacimientos en remolino igual que un mapa meteorológico de los mares cuando gestan huracanes—. ¿Dónde y cuándo comienza la vida para ti, Miranda?

—En cualquier momento —respondo casi en un susurro, hipnotizada por las preguntas y por su forma de hacerlas. ¿Cómo ha sabido que soy yo sin mirar atrás?

—La situación más habitual, la que vivimos a diario en este laboratorio, es tener varios embriones de buena calidad, transferir uno o dos y congelar el resto a 196 bajo cero en nitrógeno líquido. A esa temperatura no hay metabolismo. Eso quiere decir que, a nuestra manera, congelamos el tiempo «hasta que la pareja complete su deseo reproductivo». Tendremos, por ejemplo, varios embriones concebidos a la vez, pero que pueden ser implantados con años de diferencia, incluso décadas. Y en realidad, ¿cuántos años tendrán? A veces pienso en ello, más a menudo de lo que crees...

—Medimos la edad en función de esa implantación que marca el inicio de la vida tal y como la concebimos los científicos. Tenemos que pensar así, Simón —le miro fijamente a la nuca—. Esa es nuestra responsabilidad, mantener la mente fría y ganar en el cálculo de probabilidades.

—No podemos saber si un embrión es completamente sano, pero podemos saber si es más sano que otros... ¡Ya sé que eso es mucho!... —Abre los brazos y empuja la pared con los pies—. Pero eso no es suficiente —pronuncia la última palabra con una rabia macerada en esos días sin avances.

—¿No lo es?

—No, para mí no. ¿Qué no estoy viendo, Miranda? Derivar espermatozoides es difícil, pero se consigue..., derivar ovocitos, aún no, pero llegará; y eso, ¿cómo nos cambiará? ¿Recuerdas cuando no contábamos con la vitrificación? Todo era tan lejano..., y ahora ahí está. ¿Dónde está el futuro? ¿Por qué no puedo verlo con claridad?

—¿Qué tienes ahí? —Señalo la pared de la pizarra. Hay muchas notas superpuestas y mensajes subrayados. Distingo claramente un «Todo lo que se me escapa» escrito como un sol alrededor del que orbitaran datos, imágenes impresas de embriones y anotaciones repetidas hasta la obsesión.

—Nuestro Embrioscope, que es la máquina que nos permite observar el desarrollo de embriones con un sistema de fotografiado y grabación en vídeo, me da una imagen de ellos cada ocho minutos. Además, me permite evitar la manipulación de los embriones porque es una máquina estanca. Yo sólo los miro. Sigo su secuencia de división y persigo al mejor embrión. Ahí, en esa pizarra por la que me preguntas, tienes los dos mejores de una implantación que se hará mañana. —Por fin se gira. Tiene los ojos algo cargados, como si hubiera forzado mucho la vista—. Esos los tengo claros, pero estos que ves, estos tres… —Me señala los embriones de las pantallas de vídeo—. De estos tres tengo dudas…

Echo un vistazo rápido y sin querer entrometerme en su trabajo hago un juicio que hasta un niño pequeño podría hacer. Parece evidente cuáles son los dos más viables. ¿Por qué él no lo puede ver? Llaman a la puerta de cristal de forma protocolaria, pero abren sin recibir respuesta. Entra un biólogo y se baja la mascarilla para informar…

—¿Qué tal? —le pregunta Simón—. ¿Cómo los has visto?

—Bonitos.

—Y ¿de estos? —Le señala las pantallas.

—Ese no —responde decidido—. El tres me gusta menos.

Ha elegido el mismo que hubiera descartado yo. Vuelve a coger su mascarilla con la precisión de un cirujano y regresa a la sala.

—Esos embriones de los que me habla —me dice Simón con los ojos verdes algo más relajados— se muestran preciosos en todas sus fases, y en el tercer día los biopsiamos (la mamá tiene más de 44 años) y no son viables. Este es el cuarto ciclo, ya ha pasado en tres ocasiones y reconozco que me cuesta creer en el éxito de este caso particular. Hay algo que no estoy haciendo bien… Miranda —pronuncia mi nombre como quien se acaba de comer una cucharada de natillas. Me mira fijamente a los ojos—. Tú y yo tenemos que lograrlo. Entre los dos tenemos que ser capaces de entender nuestros límites para superarlos. Mira, ¿ves lo que veo yo? —Se dirige de nuevo a las pantallas.

—No sé a qué te refieres, Simón.

Se coloca delante de la pantalla número 3.

—No quiero descartarlo. Sé que hay algo en él, es distinto, parece que no cumplirá, pero lo observo y… es distinto…

— Ya, pero su aspecto no me dice nada bueno y no cuento con la información sobre sus parámetros…

—Los datos tampoco son los mejores, sin embargo… a mí me gusta. No lo quiero descartar. No quiero. Sé que no debo.

Me parece que lo que está haciendo no es caprichoso. Por el contrario, le preocupa, le quita el sueño.

—No brilla igual —le digo mirando la división celular de ese embrión, un poco maltrecho respecto a sus compañeros de fecundación.

—Eso no me importa. ¿Qué es el brillo?

Ahora soy yo la que se siente en división y viviendo una profunda transformación. ¿Soy realmente la que no daría nada por ese embrión? ¿Y si tiene razón? ¿Y si tiene futuro?

—¿Qué es bonito para ti, Simón? —Me acerco hasta sentir el calor de su espalda sin rozarlo. La Mano de Dios sólo respira concentrado en la imagen—. Me refiero a que utilizáis el término «bonito» para hablar de un tipo de embriones.

De repente, se da la vuelta y sus ojos parecen escanear mi cara.

—¿Qué es «bonito» para mí? Morfológicamente por su división y por su aspecto se pueden adivinar muchas condiciones del embrión, aunque a veces sorprenden. Ya sabes que debemos tener cuatro células en el día 2 de desarrollo y entre siete u ocho células en el día 3. Analizamos porcentajes de la superficie, fragmentos, simetría, multinucleación de las células y morfología. A todo eso lo llamamos «bonito». —Ojalá me hubiera mirado de arriba abajo al decir eso—. Pero la realidad es que, incluso siendo muy buenos, las posibilidades de embarazo no son de un cien por cien, ni poniendo dos a la vez. Por muy «bonitos» que nos parezcan, hay muchos datos que se nos escapan y que con la tecnología actual no podemos averiguar. —Me sonríe desde alguna parte cercana a su corazón—. Por eso te decía que nos falta mucho.

—Pero también conseguimos mucho. —Le devuelvo la sonrisa inclinando levemente la cabeza hacia atrás.

—Eso es «bonito», muy bonito. —Abandona la tensión por un momento—. Verte sonreír así, lo es.

Pienso de nuevo en la frase de su pizarra: «Todo lo que se me escapa» y le añado: «A mí mucho más que a ti». «No te lo puedo decir, Simón. Cuando te miro no sé dónde empieza la vida de los demás, pero sé que una nueva vida para mí podría empezar ahora».

—¿Dónde empieza la vida? ¿Cuándo, Miranda? —me vuelve a preguntar Simón como si me hubiera leído el pensamiento—. Para los católicos con la fecundación. Para los científicos, en general, cuando implantas. El embrión es un potencial, pero hasta que no se pega a un útero no ha empezado nada. La vida como tal necesita un útero para implantarse. En Israel, por ejemplo, consideran que es vida a partir de la semana 8 o la 12, no sé muy bien. Por lo tanto, el debate es global, aunque tiene muchos matices. Pero, sea donde sea, yo tengo el compromiso con esos embriones. Por eso hay bancos con células de las parejas, porque es nuestro compromiso. Observa, Miranda. —Me acerca a la pantalla hasta que mi cara casi pega con el cristal—. Es un compromiso y es nuestro. —Me deja frente a la imagen y comienza a caminar por el despacho—. Sin embargo, el concepto de vida nos complica mucho las cosas. ¡Mucho! En Estados Unidos únicamente te preguntas: Con lo que estoy haciendo... ¿perjudico a un tercero? Y en España a esa misma pregunta me contestan: Sí, porque va a haber embriones no HLA compatibles que vas a destruir. Es un ejemplo: ¡Estoy hablando de un caso extremo, como el niño nacido que puede ayudar a un hermano enfermo! Pero, además, ¡lo que me están diciendo o reprochando no es cierto! Porque yo me comprometo a que ese embrión no HLA compatible o se lo va a poner la pareja en el futuro o lo donarán. Sí, hay países que los desechan, pero no es el caso español. Aquí no se hace; y sin embargo, siempre hay obstáculos y trabas.

—Sin embargo, yo también pienso en la destrucción y no me hace gracia, la verdad. No me gusta. No entiendo el porqué de la destrucción de embriones en países que lo permiten, aunque tampoco entiendo el porqué de la no donación.

—Miranda, estamos diciendo lo mismo —me responde—. Con la vitrificación de 2006/2007, la ley española cambia y todo cambia con ella. Todo lo que congelamos sobrevive. Los tanques de nitrógeno nos han dado todas esas posibilidades. Un embrión que tú congelas ahora y no sobrevive es porque era un mal embrión, pues ya sabemos que la congelación no daña.

Continúa caminando por el despacho y acaricia alguna que otra imagen mientras sigue descargando sus pensamientos frente a mí. Me siento en su sillón. Salta de una reflexión a otra como si todo en su mente fuera parte del mismo nudo.

—Para descartar un embrión en un tratamiento tienes que estar plenamente convencido, al cien por cien, de que no va a dar lugar a nada. Y ahí está la clave. Tú puedes decir este es de 10, este de 9 y este de 7, pero todos pasan de 5. Todos están aprobados. Y ahora tienes uno de 3. —Levanta la cara para mirar la tercera pantalla de nuevo—. Pero a veces embriones potencialmente muy buenos no funcionan, y algunos regulares y malos embarazan. Nunca sé qué está pasando en realidad.

—Eso nos ocurre a todos, Simón. ¿Sabes cuántas veces no puedo determinar la causa de infertilidad de una pareja? Tampoco sé qué está pasando en muchas ocasiones, y no tengo respuestas que dar, ni a ellos ni a mí.

—¿Hay algún embrión que he descartado que podría haber embarazado? Yo quiero pensar que no, pero no tengo esa certeza. ¿En qué me baso? En datos: puedo ver cuál es la capacidad de supervivencia de embriones lentos, acelerados, fragmentados, asimétricos, y así voy creando mis parámetros sin tener la seguridad absoluta, pero intentando encontrar la fórmula.

—Más de una vez he tenido que decirle a una paciente que sus embriones no estaban muy bien, pero que lo íbamos a intentar. En un caso de donación jamás lo haría, pero sí en un caso particular donde los resultados no han sido muy buenos. Nuestra capacidad de adaptación a situaciones sin respuesta también es importante y fundamental en el proceso.

—Me gustas, Miranda —me dice girando rápido como si fuese a hacer una pirueta—, tus respuestas me estimulan y me retan. —Lo ha dicho como si acabara de leer una analítica. Con la misma frialdad—. Ahí va mi respuesta: una madre que tiene un problema va a tenerlo dentro y fuera del laboratorio. La diferencia es poder identificarlo. Nosotros tenemos el compromiso de buscar respuestas.

Me mira fijamente y toma aire llenando todo el pecho. Parece satisfecho por la libertad que ha experimentado compartiendo sus dudas conmigo, sus quebraderos de cabeza, su presión.

—Y ahora, acompáñame al laboratorio, por favor. Quiero que lo veas detenidamente conmigo.

Salimos del despacho y cruzamos el pasillo. Le sigo hasta la puerta en la que me da pantuflas para cubrir mis zuecos y un gorro para recoger el pelo. Nos lavamos las manos juntos. Entramos en el gran centro de operaciones.

—Tenemos una clínica estupenda, pero aún hay que mejorar. La tecnología es carísima y se queda obsoleta en nada. Los sistemas que se utilizan, el tipo de aire, las condiciones de luz y humedad, las sustancias orgánicas volátiles, los medios de cultivo. Apoyado en la mejor tecnología, me acerco mucho al poder elegir muy bien…, pero no del todo.

Ahora, juntos, tenemos que convencer a Melchor para que empecemos a hacer IMSI y no ICSI de 400 a 6.000 aumentos. Refinar aún más la selección de espermatozoides.

—Quieres un Ferrari de la reproducción. ¿Te parece necesario?

—¡Claro que sí! Y ¿por qué no un Ferrari si podemos conducirlo juntos? —Coge una pastilla en la que va a trabajar un biólogo y en la que ya ha puesto medios de cultivo—. Algo tan sencillo como los medios de cultivo que reproducen condiciones similares al útero materno puede aumentar o disminuir los resultados hasta 10 puntos. También es importante que las superficies estén perfectamente calefactadas a 37 grados para evitar cambios térmicos.

La Mano de Dios acaricia la superficie de trabajo con la palma y no puedo dejar de pensar en caricias a temperatura corporal.

—Mira los incubadores. —Deja la mesa atrás y me lleva frente a las máquinas—. ¿Está ahí la vida, Miranda?

Siento que sí, pero no le respondo porque estoy en una especie de shock ingrávido, como si flotara en medio de la Estación Espacial Internacional.

—Óscar, nuestro biólogo, lo está demostrando ahora mismo. —Sobre Óscar hay una pantalla en la que vemos su trabajo manual—. Está seleccionando un espermatozoide.

—Esa es la gran pregunta: ¿Cómo eliges tú, en vez de que lo haga la naturaleza? —pregunto.

—¿Ilumina el Espíritu Santo al biólogo? No lo sé. ¿Lo sabes tú? —Óscar elige un espermatozoide y lo captura para practicar una ICSI.

—No creo que nada intervenga en esto más que nosotros —digo convencida.

—La madre naturaleza —apostilla Simón. Al instante recuerdo mi sueño y esa cabellera de pelo negro parece presentarse en cualquier rincón del laboratorio. El olor a tierra y verdura. Querría tener la confianza suficiente para contarle mi pesadilla a La Mano de Dios, pero no quiero que me tome por una loca ahora que empezamos a parecer un equipo. Retomo el carácter científico de nuestra charla.

—Esto es medicina basada en la evidencia. Lo que mejor resultado me dé es lo que voy a replicar, y tiene que ser reproducible. No hay otro camino, ni espíritus, ni madres de la naturaleza, ni nada…

—¿Estás segura?

—Por eso necesitamos madurar en la investigación, para desarrollar eso que dices que me falta… la intuición.

—A ti no te falta. Otra cosa es que no te permitas soltar ese instinto.

Pienso en mi instinto y en soltarlo y no sé qué quedaría de Simón después. Una bola de besos y abrazos entre la admiración y la pasión. Reproduzco en mi mente su serenidad al caminar, el brillo de sus ojos y su forma de apretar los puños para manifestar su desencanto. ¿Podría cambiar el mundo para que pudiese encontrar un mayor grado de paz?

—Las concentraciones de CO_2 de los incubadores, máquinas que cambian el medio de cultivo aumentando la seguridad... —enumera cada vez más lento, como una canción que va terminando con una voz que casi desaparece—, hasta ese momento nuestros embriones quizá te pongan muy buena cara cuando puedes verlos, pero es posible que te hagan una gansada, se han podido dividir de forma irregular, haber absorbido fragmentos mientras no los miras. —Me pregunto qué harás tú cuando no te miro, todas esas horas en las que desapareces—. Necesito un Gran Hermano del embrión.

—Y ahora correlacionamos las pelis del embrión con la cara cromosómica... —Le doy pie para que me siga...

—... el medio de cultivo, el tipo de incubación... —continúa.

—... el tipo de hormonas que lleva la paciente e intentamos ver cuál nos da un mayor potencial de embarazo...

—Y todo eso no es suficiente... porque la respuesta está en los cromosomas, pero no puedo analizar los embriones en la mayoría de los casos. Y tengo que seguir seleccionando en base a la morfología; y como la vida me ha demostrado muchas veces, el más bonito no es el mejor. Mi Messi en el laboratorio quizá no sea el que más brille. —Simón vuelve a su rebeldía habitual más tranquilo. Asume sus limitaciones sin descartar el derribo de todos los muros que le alejen de su objetivo. Me parece un guerrero capaz de abrir puertas pronunciando una sola palabra. Me coge las manos en medio del laboratorio y las aprieta a la altura de su pecho.

—Me siento maniatado —continúa—. Embriones de 7/8 células, se les extrae una. —Parece que me estuviera contando un secreto—. Después de la biopsia vuelve al incubador dos días más. ¿Cómo es posible que la ciencia nos permita hacerlo y la sociedad no? La especie humana tiene unos 20.000 genes, y a veces uno defectuoso produce enfermedades en algunos casos letales, como la fibrosis quística. De esa célula extraída puedo sacar el ADN y buscar ese gen alterado. ¡Puedo saber si lo ha heredado! ¡Por Dios! —No se altera, pero aprieta mis manos descargando una energía casi eléctrica—. Puedo saberlo con un PCR. Puedo saberlo, Miranda, hacerlo con sumo cuidado. Me frenan. Podemos y no lo hacemos. —Me suelta las manos y me agarra los brazos por debajo de los hombros. Siento una flojera en las piernas que me hace temblar—. Podemos evitar la fibrosis quística, distrofias musculares, atrofia muscular espinal, hemofilia o Corea de Huntington. Y la pregunta es: ¿Puedo continuar? ¿Puedo avanzar?

Le contestaría «Claro que puedes», pero no estaría dándole una respuesta, sino verbalizando un deseo. Decido cambiar de tema para romper esta tensión en medio de todo el equipo del laboratorio.

—Y cuándo tienes cinco embriones muy parecidos, ¿cuál pones?

Es una pregunta práctica, pero un poco inmadura desde un punto de vista médico. La prioridad era salir de sus brazos para no caer definitivamente en ellos. Me acerca a uno de los Embrioscope. Vemos las imágenes de los embriones encerrados dentro en una pequeña pantalla.

—¿Tú cuál pondrías? No es un juego, Miranda. —Me suelta para que sienta que estaré sola en esta decisión.

—Tendría que observarlos más.

—¿Quieres hacerlo? ¿Quieres aprender junto a mí?... Vamos lentos, Miranda. Soy un hombre de ciencia que se pega con el mundo. —Le diría tantas cosas que no puedo. Decido continuar por mi prudente camino.

—En cualquier caso, Simón, algún día todo este debate no será necesario. Podrás descargarte de esta responsabilidad. El futuro es la automatización y tú, como mago, desaparecerás. No tu talento, pero sí gran parte de tu intervención, que recaerá en las máquinas…

Una mujer a la que nunca había visto en el laboratorio, con una bata de colores diferente a la de sus colegas, se aproxima a nosotros.

—Hablando de máquinas… —dice Simón con una sonrisa de oreja a oreja—. Te presento a Helena Olmo. Estaba en Valencia trabajando en una línea muy grande de investigación en células madre, pero ha querido que la traigan aquí y la hemos contratado. Lleva unos días en nuestro laboratorio. Para nosotros es un honor contar con una bióloga genetista de su talla.

Helena ya está a mi lado. Tiene los ojos negros como el fin de los tiempos, una impresionante cabellera negra que cae dentro del gorro transparente como una hamaca anudada y una piel morena que destaca entre el azul frío de todo el laboratorio. Es como una playa dentro de una caja de aluminio.

Una silenciosa alarma se enciende en mi cerebro mientras examino a la desconocida. O no tan desconocida, porque Simón está en lo cierto, Helena Olmo es una importante bióloga genetista y he leído varios artículos sobre sus investigaciones con células madre.

—Encantada de conocerte, Helena. No sabía nada de tu llegada… ¿Cómo va tu investigación? Leí un artículo muy interesante sobre tus investigaciones con células madre… —me callo. Tampoco es cuestión de cubrirla de elogios.

—Aparcada. Recortes, ya sabes cómo está el mundo de la ciencia…

—Ella es la única que derivó células madre y tiene siete líneas derivadas. Pero le han cerrado. Todo es absurdo. Ahora es Helena la que tendrá que irse a Estados Unidos. Estoy mirando su destino… —interviene Simón.

—Aunque aquí contigo estoy estupendamente. —Helena apoya la cabeza en el hombro de Simón en un gesto que no sé interpretar, pero que me molesta.

—Le acaban de dar un importante premio por derivar células adultas de la piel a células madre, a la hora de programar células, que, como sabes, es complejísimo. —Simón continúa en este ponche dulzón de alabanzas que no terminan—. Y está a punto de irse a Stanford. Ya sabes que esos experimentos necesitan embriones humanos y aquí no está permitido. Se tendrá que ir. Tiene que ser en California porque el gobernador de ese estado ha logrado una legislación específica para células madre que no puedes hacer, por ejemplo, en Idaho ni en Nueva York.

—Y ¿cuándo dices que te vas a Stanford? —le pregunto directamente a ella, sin disimular que pagaría para que cogiera un avión al día siguiente.

—Ya veremos si la dejo, ahora que ha dicho que está aquí conmigo estupendamente. —La Mano de Dios la rodea con su brazo y la aprieta aún más contra su cuerpo. Es sólo un gesto, pero ella me parece una enredadera verde y mutante a punto de atacar. Un biólogo saca algo de uno de los incubadores y pide ayuda a otro para certificar la procedencia de la muestra, una práctica rutinaria y protocolaria que nunca se deja pasar en un laboratorio como este.

—Me hace gracia cómo os respaldáis —digo.

—Indisolublemente unidos —dice Helena. Y añade sin venir a cuento—: ¿Sabías, Miranda, que las placas donde se hacen los cultivos están talladas en su base, no pintadas? Se preparan cada día, bajo la muestra hay un nombre, el nombre de la paciente, y tenemos que certificarlo continuamente aunque sea para que salgan y vuelvan al incubador rápidamente.

—¿Cómo no iba a saber algo tan básico y tan lógico? —contesto para no ahogarme en toda esta lluvia de talento—. Lo extraño es que, a pesar de todos vuestros controles y conocimiento, Simón hace un momento me reconocía que os podéis equivocar, tal y como yo reconozco ante muchos de mis pacientes.

—¿Llegas a decirles eso? —me pregunta Helena—. Yo jamás les diría tal cosa. Trabajamos con resultados: tasa de embarazo por médico, tasa de fecundación por biólogo, tasa de degeneración por biólogo, tasa de embarazo por biólogo. —Se gira para mirar a La Mano de Dios—. Son estos datos los que intentan corregir el error humano. Por cierto, espero que no te importe —dice dirigiéndose a mí—, pero también miré tus datos, ya que vamos a trabajar tan cerca... y están muy bien. Muy... aceptables. —Le arrancaría el gorro en este preciso momento y lo masticaría en su presencia.

—Para mí la calidad no es embarazar mucho, sino embarazar bien, Helena. Embarazar con poco riesgo, sin gemelos.

—Para eso necesitamos todos nosotros —lo dice como si me incluyera— una mayor fuerza en el laboratorio. Hacer un producto muy bueno al final cuesta dinero.

—¡Qué mal ha sonado eso! —Aprovecho para darle un golpe táctico a la señorita Stanford, pero no consigo hacerla flaquear. Simón nos observa sin decir nada.

—Estoy convencida de que lo más productivo es crear un ranking de centros como en Estados Unidos, donde los resultados se auditan. Esa es la mejor forma de proceder. Yo pienso en los resultados.

—Yo pienso en los padres y las madres —le digo.

—¿Y eso no es lo mismo?

—No. Lo que tú planteas es peligroso porque puede inducir a que se rechacen pacientes con un pronóstico malo para no bajar los resultados.

—Eso sólo si no eres lo suficientemente bueno.

—Bien dicho —concluye Simón como si Helena me hubiera marcado un gol por la escuadra. Lo cierto es que creo que lo ha hecho. Él necesitaba seguridad y yo he acabado más lejos de La Mano de Dios de lo que empecé cuando entré en su despacho.

Ni siquiera sé cómo he salido del laboratorio. Me parece haber atravesado los cristales en forma gaseosa. No sé si me carcome la ira, la rabia, la derrota, la impotencia… o el amor.

He llamado a Mariano y a Manuela de camino a casa, pero ninguno me ha contestado. Son las seis de la tarde, una hora extraña para regresar del trabajo. Aparco el coche de cualquier manera y abro la puerta. Me llega un ruido raro desde la piscina, y a lo lejos creo ver una silueta correr hacia los árboles. Quiero echarle la bronca a Olivia porque sé perfectamente lo que está pasando; sin embargo, antes de decirle nada atravieso la casa, me pongo el bañador, que dejé secando en una tumbona, me descalzo y entro en el agua, necesitada de otras palabras.

Olivia tiene aún la marca de un ligero mordisco en el cuello.

Los matorrales se mueven.

—Mamá, yo... Por favor, no te pongas histérica.

—Calla —le digo—. No puedo observarte siempre, Olivia, pero cuando te miro brillas. No sé lo que haces cuando me doy la vuelta, pero confío en ti. Eres lo único que tengo absolutamente claro.

—¿Te ocurre algo, mamá?

—¿Tanto se me nota? —Olivia me rodea con los brazos y sin llegar a darme un abrazo caluroso, me permite reposar en una cercanía perdida—. Me está pasando algo, hija.

—Y a mí, mamá, y a mí. —Su voz entra en mi oído como los secretos que nunca se olvidan—. ¿Es esto estar enamorada?

—¿Te gustaría cambiar el mundo para que fuera un lugar mejor para él? —Olivia asiente con un pausado movimiento de cabeza.

—Entonces, sí.

CAPÍTULO 17

—

LA ESPERA HORIZONTAL

Esperar. ¿Qué hay de épico en la espera? ¿Por qué nos tranquiliza tanto y alivia esa palabra que puede denotar simplemente una falsa madurez? «Aún debo esperar». «No ha llegado el momento». «Prefiero esperar». «Es mejor esperar que precipitarse». La misma espera tan solvente y redonda a ojos de los demás es tu perseguidora más cruel cuando los años pasan mecidos por ese mismo esperar elástico que una mañana cualquiera se convierte en: «Si no hubiera esperado tanto…». «Esperé demasiado». «Nunca era un buen momento y ahora ya no lo es…». Probablemente el verbo «esperar» sea el que haya hecho derramar más lágrimas en mi consulta. Cuando una mujer tiene un problema de fertilidad asociado a otras causas ajenas a la edad, el dolor es fuerte; cuando esa infertilidad está asociada a la «espera» el dolor te hace directamente responsable. Como repito hasta la saciedad en cada uno de mis encuentros con futuras pacientes: tenemos los óvulos contados. Y esta afirmación atañe a cada una de las mujeres del mundo, sean de donde sean y vengan de donde vengan. Todas nacemos con un número concreto de ovocitos, que tememos cuando nos aterroriza quedarnos embarazadas a una edad temprana y que querríamos multiplicar cuando los años de la decadencia de nuestra fertilidad se aproximan. Esto, siempre desde la premisa de que las mujeres de las que hablo quieren ser madres y llegan tarde. Luego están las mujeres como mi amiga Manuela a las que la cuenta atrás ovocitaria les da exactamente igual, no quieren niños y punto. Pero las que sí los desean, o las que dudan, se mueven en un auténtico mar de preguntas internas y respuestas ensayadas que acaban en un «ahora no puedo» cada vez más agrio porque nadie más que ellas es consciente del «principio del fin de su fertilidad».

Las razones para llegar tarde son tantas como mujeres hay en el mundo: la estabilidad laboral, la pareja ideal, el momento perfecto... y todas ellas igual de absurdas y oportunas. Cuando el tiempo pasa y el deseo de ser madre no se atenúa, sino que crece, aparece la angustia, las preguntas y los reproches que no se irán. «Si hubiera sido mamá en aquel momento…», «si me hubiera ido con este más manso en vez de con aquel malo…», «si no me hubiera tomado la píldora del día después…», «si me hubiera separado antes de aquel antibebés...», «si no hubiera tenido tanto miedo...». La verdad es que, como madre, intentaré que Olivia se haga esas preguntas antes de que la arroyen, es necesario plantearlas con valentía para acabar concluyendo que eso es precisamente la vida, y más concretamente la vida femenina. Siempre he afirmado que no creo en las supermujeres, y ahora menos que nunca. Me provocan temor y cierto fastidio. No me las creo: lo infalible nos deshumaniza. La inspiración de algunos milagros convertidos en bebés nos sirve a la par de excusa y de aliento para esperar —lo sé porque he mantenido miles de charlas en mi consulta—. Pero la única pregunta real es: Esperar ¿qué? Esperar ¿hasta cuándo?

Esperar ya no es la única opción de las no queridas, mal queridas, solitarias por convicción o simplemente atropelladas por el tiempo.

Me gusta pensar que, en ocasiones, soy esa otra opción aunque no siempre logre mi objetivo. Ese «tarde» puede ser «demasiado tarde» cuando las decisiones se postergan en manos de otros. Eso fue lo que le ocurrió a Elisa.

Elisa

Elisa pertenece a ese grupo de mujeres que en inglés llamamos SAS: Single, Attractive and Succesful. Mujeres solteras y con éxito que tienen casi todo en la vida excepto una pareja que quiera tener hijos. Estas mujeres que a veces conviven con un hombre se encuentran de repente con que el mismo que aguanta tantas horas de reuniones, fines de semana trabajando y vacaciones imposibles no es igualmente comprensivo si lo que deseas es un pequeño correteando por la casa. Las mujeres SAS están en la mitad de la treintena o empezando los cuarenta. Son fácilmente reconocibles: muy trabajadoras, económicamente independientes y entusiasmadas con una profesión a la que le han dedicado la vida. Muchas mujeres SAS, muy resueltas, se plantean congelar óvulos tarde. Es cierto que gracias a la vitrificación tenemos esa posibilidad técnica en nuestro país desde 2006, pero la congelación no es un seguro de maternidad. Esa «espera» se ha visto aún más reconfortada y cómoda ahora que escuchamos publicidad engañosa que nos asegura que con tan sólo congelar óvulos podemos quedarnos tranquilas porque algún día lograremos ser madres. Eso es rotundamente falso y peligroso. Está, de hecho, llevando a muchas mujeres a tomar decisiones tardías que no son garantía de nada. Es muy difícil tener que escuchar campañas que te alientan a congelar a los 40 años para que ya puedas dormir tranquila. ¿Dormir tranquila, cómo? Cuando Elisa entra en mi despacho me habla de esos mensajes y también de los que recibe de su novio:

—Tengo 42 años y creo que ha llegado el momento de congelar. He oído que las garantías de la congelación son muchas y que las tasas de éxito son muy alentadoras.

—¿Para qué quieres congelar óvulos, Elisa? —le pregunto para no desmontar todas sus teorías de golpe. Voy poco a poco.

—Evidentemente… —Abre los brazos e inmediatamente los cruza para empezar a protegerse—. Para ser madre.

—¿Puedo preguntarte por qué…? —no me deja terminar la pregunta.

—La vida es muy compleja. Mi trabajo ha sido siempre lo primero. He querido vivir —Me sigue sorprendiendo que el «vivir» y la «maternidad» sigan siendo tan opuestos para muchas mujeres— y disfrutar todo lo que he podido.

—Y si piensas que ser madre no es vivir o disfrutar, ¿por qué te lo planteas ahora?

—Porque… No me lo quiero perder y además… —ahora la interrumpo yo.

—Te da la sensación de que el tiempo se te acaba. —Elisa asiente al otro lado de la mesa—. Bueno, Elisa, te voy a contar varias cosas. La primera es que estás en lo cierto: tu tiempo para ser madre está en su recta final, no te quiero decir que se acaba por no ser más rotunda, pero es así. Lo que me sorprende de tu visita es que vienes a congelar óvulos y presiento que, de paso, congelar un poco más la decisión, ¿me equivoco?

—Aún no es… el momento apropiado. Pero todo lo que leo es que con la congelación tengo garantías y puedo intentarlo más adelante.

—La posibilidad existe y puede que lo logremos, pero también debes saber que la congelación no es una garantía absoluta. No sabremos cómo están tus óvulos hasta que los pongamos en acción, y si lo hacemos dentro de cinco años es probable que sean la única opción que nos quede y también es posible que no nos den el ansiado, ya en ese momento, bebé.

Elisa me mira con ojos de gato enfadado. No desea que sus planes para los próximos años se vean aún más alterados.

—Elisa, estamos hablando de congelación. ¿Por qué no te planteaste congelar antes?

—Por Alex. —El gato enfadado que lleva dentro saca las uñas.

—Alex es… ¿tu pareja?

—Sí.

—Y no quiere ser padre.

—No.

—¿Desde cuándo?

—Desde siempre.

—Y tú sí quieres serlo.

—Sí.

—¿Desde cuándo?

—Desde siempre.

—Ya.

—Bueno, en realidad yo también he querido disfrutar de él y con él estos años. Hemos progresado mucho en nuestros trabajos y somos una pareja feliz.

Quiero decirle que su presencia aquí me indica que necesita poner un parche a una situación desesperada según me delata su enfado. Quiero decirle que otro *break* no es la solución. ¿Qué hago?

—Las posibilidades actuales sólo pasan por la congelación —insiste Elisa.

—¿Y las posibilidades dentro de unos años?

—Todo dependerá de si Alex cambia de opinión o de si estoy con Alex.

—Ya.

—Él no me dice que no de una forma tajante. No se cierra del todo en banda. Es más, en algún mes con algún retraso, aunque fuera inexplicable, me ha parecido que le hacía cierta ilusión un embarazo.

—Quieres decir que Alex, que ha vivido contigo gran parte de tu etapa fértil, que no es ya esta, ha dejado pasar gran parte de tus oportunidades y ahora demanda que retrases aún más la decisión para que te conviertas en madre ya cerca de los 50 con unos espermatozoides de no sabemos quién si él no acaba de animarse... —Acabo de meter la pata hasta el fondo. Elisa estira el cuello y se pasa parte del pelo detrás de la oreja. He traspasado mis límites y merezco que me mande a paseo ahora mismo.

—¿Me está diciendo que cree que Alex, el amor de mi vida, es un hombre egoísta?

—Posiblemente sí... lo es. —Estoy preparada para que me abofetee verbalmente.

—¿Me está diciendo que estoy dilatando una decisión que debería haber tomado hace tiempo y no estoy buscando un bebé con un hombre que tenga planes de vida similares a los míos?

—Sí, aunque lo hecho, hecho está; pero estás a punto de repetirte en tus comportamientos y he creído que debía decírtelo, aunque la verdad es que no soy nadie para meterme en esta parte de tu...

—... vida, doctora, llámelo vida. —Elisa calla unos segundos—. ¿Sabe que siempre he soñado que un día Alex vendría a mí y me sorprendería? He esperado durante años que por una vez no se pusiera el condón y me mirase con la ternura de quien sabe lo que hace. Le he apretado la mano cuando ha bromeado con el hijo de unos amigos, le he acariciado al ver un anuncio de bebés y siempre he sentido que me querría lo suficiente como para cambiar de opinión.

—Pedirle eso también es egoísta, ¿no crees? Al fin y al cabo, él no quiere bebés y no te lo ha ocultado y tú sin embargo has pretendido que fuera en contra de sus deseos. Aquí la única pregunta válida es: ¿esperar ese cambio tan improbable ha sido la mejor opción? Y lo que es más importante… A estas alturas, ¿es práctico y realista seguir haciéndolo?

—¡Me está diciendo que deje a mi novio!

—No, Elisa. Te estoy diciendo que vamos a congelar esos óvulos, pero que tu maternidad es una cuestión que resolver más allá de un congelador. Ojalá pudiera decirte cómo hacer encajar las piezas, pero no puedo. Lo que sí puedo decirte es que ser madre a tu edad nos planteará ciertos retos y necesitarás un escenario claro para afrontarlos.

—Y en ese escenario no está Alex.

—Esa conversación tendrás que tenerla con una amiga o con una psicóloga, pero no conmigo. Conmigo tienes que hablar de… —No ha sido un empujón fácil. Seguro que le ha dolido un poco, pero quiero que lo consiga. Ella es mi paciente y la vida me ha traído tantas mujeres con «un novio que no quiere ser padre» y que tarde o temprano desaparece de escena que a veces necesito morderme la lengua de forma literal para no decirles directamente: «Deja a quien no quiere vivir contigo esta aventura o la vivirás sola»—. Te decía que conmigo tienes que hablar de… ¿cuándo fue tu última regla?

Apple y Facebook han ofrecido a sus empleadas un incentivo ¿social? para que puedan posponer su maternidad a una etapa posterior a sus años más fértiles en todos los sentidos según su creterio, es decir, los más productivos profesionalmente. Las intenciones de las multinacionales se han dado de bruces con el mensaje social generado: maternidad y productividad no van de la mano. La verdad es que como mujer tampoco me ha gustado especialmente la medida, pero como madre tengo claro que en los próximos años le ofreceré a Olivia la posibilidad de congelar sus óvulos. No lo haré para que retrase su maternidad, sino para que tenga esta opción y la complete en el mejor momento de su vida reproductiva. Congelar los mejores óvulos de Olivia si ella lo desea le dará tranquilidad y cierto sosiego con el que no han contado la mayoría de mis pacientes. También tendré que decirle que esto no es un seguro de vida y que la maternidad empieza en otros lugares. Como madre, quiero que tenga todas las posibilidades y que pueda elegir el camino a tomar en función de sus esperanzas y su felicidad, para que ese camino no se convierta en un viaje de dolor y frustración. Como mujer de ciencia y como madre le debo esto a mi hija; y también el hacerlo sin pensar ni por un segundo en fines de productividad profesional, sino en su felicidad. ¿Estaré comprando tiempo a mi hija para prolongar su fertilidad? Tal y como evoluciona la edad maternal, cada vez más avanzada, la respuesta sin disfraz es un rotundo «sí».

La casa del amigo de Rubén no es bonita. Desde luego, Olivia siente que no es el escenario perfecto para intentar hacer el amor de nuevo con su novio. La cama tiene un edredón con cierto brillo que delata unos tejidos con exceso de plásticos. No hay aire acondicionado, ni una toalla limpia dispuesta en la cama para cuando terminen. Está nerviosa, aunque menos que aquella primera vez en su casa. No fue fácil, y mucho menos perfecto, pero decidirse por fin le aportó una calma extraña y madura. «Rubén: no quiero esperar más», le había dicho aquella tarde en su cuarto. Hoy, al recordarlo, una pregunta que vuelve la fortalece: «Esperar… ¿para qué?».

La vida se impone y cuando eso ocurre los tiempos no sólo no se ralentizan, sino que alcanzan velocidades imposibles de predecir.

Isabel y Nico

Isabel se tumba en la camilla del quirófano mientras el biólogo, en una mesa auxiliar dentro de la misma habitación, recoge los embriones y los prepara para que puedan ser implantados. Para ello, el ginecólogo que ahora charla con Nico introducirá una cánula por su vagina que atravesará el cuello del útero hasta alcanzar la cavidad. El endometrio de Isabel estará preparado para recibir los dos embriones que le van a implantar. «Uno de ellos» —le dice el biólogo—, «está en su mejor momento, en fase Hatching (saliendo de su zona pelúcida) para poder agarrarse, para que usted lo entienda». Nico acaricia la frente de Isabel, que, sin sentir calor, suda. El ginecólogo recoge el instrumental e introduce la cánula en la vagina. Isabel no está sedada porque no es necesario. Se trata de una intervención sin dolor alguno, ni siquiera una molestia. Isabel se concentra para sentir algo, pero no lo logra.

—Ya están ahí —dice el ginecólogo—. Ahora lo veréis en la ecografía. Son dos pequeños puntos luminosos.

—Yo lo he visto en la pantalla —asegura Nicolás.

—Yo no he visto nada —afirma triste Isabel.

Pasan cinco minutos con las manos entrelazadas. El biólogo ya se ha ido y las enfermeras preparan todo para la siguiente paciente.

—Isabel —le dice el ginecólogo—, ya te puedes levantar. Vamos a llevarte en camilla, pero levántate tranquila, te ayudamos.

Las enfermeras ayudan a Isabel a incorporarse hasta que ella se echa repentinamente hacia atrás.

—No —dice desde su repetida posición horizontal—. Yo de aquí no me muevo.

—No pasa nada. —El ginecólogo intenta tranquilizarla—. En realidad podrías ir caminando, pero para que te vayas más tranquila, te llevamos en camilla. Créeme.

—No —insiste ella—. ¿Y si se me caen? No pienso moverme ahora que he llegado hasta aquí. —Nico le aprieta la mano en señal de apoyo.

—No se pueden caer —dice el ginecólogo—. Imagínate una almendra dentro de un bote de mermelada. Ya está dentro. Esto es exactamente igual. Agita el bote, ¿se mueve la almendra? ¿Se puede caer?

—No me importa su mermelada, su almendra y su bote. Ahora estamos hablando de mi futuro hijo, o hijos, y no voy a permitir que se me caigan. Me quedo aquí y no podrán convencerme de lo contrario.

Ha sido la anécdota del día en la clínica. Cinco horas después y gracias a mi intervención (mi colega ya se ha marchado y he tomado el relevo), hemos podido sacar a Isabel del quirófano en una camilla. Sigue en una habitación por muy ridículo que me parezca. Al fin y al cabo, tiene derecho a su espera horizontal.

Olivia nunca se ha desnudado por completo delante de un hombre. Rubén se pierde entre sus piernas con la torpeza del que reproduce lo visto en algún vídeo aderezado por los consejos juveniles de un amigo. Aun así, Olivia siente las primeras caricias de la vergüenza, pero no permite que el pudor la venza. Ha llegado el momento de dejarse llevar sin miedo. Permite que las manos y la lengua de Rubén la dibujen. Cierra los ojos para sentir un poco más y lo logra. Ya no tiembla como el primer día. Está preparada. No siente dolor cuando Rubén la alcanza, sólo plenitud. Poco después, se levanta para ir al baño. No ve sangre, ni nada raro. Se lava con agua fría esperando borrar cualquier resto o rastro. Se pone de pie y llega a dar un par de saltos pequeños. Rubén, tumbado en la cama, anuda el preservativo que acaba de quitarse. Llama a Olivia y la tumba en la cama con un beso largo. «No sé si podré esperar a mañana» —le susurra al oído acariciando con la palma el hueco entre sus pechos.

Acabo de sentir una leve punzada bajo el ombligo. Voy al laboratorio de Mariano decidida a tomar una determinación para la que necesito a mi amigo. Más que una voz principal, necesito un pequeño coro que me arrope. Abro las puertas del laboratorio:

—Mariano, dime la verdad. ¿Sirve de algo esperar?

—Sólo para hacerse viejo —me contesta sin levantar la vista del microscopio.

No le pregunto nada más y abandono su lugar de trabajo. Gracias, Mariano.

«Mañana te buscaré. No pienso esperarte más, Simón».

CAPÍTULO 18

—

EL EMBRIÓN GANADOR

Una notificación acompañada de un sonido metálico anuncia la entrada de un mail en mi tableta. Me gusta mi nueva terminal, un juguetito precioso que me da la compañía total, muy distinta a la que recibo de mi hija o de Simón. Enfoco la vista y compruebo que ¡el mail es de él! Me apresuro a abrirlo. Siempre me escribe desde el correo del trabajo, es la primera vez que utiliza el personal. Estoy tan nerviosa que no me ha dado tiempo a fijarme en el asunto. Chequeo mi cuenta del IVI y... ¡maldita sea! Ahí está también. El mismo correo con el mismo asunto: *El embrión ganador*. Ya estamos. ¿No tiene otra forma de comunicarse conmigo?: embriones, espermatozoides, óvulos redondos como pelotas, microscopios, superficies calefactadas, concentraciones de CO_2, medios de cultivo, incubadores... Puede ser que comparta el laboratorio conmigo y otras superficies calefactadas con Helena, de ahí ese único interés científico por mi cuerpo y mi mente. ¿Sería tan estúpida como para mantener una tensión sexual inexistente que está ardiendo en otro lugar sin darme cuenta? Por supuesto que... ¡Sí! La vida me ha demostrado muchas veces que con todo lo lista que parezco disfrazada de médico, luego soy un auténtico desastre en la vida real, una «boba de libro». Cualquiera me la da... hasta tú, señorito embrión ganador. Abro el mail y me dispongo a responder. El golpe de las teclas avecina una tormenta internauta. Antes de atacar, leo su mensaje:

Hola, Miranda. Esta es la pregunta que hoy te formulo. Una de tantas que siempre encuentran en ti la mejor respuesta.

«En mí, y en cualquier bata blanca que se pasea por tu laboratorio, listo»…

Abre el archivo adjunto y dime: ¿Qué es para ti un embrión ganador?

El archivo adjunto contiene una serie de dibujos. Su perfección me saca del laboratorio y me hace pensar, por lo menos, en el trabajo de un ilustrador. Esto no lo ha hecho él… O ¿sí? ¿Dibujará Simón a este nivel? Su apodo, La Mano de Dios, ¿se deberá también a su buena mano para dibujar? Vuelvo a centrarme en las tres imágenes: La primera es un embrión perfecto. Muy sencillo y sin demasiados adornos. No lleva color. Podría ser una representación conceptual llevada al extremo. Es bonito y directo. «Lo tiene todo por contar», pienso. La segunda imagen es otro embrión en una fase más compleja. El ilustrador o grafista, o el propio Simón y su talento secreto —ya no sé quién ha podido hacer algo así—, le ha añadido más de una decena de colores. Parece una canica antigua con el arco iris en su interior. No es ni mucho menos perfecto, su forma es menos ordenada, diría que ni siquiera cuenta con una circunferencia que dibujar en torno a sus células. Tiene algo de… loco y divertido. Es… vital y caótico. «Hasta aquí he entendido tu mensaje, Simón, y ambos me parecen ganadores, ¿por qué no?». Sin embargo, en la tercera imagen sólo hay un punto negro en el centro de la pantalla que me desafía. Un mensaje lo acompaña: *¡Adivina quién soy!* Llevo el cursor hasta el punto y le doy un clic. Entra otro mail en mi tableta, pero no le doy oportunidad. Estoy demasiado concentrada en el juego de mi príncipe de la tensión sexual no resuelta. El punto negro se convierte en un círculo elástico como una goma, muevo el cursor y lo arrastro. Una paleta de colores y funciones me permiten dibujar lo que quiera. Me paso más de veinte minutos intentando diseñar con un pincel digital una forma muy proporcionada y para eso utilizo la repetición de iconos. Cuatro corazones unidos en el centro por su base y superpuestos me dan una especie de trébol de cuatro hojas con una división de ocho células. Parece un mosaico floral de un baldosín viejo. Lo miro una y otra vez. Le doy vueltas y vueltas. ¿Podría ser esto un embrión ganador como lo fuiste tú, Simón, o como lo fui yo? Me imagino el embrión de Simón y sólo pienso en perfección; me imagino el mío y sólo veo caos. ¿Y el de Olivia? Al pensar en ella entro en otra dimensión mental. Las emociones que me despierta mi hija alteran hasta mis percepciones del color. Me llevo la mano al corazón porque me gusta que se acelere naturalmente al pensar en ella. En el bolsillo de mi bata siento algo duro y pequeño. Lo saco y es un clip, ese elemento de oficina que siempre pasa desapercibido, pero de tanta utilidad, que siempre desaparece en segundos si no lo retienes con un imán. Lo miro con el valor de los momentos que confieren singularidad a un hecho rutinario. ¡Aquí estás! Tú y tu poder de unión y sujeción. Lo pongo sobre la mesa y borro con seguridad el dibujo de trébol de cuatro hojas/corazones. «Era un poco cursi, reconócelo, Miranda», me digo en un ataque de sinceridad. Copio la forma del clip, prácticamente calco su silueta sujetándolo delante de la pantalla. Una vez dibujado mi sencillo y perfecto clip, saco de él una extensión filamentosa, una especie de cordón que termina en un punto dorado como un pequeño sol. Ese es el embrión que yo te mando, Simón. Si tú sabes jugar, yo también. No lo pienso ni dos segundos y presiono con un golpe seco la tecla Enviar.

Cuando ya lo he enviado, dudo. Ahora, Simón pensará que estoy completamente loca. No soy artista y me salgo por la tangente con esta ridiculez. He querido ser original y he perdido el norte. ¡Un clip! Cojo el artilugio inspirador y quiero tirarlo a la papelera cuando entra su contestación. Primero en la tableta con sonido de campanilla, después en el ordenador del despacho. Sólo me ha escrito una palabra «¡Entendido!». ¿Por qué tiene que ser siempre tan enigmático? Me abre las puertas a chatear. Te vas a enterar, Simón.

Le contesto únicamente desde el wasap.

Miranda: *Entendido* 😱 *¿Cómo estás? Yo hoy no estoy para embriones.*

Veo que me está respondiendo. «Escribiendo…»

Simón: *Contento, ¿te acuerdas del momento en el que estuvimos en mi despacho?*

Miranda: *Claro, cómo no.*

Simón: *Pues he elegido el número tres de las pantallas. ¿Te acuerdas? El que no te gustaba ni a ti, ni a Óscar. Lo han implantado junto a su hermano el embrión perfecto. Si ahora consigue el embarazo nunca sabremos si ha salido adelante. A no ser que sea un gemelar.*

Miranda: *Ya, bueno. ¡Buena suerte!*

No sé qué decirle. Su obsesión por el trabajo es admirable y, a la vez, me saca de quicio.

Simón: *Soy un biólogo y un embriólogo valiente…*

¿Puntos suspensivos? ¿Sabrá por qué los ha escrito? ¿Tendrán un significado? ¿Me atrevo? ¿Debo?

Miranda: *Y un hombre…*

Lo he hecho. Mi particular «*filling the blanks*» hace saltar la conversación a otro nivel. No está respondiendo. Entro en pánico pensando en que se lo está enseñando a Helena. ¡No, Miranda! ¡No deberías haberte atrevido! Ella tenía que irse a Stanford y tú tenías una oportunidad que ahora acabas de... de... Un momento. ¡Escribiendo...!

Simón: *Un hombre que a veces tiene que agarrarse al «clip» que lleva en el bolsillo para superar su timidez.*

Suena el teléfono. Es la secretaria de Melchor. Tengo que pensar bien qué voy a contestarle a La Mano de Dios. Ahora la pelota está en mi tejado. Es importante. Clip, timidez, hombre... ¡Simón!

—Dime, Melchor. Ahora...

—Miranda, ¿estás pasando consulta?

—No.

—¿Estás ocupada?

—Mucho, en realidad.

—Necesito pedirte un favor. Tenía una consulta importante de alguien que viene recomendado y no puedo llegar. ¿Te importaría atenderlo? Viene de arriba.

—Melchor, sabes que no soy la mejor en ese tipo de entrevistas; y además, tengo algo importante entre manos.

—Miranda...

—Es una orden —le digo, adivinando su pensamiento.

—Muy bien, pequeña. Veo que lo has cogido. Está subiendo en el ascensor. Trátalo bien.

Don Vicente

Don Vicente entra en el despacho de Melchor como si fuera suyo. Parece tener prisa. Y no demasiadas ganas de hablar de nada que no sea el asunto que viene a tratar. Le pido disculpas por la ausencia de Melchor y las acepta antes de que pueda terminar. Se sienta. Es un hombre de unos sesenta y tantos. Lleva camisa blanca, con camiseta interior, y pantalón de traje. Tiene un peligroso sobrepeso que pone en riesgo su salud y también el futuro de la silla que ocupa. Una vez encajado en el asiento, como si fuera un flotador humano, comienza nuestra conversación. Parece que va al grano.

—Entonces, doctora Ortega, hablar con usted es como hablar con Melchor.

—Sí, así es, don Vicente… Perdone, me ha dicho la secretaria que le llame don Vicente…

—Llámeme como prefiera. A mí me da igual —me corta, seco y poco hablador—. Mire, doctora, vengo para ver si puedo resolver un asunto aquí, y si no puedo me voy tan tranquilo a otra parte.

—Dígame. ¿En qué le podemos ayudar?

—Quiero que mi hija tenga un hijo.

—Muy bien. Este es uno de los lugares para conseguirlo. Su hija, ¿tiene algún problema asociado a la fertilidad o cree usted que lo tiene?

—Mi hija no tiene ningún problema, doctora, de hecho ya tiene tres hijos.

—Disculpe, pero entonces… no le entiendo.

—Tiene tres niñas y quiero que tenga un niño. Bueno, yo, que soy el abuelo, y los padres queremos lo mismo: un varón. ¿Cómo podemos hacerlo?

—Pues la verdad, don Vicente, es que ni la postura sexual, ni hartarse de comer dulces, ni la fase de la luna… No tenemos manera de hacerlo.

—Eso no es verdad. Me han explicado que hacen algo en el laboratorio con lo que se puede elegir el sexo de los bebés.

—Usted está hablando del diagnóstico genético preimplantacional, que en España se utiliza únicamente para descartar enfermedades hereditarias, o en casos muy específicos.

—Pero con eso, se sabe el sexo del…

—… del embrión. Sí se sabe, pero nunca se elige bajo ese criterio. En nuestro país y en toda Europa está prohibido. Hubo un tiempo, hasta el año 2007, en el que estaba permitido en Bélgica. De hecho, en 2003 nació allí el primer bebé europeo cuyo sexo fue elegido por sus progenitores sin finalidad terapéutica.

—Entonces, se puede…

—No, entonces no se puede. Porque ya no se hace.

—Creo que no estamos hablando en el mismo lenguaje, doctora.

—Yo creo que sí hablamos el mismo lenguaje. Es más, exactamente el mismo. Hay muchas corrientes a favor de que se permita lo que usted me pide, siempre que favorezca el balance familiar. Quienes defienden la selección de sexo aseguran que es buena para la familia y buena para el bebé. Hay muchos profesionales de la reproducción asistida que están a favor.

—¿Y usted, doctora, qué opina?

—Yo creo que abrir esa compuerta es peligroso si no se estudian casos muy particulares porque en Estados Unidos, donde, por supuesto, está permitido, las parejas que no ven satisfechas sus expectativas pueden destruir los embriones. Creo que en la última estadística se demostró que una vez analizados un 54,5% de los padres decidió tener un bebé igual, correspondiese o no con sus deseos; sin embargo, el 45,5% interrumpió el proceso. No es un debate sobre el balance familiar, que es lógico, sino sobre la selección y, en particular, sobre los embriones que no son seleccionados, porque aquí en España los pacientes son poco proclives a donarlos para la ciencia o para otros pacientes.

—Ya…, pero se puede hacer.

—Si la pregunta es si técnicamente se puede hacer, la respuesta es sí. Y si la pregunta es si está permitido hacerlo, la respuesta es no.

Don Vicente saca un fajo de billetes de su pantalón. Lo lleva enrollado con una gomita a la vieja usanza. Soy incapaz de calcular cuántos billetes de 100 euros puede haber en algo así. Nunca veo el dinero amontonado. Nunca veo… tanto dinero.

—Doctora, no quiero irme a Estados Unidos para hacer una cosa que se puede hacer aquí y que, tarde o temprano, se hará. Si usted no me ayuda, me iré a otro sitio y sacaré este mismo fajo hasta que alguien me diga que sí.

—Sólo al Fertility Institute de Los Ángeles acuden cada semana entre 20 y 30 parejas extranjeras para seleccionar el sexo de sus bebés, y ahora el mismo ginecólogo que lleva esa clínica acaba de abrir otra en Nueva York. Cuesta unos 20.000 dólares más los gastos de viaje y estancia. Muchas parejas españolas van allí, la mayoría de clase media alta y… llevando un fajo de billetes como ese —no puedo evitar un tono de cierto reproche porque no me ha gustado nada su gesto— consiguen lo que quieren.

Don Vicente retira el fajo de la mesa, pero no llega a guardarlo. Lo manosea delante de mí.

—Los estudios indican que no hay preferencias significativas en cuanto al sexo. Algunos estudios de laboratorios particulares manejan estos datos: cerca de un 49% de niñas y algo más de un 51% de niños. En países occidentales más niñas y en otros, como India y China, varones. Como ve, estoy encantada de darle toda la información que necesite, pero en esta clínica no podemos ayudarle en su propósito.

Don Vicente acaba de comprobar que si él tenía pocas ganas de extenderse en la conversación, yo tenía aún menos. Nos separan demasiadas cosas. Entre ellas un desproporcionado y ofensivo fajo de billetes propio de la trata de ganado.

Repaso mentalmente los datos de los últimos estudios sobre selección del sexo en mi despacho. En Estados Unidos, el 26,6% de los pacientes que acuden a los centros buscando esta opción quiere la parejita, el 50% ya tenía dos hijos del mismo sexo y el 23,3% tenía tres o más hijos del mismo sexo. Puede que haya sido demasiado seca con don Vicente. Es verdad que lo del fajo de billetes ha sido poco elegante, pero no pedía algo tan extraño. Es, evidentemente, una demanda social que nos acabará acorralando, a nosotros los profesionales y a los gobernantes. Entra una llamada por el manos libres del coche. Es un número largo. Será Melchor para pedirme explicaciones por el enfado de don Vicente.

—Dime, Melchor. Ya te advertí que las relaciones con los ganaderos no son mi fuerte. No soy animal de rebaño.

—Eso es cierto —me contesta otra voz—. Eres todo menos un ejemplar de rebaño.

Simón me ha llamado por teléfono. No sólo no ha dado un paso atrás, sino que está dando uno hacia delante y acaba de comenzar la conversación con algo absolutamente personal.

—Perdona, Simón. Pensé que eras Melchor. Hoy me ha montado una encerrona y he tenido que atender a un ganadero que quería que seleccionáramos el sexo de los embriones de su hija. Eso, previo pago con fajo de billetes con gomita y olor a rancio.

—¿El fajo o él?

—…

—Digo el olor a rancio. Si el fajo o él. —Simón acaba de entablar una conversación lejos de los embriones y las técnicas de laboratorio.

—Su fajo y… su refajo. —Le oigo reír al otro lado.

—En Estados Unidos conviví muchos años con la selección de sexo. ¿Sabías que allí muchos de los diagnósticos genéticos se dedican a este fin y no a fines terapéuticos? Esta es la gran locura que vivimos. Un puñado de kilómetros nos dan diferencias tan sustanciales que parecen dos mundos diferentes. Al final, yo peleo para evitar, por ejemplo, que implantemos algo que no está bien. Siempre hablamos de los casos felices, pero tú sabes que no siempre resultan bien. Hay implantaciones que acaban inevitablemente en abortos o en niños con problemas, y esto lo podríamos evitar con ese diagnóstico previo. Sin embargo, por ley, en España no podemos hacerlo, y donde se puede una de las respuestas más solicitadas de esa técnica es la selección del sexo de los niños. Remamos siempre a contracorriente. ¿Y si nos dedicamos a otra cosa, Miranda?

—¿A enamorarnos, por ejemplo? —digo sin pensar. He entrado en una especie de ensoñación escuchando su voz y su siempre aplastante razonamiento. He contestado desde ese lugar que siempre tenemos cerrado con llave en nuestro cerebro.

—…

—Lo digo… —Escapo como puedo de mi propia encerrona— porque mi hija se ha enamorado por primera vez. Ese clip que te he mandado con un sol, espero que no me tomes por loca, es lo que probablemente hubiera dibujado ella: algo inesperado. Olivia está viviendo todo lo que cualquiera podría esperar y, sin embargo, reconozco en ella la sorpresa que, a veces, nos falta. Le pedimos mucho a la ciencia y cada vez menos a la vida.

—Es una buena reflexión. Quizás no podamos trabajar en el entorno del inicio de la vida si paralizamos la nuestra —me dice.

«Ahora mismo te besaría, Simón».

—Anoche grabé una entrevista que vi en televisión sobre la predeterminación genética de lo que somos —continúa suave y ensimismado—. Esa especie de ficha de genes que podría anular toda sorpresa. Podríamos secuenciar el genoma de un bebé y saber, por ejemplo, que desarrollará una enfermedad mortal a los 18 meses. ¿Deberían saberlo los padres?, planteaba la genetista entrevistada. ¿O deberían vivir esos 18 meses sin saber lo que está por venir, con la alegría de los que no saben que la tragedia los alcanzará? Esa secuenciación nos daría muchos más datos, incluido gran parte de ese ángel que tiene el ser humano; eso que te sorprende y te ilusiona de Olivia ya está escrito en sus genes. ¡Eliminaríamos la sorpresa! —exclama ¿herido?, ¿indignado? No sabría decir—. Me fui a la cama con una sensación extraña: como científico, motivado por las posibilidades de estos estudios, como hombre, triste por la ausencia de lo que perderemos en el futuro.

—Eliminaríamos las razones de la existencia del amor. Es… lo más triste que he oído en mucho tiempo.

—…

—¿Sigues en el laboratorio? —le pregunto.

—Claro. ¿Y tú?

—Ya me he marchado. Voy camino de casa, pero… si quieres…

—Me voy a casa también. Ha sido un día largo. No he tenido que enfrentarme a ganaderos con fajos de billetes malolientes, pero llevo muchas horas aquí encerrado. Hoy te haré caso y veré alguna película sencilla de final feliz, algo que no pretenda cambiar el mundo.

—Te mereces una vida normal, Simón, y… me parece una gran idea lo de la película. Yo haré lo mismo. Nos sentará bien.

—Miranda…

—Sí…

—Me ha encantado… tu clip.

CAPÍTULO 19

NUESTRO SECRETO, NUESTRO TESORO

La película que finalmente vi anoche con Olivia no fue precisamente un título para no pensar. «En eso no te hice caso, Simón». Disfruté con mi hija viendo *Boyhood.* Sufrí un poco al experimentar con Patricia Arquette el amenazante síndrome del nido vacío, pero, a cambio, en la vida real disfruté con mi hija repasando su infancia y su evolución en todas las etapas de su vida. Olivia aprovechó el crecimiento del niño de *Boyhood* —rodada en tiempo real hasta la adolescencia del protagonista— para interrogarme: ¿Yo era traviesa? ¿Parecía una niña feliz? ¿Era divertida? ¿Te acuerdas de la primera palabra que pronuncié? ¿Lloraba mucho? ¿Comía bien? ¿Cómo recuerdas la primera vez que me viste? La narración pausada de *Boyhood* nos permitió aclarar muchas de las dudas sobre qué construimos juntas en nuestros comienzos. Después de contestar a todas las preguntas de Olivia con total sinceridad, resolvimos que, por momentos, alcanzamos la felicidad absoluta. Y creo que anoche también.

He podido levantarme tarde para mi horario habitual. Tenía programado un viaje de trabajo que me anularon hace dos días, y por esa razón hoy no tenía intervenciones a primera hora. He soñado hasta las nueve, momento en el que el ruido del despertador de Olivia me ha puesto en pie. Sé que se está saltando alguna clase, pero como responsable de la proyección de una película de más de tres horas no diré nada. Bajo a prepararle el desayuno.

Mientras el pan y la leche se calientan, repaso mis mails. Una paciente me ha escrito, en su nombre y en el de su pareja. Después de nuestra consulta están muy preocupados porque nuestra correspondencia ordinaria o cualquier otra nimiedad del proceso delate que están utilizando una técnica de reproducción asistida para ser padres. Ella, en algunas frases demasiado nerviosa, me ruega y suplica que no les enviemos cartas con el membrete del IVI. Pide absoluta discreción. Menciona al portero, el cartero, los vecinos, su familia, la chica de la limpieza... Tampoco desean recibir mails con identificativos de la clínica. Precisan de un borrado completo de nuestra identidad. No le pongo pegas y le respondo que cuente con ello. La verdad es que ni todo el mundo se embaraza con facilidad, ni cuentan lo que han hecho para embarazarse. La esterilidad lleva asociado un tabú tremendo y los miedos son muy personales. Trabajando en este sector te das cuenta muy pronto de lo que atemoriza a la mayoría de los pacientes, y no es tanto lo técnico o el proceso en sí, sino lo que opinan los demás sobre lo que hacen. Eso es terrible, pero... ¿cómo romper ese círculo de miedo y vergüenza?

—¿Has rallado tomate, mamá?

—Estaba en ello. Saca las tostadas y sirve la leche mientras yo acabo con los tomates. ¿Quieres un zumo?

—¿Natural?

—¿Cuándo te he dado yo un zumo industrial de bote?

—Muchas veces.

—Tienes razón, pero hoy —digo saltando hacia la nevera— tengo naranjas.

—Gracias, mamá, ¡supermamá!

—Olivia —le pregunto cerrando mi portátil tras un último vistazo al mail—. Si tuvieras un hijo por reproducción asistida en el futuro, ¿lo contarías?

—Bueno... Intentaría tenerlo sin pasar por tus manos, que ya bastante interfieres. —Sonríe—. Pero ¿por qué no?

—¿No te daría vergüenza?

—Creo que no. Mucha gente lo hace, ¿verdad?

—Mucha. Cada vez más. Y cuando tú quieras ser mamá, seréis legión.

—Al revés, creo que sería bonito que mi hijo o mi hija supieran que han sido tan deseados y tan queridos. Me encantaría contarlo, de hecho. Sería algo como... «lo hemos conseguido». —Levanta los brazos y muestra la señal de la victoria. Inmediatamente, a modo de premio, le da el primer bocado a la tostada.

—Lo cierto —muerdo yo también mi tostada por el premio gordo que es mi hija— es que aunque los niños sean de donación de gametos, con óvulos...

—... o espermatozoides donados... —dice con un exagerado cansancio—. ¡Que soy tu hija, mamá!

—Bien, pues incluso en ese caso, cuando el niño nace la aceptación es buenísima. Nunca hay problema siempre que... —susurro agarrando la barbilla de Olivia— nadie lo sepa.

—Te gustaría sacar del armario a miles de padres que viven felices con su secreto. Te entiendo... Por cierto, ¿cuándo vas a salir del armario con el tuyo?

—Mi...

—Tu secreto, mamá, tu secreto.

Olivia me pregunta por Simón. No conoce su nombre, pero he bajado la guardia lo suficiente como para que advierta lo que siento. Supongo que se me nota.

—¿Tanto se me nota?

—En realidad, no tanto, pero estás… más… cariñosa. Y hablas del amor y esas cosas.

—Tengo novedades —respondo sin miedo. No tengo por qué ocultarle nada a mi hija—. Me ha hecho un poco de caso, pero no sé si estoy entendiendo bien sus mensajes. Es un hombre… muy especial.

—Ya veo. Un hombre ¿con secretos?

—Sí. —Sonrío con cara de boba enamorada—. Tiene sus… misterios. Científicos y no tan científicos.

—¿Trabaja contigo? Eso sí es una novedad, teniendo en cuenta que vives encerrada en ese cubo de cristal —ironiza Olivia.

—Es un científico brillante. Le apodaron La Mano de Dios por sus logros.

—¡Vaya, vaya con mamá! —Le lanzo la servilleta, pero gracias a sus reflejos de adolescente consigue esquivarla.

—Y parece un hombre bueno —insisto.

—¿Es guapo? —Procuro no resoplar como una mujer a punto de explotar para no superar la barrera madre-hija y saltar a un nivel que no nos corresponde. Contesto con un tímido «sí» y le doy un beso en la sien.

—Tu madre se va a trabajar a ese centro médico que, a veces, me parece un centro de espionaje. La clínica de los grandes secretos… incluidos los míos.

—Es muy guapo, es muy guapo, es muy guapo… —Oigo canturrear a Olivia a lo lejos mientras entro en la ducha.

Cuando salgo, mi hija se ha marchado dejando todo mi mundo empantanado y sin recoger.

En el camino al IVI, llamo a Mariano para que podamos comer juntos. Invito yo. Le cito en un restaurante nuevo de Pozuelo que me han recomendado varios compañeros. Si alguien sabe de secretos y de revelarlos es mi amigo, ese gran espía de la vida capaz de guardar los secretos más trascendentales bajo una enorme capa de confesiones sin importancia. Ese es su equilibrio y su gran misterio, y la verdadera razón por la que le quiero.

Entramos juntos en el restaurante y esperamos unos segundos en la mesa de recepción de clientes. Desde el comedor se apresura una mujer muy elegante que pronto reconozco como Milagros. Fue una de mis pacientes hace un par de años. No se da cuenta de que soy yo hasta que está a un par de metros. De repente, frena en seco y se da media vuelta. «Un momento», la oigo decir entrando en la cocina. Un minuto después regresa y sin darme opción al saludo, dice:

—Hola, buenos días, ¿cuántos van a ser? ¿Tienen reserva? ¿Me dice su nombre para poder apuntarlos? —Lo hace deliberadamente porque no deja de mirarme a los ojos.

—Soy Miranda Ortega… y somos dos.

—Miranda… Ortega —repite mientras escribe mi nombre en la lista de reservas como si nunca lo hubiera escuchado—. Si esperan unos cinco minutos, les prepararé una mesa. Bienvenidos.

Decido no comentarle nada a Mariano. Al menos, no de momento. Milagros, «mi nueva desconocida», nos acompaña a la mesa poco después y nos abandona en manos de sus camareros. Lo agradezco porque no tengo ganas de interpretar de nuevo el papel de «Nunca nos hemos visto aunque estés en mi álbum de vidas». Mejor así. Tú por tu lado y yo por el mío.

—Isabel, la psicóloga, me ha llamado esta mañana; quiere ponerse en contacto con antiguos pacientes para hacer un estudio sobre cómo han llevado estos años el hecho de haber tenido a sus hijos mediante técnicas de reproducción asistida. Quiere saber si viven con normalidad lo que entonces supuso para ellos un trauma. Dice que el «disclosure», o, como nosotros lo llamamos, la revelación de su secreto, no supone para ellos un trauma a estas alturas. —Comienzo la charla con Mariano desde un punto de vista meramente técnico.

—Que la revelación de, como tú lo llamas, su secreto no supone un trauma para ellos es mucho decir…

—Eso le he dicho a Isabel. Quiere planteárselo a Melchor, pero yo creo que si tú llamas ahora a pacientes que han tenido sus niños hace diez años se pueden molestar.

—«¿Para qué llamas?» —Mariano imita la voz de una mujer histérica—. «¡Yo ya no tengo nada que ver con el IVI!». —Y simula colgar su teléfono imaginario con un golpe en la mesa—. Eso es lo que te van a decir —añade, ya con su tono de voz normal.

—Estoy de acuerdo. Sucedería algo parecido; pero, por otra parte, sería interesante conocer los casos de aquellos que, sin presiones, han preferido compartir su secreto con el mundo.

—¿Por qué?

—¿Cómo que por qué?

—¿Por qué sería interesante saber que han revelado sus secretos? En mi opinión sería más interesante comprobar que no los han revelado. —Parece que Mariano me reta.

—Lo más sano, y en eso tendrás que darme la razón —le señalo con el dedo—, es que no te dé miedo que algo se sepa. Miedo al qué dirán, miedo a ser valorada de una forma distinta, miedo a que me señalen con el dedo…

—Vamos, vamos, Mirandita, no exageres. ¿Por qué tengo yo que contar las cosas que me pasan? Vive lo que te dé la gana y como te dé la gana. Cuéntaselo a quien te dé la gana, pero no tengas miedo a que se sepa. Si soy de compartir, comparto. Si soy de no mostrarme, no comparto. No sentirse obligado a compartir es fundamental. Y, por cierto, no vuelvas a decirme que tendré que darte la razón porque eso sólo ocurrirá… —Me devuelve el gesto y me señala, pero más cerca.

—… si a ti te da la gana —completo su frase.

—Chica lista. —Retoma la sonrisa y el tono afable—. Todo el mundo tiene sus secretos, tú también. —«Si tú supieras, Mariano», pienso—. Y tenerlos y protegerlos es muy enriquecedor… o yo lo veo así. Desconfío de la gente que no tiene secretos. No son de fiar.

—Hablo de ayudar a aquellos que, atenazados por el tabú social, no son capaces de compartir algo que sí desean compartir.

—Son mayorcitos y seguro que algunos lo habrán hecho, pero «salir del armario» no es una norma, sino una elección y, además, «salir del armario» no tiene nada que ver con que «te saquen de él». Dejad a la gente en paz, Miranda.

Le dejo saboreando el segundo plato para ir al baño. En el pasillo, donde me han indicado que están los aseos, me encuentro con Milagros, que, sin darme opción de nuevo, me mete en una especie de almacén con cajas de bebidas y una gran cámara frigorífica.

Milagros

—Hola, Miranda, o mejor… doctora Ortega…

—Hola, Milagros, ahora resulta que nos conocemos. ¿Cómo estás?

—Yo muy bien, ¿y usted?

—Estupendamente.

—Mi madre es muy pesada, ¿sabe, doctora? Le he dado muchas vueltas desde que aquello terminó. Liberarme, contarlo, compartirlo... Sé que los míos me apoyarían, pero...

—Es tu elección, Milagros. No tengo nada que decir al respecto y no quiero que te disculpes.

—No me estoy disculpando. Sólo pretendo explicarle mi reacción. A mí tampoco me ha gustado tratarla como a una desconocida después de todo lo que vivimos. No me imaginé que nos encontraríamos; aunque, bueno, un restaurante en Pozuelo multiplica las posibilidades.

—Pues sí.

—Cuando ocurrió no se lo conté a nadie. Una vez me dio el alta, viví mi embarazo ya con mi ginecólogo de una forma natural, nadie más que él tenía por qué saber que los gametos eran donados. Era una fecundación in vitro como cualquier otra. ¿Por qué tenía que contar que el óvulo que se fecundó no era mío? Me di cuenta de que, si tú no cuentas nada, eres una mujer embarazada más y tienes un hijo. ¿No se parece a ti o se parece menos? Nadie cae en algo así. ¡Yo quise embarazarme porque no quería ser diferente al resto! Si no, hubiera adoptado. Es una práctica de mayor tradición y mayor aceptación social... Esa es la clave, doctora.

—Insisto, Milagros, en que no me tienes que dar explicaciones. Ahora ya sé que prefieres que nuestra... amistad... sea un secreto. Y no pasa nada.

—Puede que a usted no le parezca complicado, pero en unos años tendré que enfrentarme a una revelación más compleja: ¿Pondré en peligro el vínculo emocional que tengo con mi hijo diciéndole que me quedé embarazada gracias a una donante? ¿Tendré el valor de ponerle en bandeja que en un arranque de despecho pueda decirme: «Tú no eres mi madre»?

—Creo que exageras en ambos casos, Milagros. Tu hijo te quiere por todo lo que eres para él, no por…

—… ¿su origen genético?

—Yo no lo hubiera dicho mejor.

—Ya no estoy con el padre. Me dejó un año después de aquello. Creo que fue demasiado intenso para los dos.

—¡Vaya! Lo siento. ¿Tu ex guarda bien los secretos?

—Sí. Confío en él.

—Entonces, como acaba de decirme un buen amigo, guarda tus secretos bajo llave o como quieras, pero hazlo por elección, nunca por miedo.

—Gracias, doctora.

—No volveré a intentar saludarte en público —le digo mientras salgo del almacén. Abro el mail de Isabel, la psicóloga, y le contesto sin dudar:

No me parece una buena idea, Isabel. Es probable que molestemos mucho más de lo que ayudamos. En realidad, ¿quiénes somos nosotros para decidir qué secretos deberían haber sido revelados?

Regresamos juntos a la clínica. Mariano acusa las dos cervezas que se ha tomado. Me asegura que únicamente tiene que coger sus cosas y marcharse a casa. No sé si creerle.

—Nunca sabrás si te miento porque será uno de los secretos que enterraré conmigo —me dice muerto de la risa—. Miranda, un secreto es lo mejor que te puede pasar en la vida si es lo que tú deseas. Mírame —dice apoyando sutilmente la yema de los dedos en la cara mientras contrae el gesto poniendo boca de piñón—. No es pluma..., a mí sólo se me nota que soy una reina marica porque quiero.

Estallamos en una carcajada que no abandonamos hasta que le dejo camino del laboratorio. «Mariano, mi saquito de secretos oscuros».

Está empezando a anochecer. La luz de mi ordenador ilumina con mayor intensidad el despacho. Olivia no ha llamado. Supongo que estará ya en casa esperándome. Apago todos los elementos electrónicos y decido poner fin a la jornada. Hace calor y no se oye un alma en los pasillos. Entro en el ascensor y bajo al garaje. Camino hacia el coche y advierto que el coche de Simón sigue aquí. Miro la plaza de Melchor y está vacía, como todas las demás. Vuelvo sobre mis pasos acelerando mi marcha y tomo el ascensor de nuevo hasta el piso del laboratorio. Simón está en su despacho, anotando algo en su pizarra blanca. Abro la puerta y sin darle opción a saludarme, con la misma velocidad cortante de Milagros, le digo:

—Quiero que tengamos un secreto que pueda cambiar el mundo. Quiero algo que sea sólo nuestro y que sólo compartamos si queremos. —Simón me sonríe.

—Te lo dije en nuestra primera comida, ¿te acuerdas?: la emoción tiene su vida, Miranda. Es como las erecciones. Todo lo que sube baja.

—Y ¿en qué punto estamos en la vida de esa emoción?

Simón dibuja una curva ascendente en la pizarra y marca una cruz cerca de su pico.

—Más o menos... por aquí.

Antes de darme cuenta, mi pelo borra datos y dibujos de esa pizarra. Un beso largo y el miedo al mismo tiempo. La camisa desabrochada. La falda que sube. Y pienso... Noche... Mano... Tu mano... ¡Dios!

CAPÍTULO 20

DAME UN VIENTRE Y TE DARÉ EL MUNDO

Llego al trabajo con los labios color frambuesa sin necesidad de carmín. El estímulo circulatorio me regala este rejuvenecimiento transitorio adecuadamente acompañado de una sonrisa que va y viene de forma casi rítmica. La piel me brilla, las pestañas parecen más oscuras y rizadas, me veo más pecas. Parezco realmente… ¿feliz?

—Tú has… —me dice Mariano en la cafetería aguantando unas ganas casi dolorosas de pronunciar el verbo que redondee la frase.

—…

—Mirandita, que son muchos años juntos y esa cara no la veía desde aquel enfermero guapo que vino a hacer unas prácticas. ¡Vaya prácticas que le diste a la cosita aquella!… Cada vez que me acuerdo… Pero… zorrita —susurra—, y además, tú has… —omite de nuevo el verbo mirando a los lados de la barra— ¡Toda la noche! ¡Mira cómo tienes la cara!

—Dime que sólo puedes notármelo tú.

—Te diré que tu excusa puede ser que te has inyectado vitaminas o que te ha tocado algún tipo de premio, por ejemplo, que has recibido una herencia familiar inesperada, o que has practicado recientemente algún deporte extremo…

—No será para tanto.

—Lo es. Eres otra. Hasta pareces una mujer amable… y buena.

—No pienso contarte quién es.

—No te lo he preguntado porque no suelo formular preguntas que no van a recibir respuesta. Soy un hombre muy inteligente y una loca envidiosa que ahora mismo daría mi sueldo del mes por sentir las cositas que estás sintiendo tú. Y seguro que tienes oportunidad de repetir… Esa cara es de las que pueden repetir…

—Tengo que irme…

Es mi hora de empezar la consulta y si me quedo diez minutos más me sacará toda la información.

—Pero… si no quieres contármelo, supongo que será porque lo conozco…

—Eres mala —le digo desde la puerta de la cafetería.

—Y estoy muy celosa. —Mariano hace el ademán de pedir la cuenta como cierre de la conversación. Él y sus medidos gestos que hacen de nuestra vida algo más cinematográfico. Me sumo a su tendencia y entro en el ascensor ejecutando un paso de baile.

Carolina

Mi primera paciente viene a verme sola. Es una mujer de unos treinta y tantos largos. Su serenidad y silencio contrastan con el grito interno que ahora soy. Quizás esté demasiado nerviosa y sensible para pasar consulta. Me muerdo el labio inferior mientras termino de rellenar el campo «nombre» en el ordenador.

—Carolina… —le digo colocando los brazos sobre la mesa dispuesta a escuchar—. Cuéntame qué te ocurre.

—Soy Rokytansky —me dice de golpe, a bocajarro, sin perder la relajación en el rostro. Es la primera vez que una paciente con esta patología me visita.

—Ya veo. Y llegan los años en los que te planteas ser madre. ¿Es esa la razón por la que estás aquí? Las mujeres que sufren esta malformación congénita carecen de útero y suelen sufrir, además, acortamiento de vagina. Sin embargo, habitualmente tienen ovarios y ovulan, pueden, por tanto, tener hijos con su carga genética, aunque no pueden engendrarlos.

—Sí, en realidad, sí. Como podrá entender, no me gusta mucho venir a ver al o la ginecóloga... —expresa verbalmente su malestar, pero su rostro no acompaña esa pesadumbre, no frunce el ceño ni abandona esa extraña paz.

—Ya me imagino. ¿A qué edad supiste que eras... Rokytanski?

—Más o menos a los 17. Era pequeña, aunque ya había desarrollado y lo único extraño era que no me venía la regla. Ya era a todas luces una mujer, pero no había tenido aún la regla. Identifiqué el dolor en la primera consulta, cuando el ginecólogo intentó hacerme una revisión vía vaginal, pero mi madre y yo misma lo atribuimos a los nervios. Seis meses después, pedimos cita con una ginecóloga; me hizo una ecografía y descubrieron, ya sabe..., que no tengo útero... Que nunca desarrollé un aparato genital como el que tiene usted o la mayoría de las mujeres que conozco.

Ese pesar no necesita de gestos que lo acompañen. Las mujeres que sufren este síndrome no llegan a saberlo hasta que no viene esa primera regla a una edad que comienza a ser sospechosa. Hasta entonces, ninguna madre, ningún pediatra, chequea la longitud de la vagina de una niña. Es un descubrimiento doloroso y tardío que, además, puede darse, como en el caso de Carolina, a edades en que las mujeres quieren descubrir el sexo en su plenitud y lo que descubren es que no pueden mantener relaciones con penetración. La maternidad no es en ese momento el principal obstáculo. Ese espacio lo ocupa la imposible normalidad, el «necesito ser como las demás».

—¿Te sometiste a alguna intervención quirúrgica para construir una neovagina o lo lograste con dilatadores?

—Fue cirugía y no sé cómo será ahora, pero en aquel entonces, hace casi veinte años, fue terrible. Me abrieron el hueco para conseguir un alargamiento que alcanzara los 10 centímetros, me pusieron gasas para fijarlo durante tres días y después recubrieron las paredes de esa nueva vagina con placenta de una mujer recién parida. Fueron once días de un dolor terrible, recuerdo las inyecciones de morfina, mi madre sujetándome las manos mientras dormía para que en mi delirio no me quitara los puntos... Fue... difícil. —Por primera vez ha dejado caer los párpados y de paso algún recuerdo, una imagen de aquellos días de hospital.

—¿El resultado fue satisfactorio?

—Cuando terminó aquel infierno, que encima tuvimos que pagar en un centro privado, me dieron una prótesis en forma de pene que tuve que llevar puesta mucho tiempo. Que yo recuerde, ocho meses al menos para sentir que no se me caía. Yo no tenía esa vagina formada y fuerte como usted. —Sin querer, una imagen de Simón apretando su cuerpo contra el mío se interpone entre Carolina y yo. Intento expulsarla de mi mente sin demasiado éxito—. Entre la cicatrización, dolorosa, el empeño por adiestrar un músculo que reaccionara como una vagina normal, los preservativos que tenía que ponerle a la prótesis en todo momento, sacarla, meterla, el paso de las semanas... El miedo...

Me mira desde esos días de ocultación y daño, pero en apenas un par de segundos cambia el rostro y vuelve a llenar la consulta de una serenidad propia de algún ser mágico. «Parece un hada», pienso dejando entrar otro beso de Simón en mi mente consciente. Esta vez no lo aparto.

—Y entonces... —acompaño mis palabras con una media sonrisa.

—... Perdí la virginidad con 21 años. Fue... el día más feliz de mi vida. —Sonríe en señal de respuesta y abre las manos—. No necesité que fuera un novio, ni que el amor estuviera presente. No tenía el cuerpo de otras chicas y tampoco sus necesidades. No amaba a aquel chico, sólo necesitaba saber que podía llegar a ser amada por otros en el futuro de forma completa. No sentí ninguna limitación, ni tope. Fue... maravilloso. Cuando terminamos —me dice adelantando un poco el cuerpo— me fui al baño, me lavé, y me volví a poner mi prótesis. —Empieza a reírse—. ¡No quería que se me cerrara! Era obsesivo. —Ríe casi a carcajadas—. Ahora que había descubierto mi nueva vagina, sólo pensaba en que no se me sellara. —Junta las palmas de las manos y provoca una palmada compacta.

—Sé de lo que me hablas.

Ella piensa que le contesto desde mi experiencia profesional, pero son palabras de la mujer que anoche sólo quería estar rodeando el cuerpo de su amante. Las dos reímos cómplices desde recuerdos sexuales y victoriosos.

—Fueron años de sexo y experiencias —dice el hada serena— hasta que llegó el amor. Yo no me quitaba la prótesis y acabé por hacerme daño, me provoqué una úlcera al fondo de mi neovagina y perdí unos centímetros, un par de ellos, que me dolieron en el alma en aquel momento, pero un novio estupendo y una vida normal encauzaron la situación. Él aceptó sin problema mi limitación para tener hijos y estuvimos muchos años juntos hasta que..., bueno..., se acabó por otros motivos...

—Y ahora...

—Ahora tengo una nueva pareja y queremos ser padres. Y necesitamos un vientre de alquiler.

—No me gusta esa expresión, Carolina, prefiero el término «gestación subrogada» o «de sustitución».

—Hemos estado mirando opciones. y todo nos lleva a Estados Unidos, California... creo que es el lugar más seguro legalmente para hacer esto...

—Así es... de momento... —le confirmo.

—La situación no es fácil. Nunca lo ha sido, ¿para qué dismularlo?... Yo soy una mujer sin útero, soy infértil desde siempre, no soy una mujer que se ha hecho mayor porque se le ha pasado el tiempo como en otros casos que ustedes atienden... Yo no he podido elegir y, sin embargo, no he encontrado respaldo en el sistema público y sólo me queda el peso que he llevado siempre: ser diferente a las demás. Mí única posibilidad de superar ese obstáculo está allí.

—Es una decisión que sólo puedes tomar tú; pero desde luego es la forma de hacerlo. Allí podrías lograrlo, claro que sí.

—El problema es que cuesta casi 120.000 dólares. 50.000 el vientre y 70.000 lo que cobra la agencia por el servicio médico y legal allí.

—No hay opciones en España, ya lo sabes porque veo que te lo has leído. Vienes con la lección aprendida. La gestación subrogada no está reconocida en España, aquí no es una práctica legal, por lo tanto, todos los trámites tienes que hacerlos en el país que elijas. Creo que haces bien en pensar en estados Unidos por temas médicos y de seguridad en el proceso. Luego registras al bebé en el consulado español del sitio que sea y será tu hijo en España a todos los efectos, eso está reconocido por Europa y por España, pero no tienes la opción de la gestación subrogada, ni siquiera en caso de un familiar directo.

—Ya lo sé, ni mi madre, ni mi hermana... Ninguna podría.

—No, ninguna.

—Pero yo... —Su gesto ha derivado por primera vez hacia el enfado—. Yo soy una mujer sin útero. Soy un caso muy especial y debería ser tratada como tal.

—Sí, es una vergüenza. Que tú y mujeres que, por ejemplo, han tenido cáncer o cualquier enfermedad que les impida gestar no tengáis esa ayuda sanitaria es vergonzoso.

Pienso en lo que ya ha sufrido y la injusticia de un sistema que permite trasplantar un corazón, pero no admite una gestación subrogada ni en caso de un familiar directo. Eso me indigna. Mi hada enferma vuelve a su serenidad, la misma que yo ya he perdido.

—La verdad es que no sé qué hacer porque tampoco puedo esperar mucho, ¿verdad?

—No, no puedes, ni debes. Me entristece no poder ayudarte, ni decirte que las soluciones están en camino. De hecho, el gobierno tiene completamente aparcado este tema aunque muchos profesionales aboguemos porque este debate esté ya sobre la mesa en busca de una solución desde hace tiempo. Es necesario y acuciante, y tú eres un ejemplo de ello.

—Quiero ser madre, doctora. —Pienso en su interior reconstruido a fuerza de valor y lucha. En todas las veces que ha tenido que contar ese vacío con el que nació. En toda la comprensión que ha encontrado en cualquier persona con dos dedos de frente y que no halla en un sistema claramente injusto. Me sonríe porque las hadas siempre sonríen. Le escribo la dirección de una asociación que puede ayudarla para conocer a parejas heteroparentales u homoparentales con experiencias similares en países como Estados Unidos, México, Israel, India o Tailandia—. Ellos podrán ayudarte mucho más que yo. En tu país, que no es el país de las hadas, no encontrarás una solución. Lo siento, Carolina.

Llamo a Melchor después de despedir a Carolina con un apretón de manos que hubiera querido transformar en beso. Los protocolos médicos hacen que nos perdamos muchas cosas y que, por otra parte, vivamos otras, únicas, como esta última media hora.

—Melchor, sólo necesito un minuto.

—Dime, Miranda.

—¿Estamos haciendo algo concreto con el tema gestación subrogada?

—Sabes que no nos hacen ni caso. El tema está paralizado. No hay ministro o ministra de sanidad que quiera meterse en ese lío legal. Que sí, que no..., posibles reclamaciones futuras, contratos... Es un melón muy grande y muy complejo y, en realidad, nadie quiere que le caiga la tormenta de algo que genera y puede generar tanta polémica...

—Pero tú defendías...

—Siempre he defendido que había que arrancar, al menos permitiendo la gestación subrogada con familiares en caso de enfermedad. Eso es lo mínimo.

—Y ¿por qué no insistimos?

—Porque nadie nos escucha, Miranda. Nadie quiere hacerse cargo de algo así. Te lo repito...

—Melchor. Da igual que nadie nos escuche. Tenemos que hacer algo. Hoy ha venido a verme una paciente y... no lo dejemos, por favor... Pensemos algo...

—Mi doctora guerrera. Volveré a plantearlo en la próxima junta de la Comisión Nacional de Reproducción Humana Asistida, aunque no te prometo nada. Pero… favor por favor, ¿qué tal con Simón?, ¿le estás cuidando como se merece?

Me atraganto con el café que acabo de sacar de la máquina y después de un repentino e imparable ataque de tos… cuelgo a Melchor entre monosílabos.

«Hoy he atendido a una mujer con síndrome de Rokytansky» no es la mejor frase para reencontrarte con el hombre al que te has anudado durante horas la noche anterior. Es desapasionada, fría, médica y muy poco ¿tierna?

—No conozco ese síndrome, Miranda. ¿Es tan extraordinario atender a una mujer que lo padece?

—Se da en 1 de cada 5.000 mujeres.

—Es ciertamente especial, entonces… ¿Has podido ayudarla?

—No. No tiene útero.

—Necesita un vientre de alquiler para ser madre.

—Eso es.

—Y te sientes mal porque no puedes echarle una mano.

—Eso es.

—Y porque las leyes no sólo no te respaldan, sino que te frenan.

—Eso es.

—Y te encantaría contárselo a alguien para desahogarte.

—Eso es.

—Incluso si ese alguien tuviera más interés en volverte a llevar a la cama que en tus historias clínicas.

—… Eso es…

—¿Podrías salir ya?

—Sí.

—¿Nos vemos en el bar que hay al lado de mi portal y hacemos como que tenemos intención de charlar sobre este asunto?

—Vale, pero hoy tengo que llegar a casa a una hora decente. Debo estar con Olivia.

Tres horas después, Olivia y yo nos hemos mandado unos veinte mensajes cargados de excusas estúpidas. Ninguna de las dos parece tener demasiado interés en llegar a casa pronto. Ella me dice que está en casa de una amiga, yo le contesto que sigo en el despacho terminando unos informes. Ambas nos consentimos las mentiras porque ambas ganamos con ellas. En mi último mensaje le digo que pasaré a buscarla a las once de la noche por la parada 106. Un emoticono con un guiño me da todos los permisos. Simón me da la vuelta y me pregunta:

—¿Hasta qué hora te deja estar tu hija?

—Tenemos media hora más.

—Suficiente. —Veo la cabeza de Simón que desaparece entre las sábanas. Algo me dice que llegaré tarde.

Son las once y diez cuando recojo a Olivia en la parada. Me disculpo por el retraso. Me he hecho una coleta y un moño bajo para parecer mayor y algo más demacrada, una doctora que sale muy tarde de su despacho porque ha tenido que terminar un tedioso trabajo administrativo. Olivia también lleva coleta, una sudadera con la cremallera cerrada hasta el cuello y esa disposición postural de quien lleva estudiando varias horas. No nos miramos a los ojos. Charlamos de nuestras mentiras durante el viaje sin entrar en demasiados detalles. En un gesto rápido le veo una especie de pequeño hematoma en el cuello. Un ligero escozor me anuncia que puedo tener la barbilla irritada por los besos de un Simón sin afeitar. La oscuridad de la noche protege nuestros secretos.

Ya en casa, cenamos algo rápido y le comento el caso de la chica Rokytansky. Atrapo su atención y consigo centrar la mía.

Nos damos las buenas noches y, unos minutos después, entramos a la vez en nuestras duchas. Ninguna sabe que la otra sigue sus movimientos como si fuéramos bailarinas en una misma coreografía. Nos enjabonamos el pelo a la vez, nos lavamos con el mismo dibujo sobre el cuerpo, estiramos el cuello para dejar que el calor nos duerma los párpados... Somos un calco bajo el agua.

Un espermatozoide llega a la zona pelúcida del óvulo. Utiliza las enzimas de su acrosoma para degradar esa carcasa y lograr romperla. Es fuerte y lo consigue. Mete su cabeza en forma de flecha con toda su carga nuclear y pierde la cola en el exterior. El óvulo se defiende de la polipenetración y se cierra. Ningún otro espermatozoide podrá entrar ya. La fusión de los 23 cromosomas de cada célula dará lugar a los 46 de un óvulo fecundado. El embrión comenzará su camino hacia un útero en el que alojarse y crecer...

En el exterior, una mujer se seca el pelo y piensa en el último beso que recibió.

CAPÍTULO 21

MI NIÑO, MIS AHORROS

¿Hay conversación más desagradable que la de dos mujeres hablando de cuánto les costó una fecundación in vitro? «Pues a mí, entre unas cosas y otras, medicación, etc., se me puso en 6.000 euros».

Bebés y dinero es una combinación incómoda, fea y que desnaturaliza aún más un proceso, en algunas fases, frío. Muy frío. Habrá médicos que no quieran reconocer esta parte de la reproducción, pero no es mi caso. La felicidad de traer al mundo un bebé tan deseado es perfectamente comparable a traerlo por medios naturales. No cambia la ilusión, no cambia el amor, pero la realidad es que los números lo ensucian todo. Los números de los gastos, los números de las estadísticas de probabilidades de embarazo, el número del embrión congelado, el número de óvulos producidos en la estimulación... Números y niños… Números que hacen de los procesos de reproducción tragos más y más estresantes para las parejas o madres o padres solteros. Ya no sólo hay que gestionar el cuándo, el dónde, con quién, sino además el cómo respecto a, por ejemplo, nuestras cuentas bancarias. Porque decir bolsillos se quedaría muy corto. Muchos tienen que hacer calendarios imposibles en función de la ayuda de la familia, pedir préstamos, hipotecar la casa, gastar todos los ahorros… «¿Cuántos intentos podremos pagar?». Y de nuevo, como doctora y como mujer, me topo con la desesperación volcada en los foros. Conversaciones llenas de números para comprar la felicidad:

Menos mal que en la Seguridad Social me quedé a la primera porque, en caso contrario, no me lo hubiese podido pagar…

Me han dicho que una fecundación in vitro son unos 4.000 euros y no me puedo pagar un tratamiento, ¿alguien me ayuda?

He oído que la inseminación es más barata, ¿es verdad? ¿Es posible quedarse embarazada de una inseminación a la primera?

En la consulta, además, necesito ser capaz de exponer un concepto difícil de asimilar: Usted, mi paciente, paga por un servicio y le voy a dar ese servicio, pero lo que no le puedo dar es la garantía de que el resultado sea un bebé. En cada una de las personas que se sientan frente a mí hay un deseo: ser padres; y también un convencimiento interno: «Como yo pago, me tengo que embarazar». Ojalá yo fuera El Corte Inglés. De verdad, ojalá lo fuera. Pago por un jersey, me lo llevo a casa. Pago un tratamiento, me llevo un niño. La demanda es esa. Esto es lo que me piden los futuros padres: una garantía que nadie puede dar. Y de ahí las consecuencias más peligrosas. Los centros con malos resultados buscan mejorar sus datos; y ¿cómo compensan una tasa de embarazo baja? Poniendo en juego más embriones. La responsabilidad de un médico es saber decir que no pondrá tres embriones en el cuerpo de una mujer, aunque la ley lo permita. Un embarazo de trillizos es peligroso médicamente y yo me atrevería a decir que, además, es profundamente egoísta. ¿Cumplimos los sueños de nuestros pacientes? En la mayoría de las ocasiones sí, pero no siempre.

Mirar a los ojos de alguien y plantear la posibilidad del resultado negativo con una transferencia bancaria de por medio no es sencillo. Nadie me enseñó a lidiar con esto, pero sí me enseñaron a decir la verdad.

—Melchor, ¡cómo puedes decirme que no! ¡Puedes quedarte sin vacaciones, pero quedarte sin una familia porque no tienes dinero es muy injusto!

—Lo sé, Miranda... Pero no puedo saltarme cada dos por tres los filtros de la clínica.

—Lo necesitan. Ya sé cuál es el máximo de la financiación, pero, Melchor, de verdad, no pueden. Me han atacado, han sido desagradables conmigo, estaban enfadados, rabiosos... Desean tanto ese bebé...

—Todos nuestros pacientes tienen esa ilusión.

—Y casi todos se lo pueden pagar.

—No podemos tener esta discusión cada dos semanas. Unas veces porque quieren y no pueden pagarlo. Otras porque quieren un sexto o séptimo intento y te parece mala praxis profesional. Miranda, siempre hay una pega...

—No, a veces hay un obstáculo. No es lo mismo, y tenemos que saber saltarlo.

—... Miranda... —Melchor gira la silla hacia el ventanal y suspira—. ¿Cuántos tratamientos podrían hacerse?

—Uno. Ya se han hecho dos en la Sanidad Pública, pero no lo han conseguido —le hablo dulce y despacio. Me bajo del ring.

—¿Cuál es el diagnóstico?

—No es muy... rotundo. El seminograma de él es muy pobre, pero con una ICSI podríamos solucionarlo... Y ella tiene 37 años... Nunca se ha quedado embarazada... No sé... Ahora no pueden afrontar el pago del primer plazo de golpe... Podríamos ofrecerles una financiación a medida.

Melchor no me contesta aún. Sigue mirando por la ventana.

—Cómo médico… ¿no te genera mucho estrés la imprecisión? —me dice.

—¿Me hablas de las reclamaciones?

—No, para eso tenemos un departamento legal. Te hablo de la imprecisión. Cuando te piden respuestas que no puedes dar. Yo dormiría mucho mejor si tuviera respuestas para todo y supiese con absoluta seguridad si una mujer se va o no a embarazar… Pero la incertidumbre forma parte de nuestra profesión. En medicina no hay un 100% nunca.

—Yo creo que lo pueden lograr.

—¿Y si no lo logran, Miranda? Sabes el porcentaje de éxito en un tercer intento…

—Mejor que en un primero… Nos vamos acercando.

—¿Cómo te has portado con ellos en la consulta? Me has contado que no te han respondido bien. ¿Habéis discutido? —Ahora sí se gira para mirarme a los ojos y enfrentarse a mí.

Un poco, lo justo para que sean conscientes de la situación.

—¿Les has dicho que vendrías a mi despacho y los defenderías con uñas y dientes, jugándote, por desgaste de tu jefe, tu puesto de trabajo?

—No… No les he dicho nada porque no me gusta dar falsas esperanzas.

—Cualquiera que te oiga, Miranda… Eres… imposible.

Luz y Roberto

Admiro a los pacientes que luchan por lo que desean conseguir. No me importa que me ataquen, que me pregunten las cosas tres veces. Nada me importa si sé identificar un truco psicológico para lograr su objetivo. La naturaleza no les ha dado lo que pedían, ¿cómo van a negarse la posibilidad de ser padres por un simple médico o por las normas presupuestarias de un determinado centro? Roberto viene a por todas. Luz, su pareja, le escucha desde la seguridad de que su actitud no le llevará a nada..., pero se equivoca.

—¡Esto es un negocio, doctora! —Roberto utiliza un tono fuerte en la conversación. Lleva alzando la voz los últimos cinco minutos.

—Roberto, sé que la palabra «negocio» suena muy mal asociada a la medicina, pero a mí no me avergüenza si es lo que pretendes —le digo—. ¿Que sea un negocio significa que sea malo? No lo creo. La fertilidad es una nueva parte de la medicina privada y los médicos privados han existido siempre.

—Lo digo porque algunos podrían incluso llegar a pensar que ustedes fallan a propósito... —Roberto descarga toda la artillería porque empieza a advertir que sus ofensas no me rozan.

—¿Para...?

—Para cobrar por cada ciclo que no se consigue...

—Y ¿qué gano yo si mi centro no embaraza pronto y bien? ¿Dinero? ¿No crees que los grandes beneficios llegan con los buenos resultados? Como ves, no me cuesta nada pronunciar palabras como «beneficios» y ¿sabes por qué? Porque me acabas de contar de dónde venís. La Sanidad Pública trabaja bien en la Reproducción Asistida, pero sufre importantes recortes y tiene que optimizar sus recursos. Eso quiere decir que tienen que elegir a las madres con mejor pronóstico..., ¿sabéis de lo que hablo, verdad? —Luz baja la mirada y Roberto comienza a hacer que sus pulgares se persigan en círculos—. No tratan a mujeres mayores de 40 años, parejas que ya tienen un hijo, pacientes de hepatitis, arrepentidos de vasectomías o ligaduras de trompas..., eso por no hablar de que no trabajan ni la ovodonación, ni la donación de semen. —Esta última parte les ha asustado mucho. Aún no están preparados para oír hablar de gametos ajenos—. Esto no es Israel, donde lo público lo cubre prácticamente todo. Esta es la situación aquí, en nuestro país, y lo tenéis que saber.

—Como para no saberlo —dice Luz con un hilo de voz, y me recuerda que ella ya no es una paciente para la Seguridad Social porque ha agotado sus intentos.

—Al buscar pacientes con mejor pronóstico están limitando el acceso a las personas que más lo necesitan. Esta es la descripción de lo que ocurre actualmente y lo siento, Luz y Roberto. —Ambos asienten sin llegar a conformarse—. El sector crece entre un 10 y un 15% cada año. Se han abierto más hospitales privados y más unidades públicas. El número de tratamientos no miente, pero, sobre todo, no nos miente el número de fármacos que se venden. Esto no va a parar y puede que en un futuro todo sea distinto, más barato, que haya más subvenciones, mayor cobertura de la Seguridad Social o de los seguros privados, pero ahora mismo, las posibilidades son estas. —Miro a Roberto—. Este es, y seguro que tampoco te gusta lo que vas a oír, el mercado en el que os movéis.

—Pero... ¿por qué es tan caro? —me pregunta Luz desde esa voz hecha ovillo en su garganta. Necesita datos para reforzar las decisiones que tendrá que tomar.

—En primer lugar, tienes que montar una clínica y la tecnología es muy cara. Los sistemas que se utilizan, el tipo de aire, la condición de luz, de humedad, de sustancias orgánicas volátiles, medios de cultivo... Probablemente dentro de unos veinte o treinta años, la tecnología irá bajando el coste, como ocurrió con los primeros portátiles —utilizo este ejemplo que suele ser bastante ilustrativo para los futuros padres—, o también… los primeros móviles. Como ocurrió con ellos, ahora esta tecnología es muy cara porque el reemplazo es muy rápido. Compras un nuevo incubador, por ejemplo, y sabes que se te va a quedar viejo, como mucho… —Alzo las manos y fuerzo la extensión de la derecha— en cinco años. ¡Cinco! Eso te obliga a una reinversión constante.

—Habrá formas de hacerlo con aparatos no tan sofisticados… —Luz continúa buscando huecos.

—Mira, Luz, los mejores resultados son los de los centros que sólo hacen reproducción. ¿Suelen ser más caros? Sí, lo son. ¿Qué tenemos que hacer aquí nosotros que establecemos estos precios? Embarazar como los que más porque habrá quien lo haga más barato y con una tasa de éxito aceptable. Podéis buscar, porque hay otras opciones, evidentemente. —Ambos me miran desde la impotencia. Querer decir «sí» y no poder. Sólo las cifras nos separan—. Roberto, Luz, llevo suficientes años en este sector como para saber que si te apoyas en la mejor tecnología y en buenos profesionales puedes llegar a alcanzar el límite de las posibilidades de una pareja.

—Pero… ¿por qué es tan caro? —Luz enfatiza la pregunta y consigue que su voz trascienda hasta expresar su disgusto. Ya no es una pregunta, es el grito de alguien que quiere seguir adelante.

—También es cierto, Luz, que trabajamos con Sanidad. La gente busca fiabilidad y calidad, y la calidad no es embarazar mucho, sino embarazar bien, con poco riesgo, sin gemelos… Y de aquí a diez años, como te decía, los precios seguro bajarán. Los equipos serán más baratos y nosotros más eficientes porque habrá procesos que ahora son manuales que serán automatizados. Ya hay robots capaces de hacer lo que yo propongo para vosotros, para hacer una FIV o una ICSI, y máquinas que cambian ya medios de cultivo… Eso va a costar otro pastón, pero va a dar más seguridad y eficacia… Un ecógrafo vale un pastón, un tanque de nitrógeno líquido también… Todo es muy caro. Pero, insisto, el *low cost* empieza a hacerse un hueco en la reproducción y podéis contar con ello. Es algo incipiente, pero va a crecer mucho…

—Nos han dicho que no sólo es el tratamiento. Ahora también tendríamos que pagarnos los fármacos, o sea, que la cuenta final sería mayor. —Roberto lleva minutos con la calculadora mental, pensando en todas las posibilidades, buscando una salida…

—Los fármacos también son muy caros. ¿Cuál es su excusa? Pues que la inversión que tienen que hacer en el producto para sacarlo al mercado es brutal y a los diez años pierden la patente porque, tras ese tiempo, se pueden sacar genéricos biosimilares. No existe un producto que sea más barato que el anterior, siempre va a más. Esto ha cambiado mucho desde que se recogía la orina en los conventos… —Sonrío pensando en el pasado de la sofisticada industria farmacéutica.

—¿Qué ha dicho? —Luz me mira con una expresión de asco y sorpresa.

—Las hormonas que se pinchan las mujeres ahora y con las que se han tratado muchas mujeres en el pasado son en gran parte de origen humano… Procesadas y limpias ahora… Pero hubo un tiempo en que se recogía la orina de monjas que vivían en conventos, y si eran monjas con la menopausia, mejor, mayor concentración hormonal… Luego se depuraba de aquella manera… —Luz simula una pequeña arcada y Roberto mira para otro lado. Creo que él sigue echando cuentas—. Aunque os parezca mentira, todo esto es muy joven, muy nuevo, queda mucho camino…

—Doctora… —Roberto me habla desde el sosiego que a veces aporta la desesperanza—. Si pudiéramos conseguir el dinero para un intento más, usted podría garantizarnos…

—… que haré todo lo que esté en mi mano, que pondré todo mi talento profesional a vuestro servicio…, pero no puedo daros la respuesta afirmativa que esperáis. No tengo esa respuesta.

—¿Y pagando… nos pondría tres embriones para tener más posibilidades? —Luz comienza la frase y Roberto la termina. Es evidente que han hablado largo y tendido del asunto.

—Que quede claro desde este momento, por si encontramos la manera de trabajar juntos: No hay dinero en el mundo que pueda convencerme de hacer semejante barbaridad.

Roberto y Luz se marchan en silencio. Nos dejamos un «veremos qué podemos hacer con el tema económico» como vínculo común. Ellos, con sus cuentas, su familia, sus ahorros y el banco. Yo, con Melchor y el comité.

Aunque Melchor no me ha dado un sí, llevo suficientes años a su lado para saber que lo intentará. Entiendo sus problemas y los filtros de la clínica, pero no podría dormir bien si no presiono desde mi lado. Esa presión, por otra parte, me supone un gran estrés. Eso y que no sé nada de Simón. Está… desaparecido, no conectado… Y tal y como indican sus *off line* en cada uno de los canales de comunicación, está solo por elección.

Ceno con Manuela para refrendar que pase lo que pase no dejaremos de quedar como máximo cada dos semanas. Es nuestro compromiso de amistad. Vernos. Siempre. No dejarlo para otro día. Es una lástima que no me gusten las mujeres porque Manuela es mi media naranja. Incluso cuando se pone tremenda y fuera de lugar como esta noche... Sabe discutir sin herir, remover sin desequilibrar, sabe... sanar.

—Hay mucho desaprensivo, Miranda, el otro día vi un reportaje y no sabes la cantidad de timos que hay en el negocio de la reproducción... Y esos pobres padres que harían cualquier cosa por conseguir su objetivo, lo que fuera...

—Sé que son personas vulnerables.

—¡Vulnerables! —me interrumpe—. La mayoría están hechos unos zorros. Primero, no se quedan embarazados como todo el mundo, follando, que es lo natural; luego pagan, lo intentan, y un fracaso y otro... Llega alguien que les promete lo que desean y están heridos, débiles, cansados... Tú puedes hacer con esas personas lo que quieras...

—Sí, Manuela, pero necesito pensar que en esto a lo que me dedico prima la calidad frente al negocio y necesito creer en... la bondad. ¿Habrá desaprensivos? Pues claro. Hoy les hablaba a mis pacientes de la implantación de tres embriones... Por eso hay que ser tremendamente honesto. Por ejemplo, tú siempre puedes animar a una mujer que ya se ha hecho cinco in vitros a que se haga otra. Si tiene recursos y está desesperada, la puedes animar, pero... ¿merece la pena? Si la animas y no lo consigue en un sexto o séptimo ciclo, estás haciendo mal el tratamiento: eso es mala praxis médica y, al final, no es bueno para nadie, ni para el paciente, ni para... —De repente, pienso en Simón y en qué número de ciclo amoroso representa en mi vida... ¿Será también demasiado tarde para mí? Si no ha salido bien hasta ahora, ¿por qué él? ¿No me ha demostrado la vida demasiadas veces que no soy tierra fértil para el amor?

—Miranda, ¿estás bien? —Manuela me devuelve a la realidad—. No te quedes así, callada de repente, con el tenedor a la altura de la boca porque me asustas. Parece que te ha dado un... algo.

—Trabajamos con los deseos —digo, y pruebo el lenguado. Dejo que esos deseos me lleven sin perder la razón.

—Y con algo que no es una enfermedad.

—Ahí te equivocas. Claro que es una enfermedad. —Como a veces el amor, pienso—. La OMS lo considera una enfermedad y por eso, afortunadamente, lo cubre el Insalud... Otra cosa es que el paciente no lo vive como una enfermedad, lo vive como un mal social. Que no me vaya a matar no significa que no sea una enfermedad... El Ministerio de Sanidad lo entiende, pero debería entenderlo aún mucho más. Esto es una patología, esto no es una estética, los pacientes no vienen a quitarse unas arrugas de la boca...

—Yo me he pinchado hace una semana y estoy feliz. —Manuela me pone morritos.

—¡Pero no estás enferma, estás un poco más vieja! ¡Un poco más harta, más cansada! —Me acelero y empiezo a proyectar mi frustración en mi mejor amiga.

—Pare, pare, doctora. —Manuela levanta los brazos como si la estuviera apuntando con una pistola. Lleva la servilleta colgando de una de las manos—. Que yo sólo he venido a cenar y usted me ha sacado el tema del dinero y de las parejas que no pueden pagar, y yo le he dicho que hay gente muy mala en este mundo, capaz de aprovecharse de cualquier circunstancia para sacar un duro... Y, además, me he pinchado hialurónico en el código de barras y un poco de bótox en el entrecejo... Y nada más. No soy culpable, no soy su enemiga. Soy su amiga. —Los de la mesa de al lado ríen con el discurso de Manuela. Hacen un ligero ademán de aplaudir...

—Sólo digo que es un problema social y un problema médico y que se tienen que destinar recursos en los hospitales, financiar la medicación, poner más unidades de reproducción… Sólo hay un tercio de tratamientos públicos y lo demás es privado. Los pacientes necesitan ayuda. —Siento un calor inesperado y cierto ahogo en la parte alta del pecho—. Sus deseos son… comprensibles, humanos. Todos queremos una nueva oportunidad.

Manuela se levanta y rodea la mesa. Me abraza tierna y afectuosa. Un abrazo de amiga es inconfundible y no se parece a ningún otro. Sin querer, pienso en abrazar a Olivia y se me encoge la garganta.

—Nunca fui una madre normal, ¿verdad? Manuela? No fui mala, pero no fui… como las otras. Fui peculiar.

— ¿A qué viene eso ahora? Has sido una madre espectacular, Miranda —me contesta Manuela ya desde su silla.

—No sé, pensaba en Olivia… como hija… y como la madre que un día será. —No acabo la frase y siento que me atraganto levemente.

—¿Qué te pasa, Miranda?

—No sé, estoy preocupada por ella. Está… extraña. No sé si es algo con su chico o es otra cosa… También estoy preocupada por la pareja de esta mañana. Quiero que consigan la financiación. En fin, estoy preocupada. —Gesticulo sin encontrar la palabra exacta—. Por todo.

—Mi amiga preocupada por el mundo.

De un golpe, recuerdo a la vez el último beso de Simón y el primer llanto de Olivia. Se me cae una lágrima ardiente que no puedo adjudicar.

CAPÍTULO 22

—

EL NO TAMBIÉN EXISTE

No reconozco a Olivia en la mujer que hace girar su móvil sobre la isla de nuestra cocina. Hoy es una isla por partida doble, forma parte del bloque central de la estancia y refugia a mi pequeña hija rodeada de aguas tristes y cubiertas de tormentas. Algo le ocurre y lo más extraño es que no me lo oculta. No se hace la fuerte, ni la misteriosa. Está lánguida y ausente, en definitiva, más triste que nunca. La tristeza real no se esconde, ni se disfraza. Su fuerza enferma todo lo que toca. Es la pena de los adultos la que ha contagiado a Olivia. Por primera vez, mi niña llora de frente sin ánimo de chantaje o exhibición. Llora sin lágrimas, ni sonidos y ahora que llora como lloro yo, no sé qué decirle. No conozco las claves de este consuelo que tan pocas veces conseguimos por complejo y enrevesado. Los nudos de esta madeja no tienen origen a la vista.

—Olivia, desayuna. No dejes de comer, por favor, o me asustarás.

—No tengo hambre.

—Eso ya lo sé, pero tengo que irme a trabajar y si no te veo comer algo ahora, creeré que no vas a comer en todo el día y te llamaré, y te incordiaré y no te dejaré en paz... Y aunque no vayas a clase, te perseguiré y... —La primera cucharada de cereales ya está camino de su estómago. Necesita paz y mis amenazas son reales.

—Gracias, hija. —Ahora que la comida le calienta el cuerpo, quizá sea el mejor momento para reblandecer ese dolor de piedra que adivino en ella—. ¿Cómo decías que se llamaba? —le digo sin darle importancia a la pregunta.

—¿Quién? ¿Qué? No sé a qué te refieres, mamá. Estás muy rara…

—Habló la extraterrestre… ¿Quién va a ser? Tu… Bueno, el chico que te gusta. —Su gesto denota que no le hace ninguna gracia mi tema de conversación.

—Se llama Rubén, lo sabes de sobra. Me has hablado de él, hemos hablado de él. No te hagas la tonta. No has perdido la memoria… Eres lista, mamá, pero no tanto. No sé a qué viene este truco.

—¿Estás segura de que me lo habías dicho? —Creo que tiene razón.

—Rubén, mamá, se llama Rubén.

—No lo olvidaré esta vez.

—No. No lo olvidaremos. Tranquila.

No es la primera vez que me ocurre. Intento sosegar a mi hija de alguna forma, aunque sea torpe, y ella, sin inmutarse, destruye mi paz. No consigo sacarle nada y ella, con un simple roce, abre mi alma en canal generando un sinfín de preguntas que no hallarán respuesta hasta que el futuro las selle. «No lo olvidaremos», me ha dicho. ¿Por qué no iba a olvidar yo a un chico que nunca he visto y al que sólo me une que ha retozado con mi hija un par de veces, al menos que yo sepa, en mi propia casa?

No olvidaré a Simón. Eso lo sé. Llevo dos días sin saber de él y ya he repasado decenas de recuerdos. Alguien que genera y ocupa tanto espacio en mi memoria al primer contacto es, de entrada, inolvidable. O mejor dicho, muy difícil de olvidar. «Todo el mundo puede desaparecer, Miranda, todos pueden ser borrados ¿Cuándo vas a aprender?».

Me doy cuenta de lo madrugadora que ha sido Olivia al llegar al centro. Son las nueve menos diez y salió de casa hace más de una hora. Supongo que lo habrá hecho simplemente para no tener que aguantar el acoso de su insistente madre. Tendré que dejarla tranquila unos días. Si sus penas son penas de amor, se revelarán pronto. Meto la marcha atrás para aparcar en mi plaza y piso el acelerador animada por la facilidad de aparcar con la ayuda de las cámaras de mi coche, ¿dónde quedaron aquellas maniobras matemáticas para estacionar? El sonido de un claxon hace que levante la cabeza de un golpe para observar el mundo real en lugar de la pantalla en mi salpicadero. Es el coche de Simón el que está justo detrás del mío y al que casi golpeo. Vuelve a tocar el claxon varias veces mientras sonríe tras el cristal. No hay ningún coche más y el sonido rebota en las paredes como si estuviéramos en una feria. Veo que se gira para mirar hacia atrás y mover su coche para darme espacio. Al estirar el brazo derecho hacia el asiento del copiloto para ayudarse en la postura, descubro que no está solo. Junto a él, igual de sonriente y haciendo algún comentario que no puedo oír, está Helena. Miro el reloj de nuevo, las 8:52. Primera hora de un viernes que me tocará borrar. Aparco rápidamente para dejarles paso y para poder salir del coche muy rápido y evitar el encuentro en el ascensor. La mano de Helena sale por el hueco de la ventanilla y me saluda. Podría ser un Hola y también un Adiós.

Sofía y David

No.
Una palabra… ¿como otra cualquiera?
Rotunda y difícil de asumir.
No.

Y si he dicho que no es que no.

No hay rutina en mi consulta. La paleta de grises es infinita. Y ni los blancos de la primera cita son tan claros, ni los negros de esas parejas que llegan a mí desgastadas por innumerables intentos son la ausencia total de luz. Todos llegan con angustia: porque no saben qué les ocurre, porque no conocen los procesos o porque les ocurre todo lo contrario: conocen al detalle su problema y el cuerpo ya no les da para volver a empezar. Por la puerta de mi despacho entran los miedos, la incertidumbre, el crono, las acusaciones silenciadas y el desamor... Y en el caso de Sofía y David, el desgaste total de quienes llevan cuatro tratamientos que han asimilado como cuatro fracasos. Cambian el nombre del centro en busca de una nueva esperanza, pero como aquellos soldados que le iban ganando el pulso a las grandes guerras, sus fuerzas para la batalla ya no son las mismas con el paso del tiempo.

Lo fundamental, y todos los médicos lo sabemos, es No sobretratar. La experiencia nos dice que la mayoría de los embarazos se producen en esos primeros tres o cuatro intentos, y Sofía y David ya los han hecho.

El desgaste de las parejas y el estrés son tan fuertes que incluso valoramos no hacer ninguna inseminación artificial en un futuro. Es una técnica que sólo ofrece un 15-20% de éxito frente al 50% de la fecundación in vitro. Con tales posibilidades, ¿merece la pena someter a la pareja a un posible resultado negativo que tendrán que empezar a gestionar y contabilizar en un proceso largo y duro?

Un proceso en el que existe la posibilidad del No. De ese No que sólo es No. Sin matices, ni recovecos.

Cuando esto ocurre en mi consulta en un día como hoy, en este viernes negro casi completo para mí, pienso en todos los psicólogos que no sabrían qué hacer en esta situación.

¿Cómo gestiono yo ese No para que no se convierta en un fracaso eterno?

Sé que lo más prudente es decir que No, o al menos anticiparlo, pero también sé que ni Sofía ni David, que me miran desde su silencio infinito desde que nos saludamos y expusieron su situación, están preparados para escucharlo. Han llegado a mí en busca de esa otra opción. Les han dicho: «Tenéis un 5% de posibilidades». Y en vez de pensar en ese débil 5% positivo frente al contundente 95%, dentro de su cerebro sólo oyen: «Pero un 5% ¡es un 5%!».

Claro que tienen razones para escuchar ese 5% grande y claro. ¡Es todo lo que tienen! Ese 5%. No hay más.

Tener un hijo no sólo es cuestión de querer. Esto es lo que nos dijeron a todos, pero no era cierto. Por eso, aunque yo te diga que no, Sofía, o a ti, David, aunque ahora comience a hablar y os diga que No, sólo me escucharéis decir: «Es muy difícil».

¿Qué nos enseñaron de pequeños? ¿Qué nos dijeron en casa y en la escuela? «El que la sigue, la consigue». Si te sacrificas, si te esfuerzas, si perseveras, lograrás tus objetivos. ¿Quién soy yo contra los mensajes que esculpieron nuestra forma de entender el mundo? «Que por mí no quede», me dijo un día una mujer con varios abortos de repetición. Fue muy triste no poder contestar. Yo era aún demasiado joven y cobarde. Pero ahora ya no soy esa chica que veía pequeños claros a lo lejos. Por el contrario, creo que mi deber es advertir de un cuarto invitado en la habitación, el persistente No. En cualquier caso, diga lo que diga, los pacientes acabarán haciendo lo que quieran si no está en contra de las normas del centro y, desde luego, darse una nueva oportunidad no está prohibido, aunque pueda ser una pérdida de tiempo y un dolor más que depurar.

He recibido a todo tipo de pacientes al otro lado de la cordura, donde su obsesión es ya una patología: parejas destruidas, arruinadas… que no pueden parar. «Caiga quien caiga, lo conseguiré», me dijo otra mujer «Estás muy equivocada porque puede ser que la que caiga seas tú» —le respondí. Eligió a otro médico del mismo centro y se sometió a dos ciclos más que no dieron respuesta a su búsqueda. Estoy convencida de que aún sigue intentándolo en algún lugar. Quizá lo haya conseguido. Quizá no.

Sofía y David. David y Sofía. ¿Por dónde empiezo?

—¿Os habéis planteado la posibilidad de…?

Viernes por la mañana a las 8:52 y han llegado juntos en el coche y riendo. «Esto No es lo que esperabas. Puede que esto No sea lo que te mereces. Puede que lo tuyo con Simón sea un No. Y un No, a estas alturas de tu vida, y después de tantas conversaciones no edulcoradas, es un No».

Pero antes de negarme la posibilidad de amarlo como quiero, voy a llamarle. Si ha pasado la noche con Helena, no soy nadie para pedirle explicaciones, ¿o sí? «Persevera, Miranda, esfuérzate, la que la sigue… la consigue».

Simón no me coge el teléfono, pero unos segundos después de que haya saltado su buzón de voz, me escribe un mensaje.

Simón: *Ahora no puedo. Estoy reunido.*

Miranda: *No quería molestarte. Me voy a casa en un rato. ¿Qué haces mañana?*

Simón: *Termino esta reunión y me voy pitando al aeropuerto. Como esta reunión no termine en los próximos diez minutos, voy a perder el avión* 😱

Miranda: *Suerte, entonces... Que llegues a tiempo. Ya nos vemos la semana que viene.*
Simón: *¡¡¡¡Claro!!!!*

¿A qué vienen tantas exclamaciones? ¿Y hacerse el simpático insoportable? Tíos, hombres, donantes de semen o lo que sean... Otra vez, uno más.

—Menos mal que eres... m... gay —le digo a Mariano sin un saludo previo.

—Me encanta que me llames, Miranda, yo también te quiero y me encanta que seas tan... tan... directa, amiga, por no decir hi...

—También lo soy.

—Estás calentita, ya veo... Te acuerdas de tus amigos un viernes por la tarde... Mi experiencia en romances y sexualidad me dice que...

—... Que mi amante ya no repite...

—...

—¡No te quedes callado! ¿Te vienes mañana a casa a pasar el día en la piscina?

—Si me lo dices así de cariñosa, con ese tono entre torturadora y dama agria, parece que me estás castigando... me lo tendré que pensar. El No también existe, Miranda.

—¿Rodeados de *gin-tonics*?

—Eso es otra cosa...

—¡No! —grito de repente y me tapo la boca para no seguir escupiendo otro tipo de insultos y maldiciones que se me ocurren. Cuelgo a Mariano. Casi dejo caer el móvil al suelo. No puedo seguir la conversación. No, no, no... No puedo hablar, ni respirar a un ritmo normal... No mientras Helena siga arrastrando por el pasillo su maleta de fin de semana.

CAPÍTULO 23

—

LAS CAZADORAS Y LA PLAYA DE SURF

Un sol blanco quema el jardín en este día de piscina a tres. Olivia ha decidido quedarse con nosotros. La entrada de Mariano cargado de bolsas de fruta, bolsas de hielo, bolsas de ropa de baño y promesas de una tarde a lo Beverly Hills ha bastado para convencerla. «¿Adónde vas a ir, *teenager,* teniendo a una estrella como yo a remojo?». Olivia adora a Mariano. Le hace reír y creo que, para ella, mi amigo es un símbolo de libertad. Siempre solo, siempre alegre. Mariano es vitalidad para los que se acercan, muy lejos de esas otras personas que yo califico de «agujeros negros», devoradoras de energía, capaces de llevarse lo poco o mucho bueno que haya en tu interior. Hoy soy un poco «agujero negro» en esta jornada en la que jugaremos a «No nos pasa nada. Tenemos todo para ser felices». Espero que la fuerza cósmica de Mariano no alimente mi parte oscura y, sin llegar a destruirla (porque la astrofísica nos dice que eso es imposible), la matice, la endulce y la desprovea de ira.

—A mí me lo han pedido.

Ya estamos dentro de la piscina. Hemos dejado atrás los primeros comentarios sobre la ropa de baño, el tipazo de mi hija y el ligero flotador de grasa que asoma en la cintura de Mariano...

—Y dije que no —resuelve Mariano.

—¿Quién te lo pidió? —le pregunta Olivia.

—Una amiga. Una amiga muy amiga como tu madre. Fue hace... —Mariano se sumerge en busca de la fecha y la saca del agua— más de diez años. Yo ya trabajaba en esto y sabía los problemas legales a los que me podía enfrentar. Lo tuve claro y le dije que no.

—¿Y ella cómo se lo tomó? —Olivia está fascinada por la historia.

—Pues muy mal. No me comprendió y nuestra amistad se fue a la mierda.

—Yo la entiendo. ¿Y tú, mamá?

—Yo, por supuesto, comprendo a Mariano.

—No te costaba nada... —insiste mi hija cabezota—. Era tu amiga... Te haces una...

—¡Olivia, basta! Entiendo que Mariano invita a decir... lo que ibas a decir, pero soy tu madre y no te permito ese vocabulario.

—Llámale... masturbación, ¿verdad, Olivia? —Mariano me apoya—. Conseguir una muestra de mi semen, como una mañana cualquiera... —La risita de Olivia me hace sonreír—. Y dársela a mi amiga para que tuviera un bebé.

—También podrías haber mantenido relaciones con ella por... amistad —le pincho sabiendo que saltará.

—Y ¿quién te ha dicho que soy capaz de algo así? —La cara de asco de Mariano merece una foto, pero estamos dentro del agua y no tengo el móvil a mano.

—Hombre, capaz, capaz..., alguna novieta tendrías con la edad de Olivia...

—Sí que tuve, claro. Eso no quiere decir que me gustara. Someterme a esa experiencia traumática de nuevo ya a mi edad adulta, ¡no! De ninguna manera. Sois muy monas y os quiero mucho, pero en cierto aspecto creo que sois repugnantes. —Nuestra carcajada espanta a más de un animal en el bosque.

—¡Qué bruto eres, Mariano! ¡Repugnantes!... —Suspiro en un intento de mostrar mi comprensión—. El caso es que fuiste prudente y no ayudaste a tu amiga, ni de una manera ni de otra. No fuiste el padre de su bebé.

—No. Y me alegro tanto... Tú lo sabes, Miranda, cada día conocemos casos de mujeres que después reclaman subsidios económicos, obligaciones, amparándose en esa paternidad que nunca iban a revelar. Ese... «será nuestro secreto» que pocas veces se cumple..., o mejor aún, «éramos tan, tan, tan... amigos...».

—También hay casos que han salido bien. Yo estoy convencida de que me han mentido muchas veces. Si recibo en la consulta a una pareja que me dice que lo lleva intentando meses o años y que no lo logra, ¿cómo voy a probar yo que eso no es cierto? ¿Cómo voy a probar que no son pareja? Pueden engañarme y puedo embarazarte de un amigo... Seguro que lo habré hecho en más de una ocasión sin saberlo.

—Y encima en la clínica queda constancia de todo. Firma de los dos. Es una locura. Todavía lo de las cazadoras y sus inventos...

—¿Las cazadoras? —repite Olivia entusiasmada por la curiosidad.

—Lo de inseminarse en casa, salir por la noche a cazar... Una jeringuilla, una cánula, un frasco, un amigo... También hay parejas de verdad que lo hacen al modo «doméstico» antes de ir a un centro... A veces funciona, aunque no es nada fácil. Te puedes comprar el kit por Internet y hacerlo todo muy casero... Pero de estos ejemplos me interesan las cazadoras, las que no tienen pareja... Las que se montan sus dispositivos y trabajan con el material que haya: amigo, no amigo, polvo de una noche...

—Mariano...

—Perdona, Mirandita... Lío de una noche. Esas me fascinan. Manipulando el semen sin contar con la contaminación, como si supieran lo que están haciendo. Estudiando el kit como quien prepara un arma... Me gustan, me caen bien.

—¿Por qué? ¿Por qué te caen bien? —Olivia salta al bordillo y extiende su cuerpo al sol.

—Porque leí el testimonio de Abandonada78 en un foro y me enterneció. Consultó todo, preguntó, probó, falló y no paró hasta encontrar la manera. Llegó a comprar semen congelado a un banco danés para inseminarse en casa con su pequeño tanque de nitrógeno como compañero y...

—Eso no es legal en España, Mariano...

—Lo sé, lo sé... Era una delincuente del tráfico de semen sin saberlo y eso la hace más interesante, ¿no te parece?

—Me parece una mujer desesperada, nada más.

—Abandonada78 lo consiguió.

—En el instituto creemos que nuestra profesora de Historia se llama Estupenda85 en los foros y en las redes sociales —dice Olivia—. Hay un chico que le tira los tejos por Internet y parece que sí es ella. Ahora quieren pillarle el móvil cuando vaya al baño para comprobarlo.

—¡Qué horror! —Mariano riñe a Olivia—. No tiene ninguna gracia. Es su intimidad.

—¿Y la del tanque de nitrógeno? —Retomo la historia que Mariano ha dejado a medias.

—Yo no le pongo cara y no sé quién es. Ni siquiera sé si es verdad lo que cuenta. Me pareció divertido durante un tiempo... Nada más.

—¿Y por qué te pareció divertido? A mí me parece un poco triste... No tanto el hacerlo como el tener que compartirlo paso a paso —rebato a mi amigo.

—Llegó un momento que me hizo pensar que «si una mujer quiere embarazarse, se queda».

—Nada más lejos de la realidad —le contesto—. ¡Trabajamos en el IVI! ¡Cómo puedes decir eso!

—Y si le cuentas lo de la playa de surf, mamá…

—Luego, ahora vamos a comer. He preparado una ensaladilla buenísima… De esas que engordan mucho, mucho…

Después de una fuente de ensaladilla, una jarra de gazpacho y una barra de pan en montaditos, somos algo más felices. Hemos dejado nuestros problemas a un lado centrándonos en los de los demás, debidamente aumentados para ridiculizar los nuestros. Las cañas de la comida y el *gin-tonic* tras el postre ayudan. Olivia, también más sonriente que los últimos días, apura su postre.

—Cuéntalo, mamá…

—¿Me pones un poco más de helado, Olivia?

—Si lo cuentas…

—Es una tontería. —Miro a Mariano—. A ella le encanta la historia, pero es una estupidez. Creo que le gusta por el plan en sí, pero a ti no te va a sorprender. Sabes que muchas mujeres somos capaces de eso… y de mucho más.

Camila

Camila era una de las mejores amigas de una gran amiga mía. La conocí en alguna fiesta y durante un tiempo coincidimos…, esos años en los que los amigos se cruzan e intercambian. El caso es que un día dejé de verla y también de preguntar por ella. Pasaron varios fines de semana que se convirtieron en meses y después en algunos años. Mi amiga, la que nos conectaba, seguía en contacto conmigo. Menos noches y fiestas, pero madurábamos juntas y nos llamábamos muy a menudo. Una noche de verano quedamos a cenar. Antes de salir de casa, hablamos para determinar el lugar y me adelantó «tengo que contarte lo de Camila». Fue una sorpresa porque llevaba mucho tiempo sin oír hablar de ella. Me sonaba que había sufrido un cuadro de ansiedad o depresión según había escuchado en alguna conversación suelta, pero poco más. Ningún detalle.

Mi amiga llegó a la cena agitando las manos en un gesto de «No te lo vas a creer».

—¿Y ahora Camila? —le pregunté—. Llevabas mucho tiempo sin hablar de ella.

—Nunca me has preguntado.

—Ya... Oí que estuvo malita, con ansiedad o algo así, ¿no?

—Sí. Dejó el trabajo. Pasó una mala racha, pero lo que ha ocurrido es... Bueno, quizá es fruto de toda esa catarsis... —Mi amiga me sonrió desde el otro lado de la mesa como si Camila hubiera ¿asaltado un banco?, ¿ganado un Óscar?, ¿alterado las leyes físicas del universo?

—¿Qué ha hecho? Por tu sonrisa sé que no le ha ocurrido nada malo, pero no me imagino nada en concreto.

—Se ha ido a Brasil y...

Camila decidió ser madre sola. Según me contó mi amiga, visitó varias clínicas de reproducción asistida, entre otras la nuestra... Podía asumir económicamente los tratamientos de inseminación y quizá un ciclo de fecundación in vitro, pero una noche, cenando en su casa y pensando en las vacaciones que tendría que sacrificar, encontró un billete barato para viajar a la costa norte de Brasil. No tardó ni una hora en tomar la decisión. No tenía trabajo en ese momento y podía alquilar el estudio en el que vivía durante unos meses.

Camila hizo la maleta y publicó en su Facebook que se marchaba por un tiempo. «Tengo cosas que hacer...», escribió en su última entrada.

—¿Y qué tiene de especial irse a Brasil a vivir unos meses? —le pregunté a mi amiga.

—Lo alucinante no es el viaje…, sino el objetivo del viaje. Esta vez Camila lo hizo muy bien… Yo diría que espectacularmente bien, Miranda…

Camila llegó a Brasil buscando las playas de surf. Ya en el aeropuerto de Fortaleza preguntó cuáles eran los puntos de concentración de surferos. Buscaba una pequeña cabaña y un lugar para relajarse. No estaba en la pista de los surferos más profesionales llegados de cualquier parte del mundo, sino de los surferos locales, chicos que practicaban surf y daban clases, en una bonita playa que era, además, su hogar.

Camila encontró esa playa entre Natal y Pipa. Alquiló una diminuta cabaña en la que entraba la arena y el estallido de las olas. Durante los primeros días, pasó horas y horas vigilando el ir y venir de la gente en la playa en busca de un movimiento, una sonrisa, algo que pudiese enamorarla.

Finalmente, encontró a su surfero. Fue su sonrisa lo que la convenció. Le conoció una noche de carne a la brasa en torno a una hoguera. Rieron, compartieron caipiriñas y direcciones. Ella vivía en la playa y él en las pequeñas casas al otro lado de la carretera. Estaban separados por… nada. Apenas cuarenta pasos de una vida a la otra. Primero fue una tabla con Camila sobre las olas y, poco después, un hatillo de sábanas impregnadas en sal. Se llamaba João y le llamaban Jo. Era lo único que Camila quería saber de él. Todo lo demás lo aprendió durante cuatro meses en esa cabaña: el tono de su piel, las curvas de su cuerpo, el grosor de su pelo, su olor, el silbido de sus susurros…

Al cuarto mes de su estancia en Brasil, Camila se quedó embarazada. Una tarde, con las últimas olas, citó a Jo en su cabaña. Le explicó lo feliz que le hacía su embarazo y sus planes de regresar a España. Desde el primer momento, Camila dio por hecho que Jo no quería transformar su vida, y mucho menos cambiar su playa por el asfalto de Madrid. «Eres muy joven». «Tú eres feliz aquí». «Yo estaré bien sola y lo comprendo».

Jo no tuvo tiempo de pensar o reaccionar. Asintió, abrazó a Camila y la llenó de besos. Ella dejó que la abrazara una noche más arropados por el sonido del mar, y a la mañana siguiente, sin recoger nada de lo que había llevado, se marchó.

Llegó al aeropuerto con el pasaporte y una bolsa de playa. Con arena en las plantas de los pies y un embrión de cinco semanas en su interior.

—No puede ser.

—Lo preparó todo, Miranda. Te lo cuenta ella en persona y te quedas helada. La frialdad con la que te lo explica…

—¿No se enamoró? ¿Ni un poco?

—Dice que en momentos puntuales. Asegura que hacían el amor, que era bonito, que él la cuidaba y la mimaba mucho… Una pequeña historia de amor…

—Con un final buscado…

—Eso es. Pagó lo mismo que algunas de tus clientas, pero pasó cuatro meses en el paraíso haciendo el amor con un adonis brasileño y tiene una niña que si la ves, enloqueces… Una muñeca morena y dorada…

—Y él no tiene cómo encontrarla.

—No. No saben ni sus apellidos. No saben nada el uno del otro. Lo pactaron. Sellaron esa separación. Él tampoco quería esa responsabilidad, supongo.

—¿Le preocupa lo que dirá a su hija en el futuro?

—No. No le preocupa; es más, conociéndola, cuando la niña sea mujer y esté preparada, estoy segura de que se lo contará.

Mariano me mira mientras se sirve el tercer *gin-tonic.* Olivia está tumbada en la hierba y se gira en cuanto termino el relato.

—Eso es una cazadora de verdad y no lo que tú cuentas, Mariano —dice desafiante.

—No está mal. Debo reconocerlo. No está nada mal. Siempre oyes historias de mujeres que hicieron un viaje para quedarse embarazadas, pero la mayoría de ellas, aunque yo no conozco ninguna en persona, no lo cuentan y punto…, o eso dicen los que cotillean sus aventuras.

—Personalmente, el único caso real que conozco y que puedo decir que es cierto es el de Camila. Lo demás son dimes y diretes…, bla, bla, bla… Pero hay que reconocer que ella armó su pack de recuerdos, una bonita experiencia, buen sexo y se trajo a su hija…

—Y ¿el amor? ¿Es entonces el amor importante? ¿O no? —pregunta Olivia.

—Cada vez menos —le respondo—, o eso creo cuando hablo con muchas mujeres en la consulta… Lo que no sabría decirte es si me alegra…

—El amor…, el amor…, el gran amor… —Mariano acerca su copa a Olivia sin que ella pueda adivinar sus intenciones. Coloca un dedo dentro del *gin-tonic* y grita—: ¡Olivia, el amor… salpica!

Antes de que mi hija pueda escabullirse, Mariano la ha perfumado con ginebra y la lleva pataleando hasta el borde de la piscina, y allí se hunde con ella…

Ha caído la noche. Olivia ha subido a ducharse aunque nos acaba de decir que no sabe si saldrá. Está contenta por primera vez después de muchos días de silencio y creo que yo también. Cuando Mariano se calla, ambas retrocedemos unos pasos y volvemos a nuestras preocupaciones. Afortunadamente, Mariano no se calla ni debajo del agua.

Estamos en el porche que da paso al jardín. Mariano me enseña la página web del banco de semen danés en el que compran esas mujeres de las que me habla y que reciben un pequeño tanque de nitrógeno con la muestra.

—Hagamos una prueba —dice Mariano—. Vamos a elegir... uno, ¡para que veas qué fuerte!

Pasea el cursor sobre una lista resultado de una selección previa en la que ya hemos decidido que queremos un donante caucásico, rubio, de ojos verdes. También hemos podido elegir estatura, grupo sanguíneo, color del pelo, movilidad de los espermatozoides, concentración, estudios y peso.

—Este, por ejemplo. —Señalo uno de los primeros de la lista—. Su nombre en clave es Almar. ¿Y estos iconos, qué son?

—Eso es lo fuerte. Atenta.

Puedo ver, aunque algo mareada por las copas de la tarde, los símbolos de un altavoz, una cámara de fotos, un documento, un chat, un corazón y una estrella. Mariano pincha en el altavoz y escuchamos la voz de un hombre que habla en danés. En la cámara, encontramos una foto de Almar de niño para que podamos hacernos una idea de la genética que podemos comprar. La foto va acompañada de una descripción detallada de tipo de pelo, tamaño de los labios, estatura actual, peso, complexión... En el documento, además de la descripción, encontramos una supuesta entrevista al donante en la que responde a todo tipo de preguntas sobre su profesión, formación, habilidades, defectos, deportes, hobbies, alimentación, tabaquismo, religión, así como su estado civil, familia, etc. Debajo de la entrevista una descripción pormenorizada de sus padres y sus abuelos…

—¿Es o no es fuerte? ¡A la carta! —me dice Mariano.

—Sí que lo es. Abre el corazón.

En el corazón encontramos un test de Inteligencia Emocional con una lista de las habilidades del donante para enfrentarse a la vida, así como sus reconocidas… ¿debilidades?

—¿Y dices que esto se utiliza mucho? Porque esto es selección de donante y está, insisto, prohibido por ley.

—Ahhhhh, pero el tanque llega a tu casa con tu kit de inseminación y ¡adelante los vikingos! ¡Vivan las cazadoras! —Mariano comienza a escuchar las voces de los donantes de la página e intenta adivinar cómo serán antes de abrir su foto infantil—. Por su tono de voz, yo diría que este es alto, delgado, besa bien… ¿No te hace gracia? —Me mira algo disgustado porque no le acompaño en el juego—. Desde luego, Mirandita, tú sabrás lo que te pasa, pero estás rara, rara… Tu amante no repite… Te jodes… Como todas. Nos aguantamos y no amargamos al de enfrente. ¡Se te va a adelantar la menopausia por triste! ¡Vamos a bañarnos! ¡Y calla, no rechistes!

Mariano me lleva abrazada al agua y dentro de la piscina me acuna. Después de un rato en silencio, vuelve a hablarme desde la comprensión, no desde el desafío.

—Hoy no ha sido fácil hacerte reír. —La noche se ha cerrado sobre nosotros en este rato de agua.

—No, hoy no era nada fácil. Gracias.

—¿Te imaginas cuántas cazadoras están ahora mismo pintándose el ojo dispuestas a encontrar a su presa?

—Me imagino a muchas.

—Quizás haya una en el primer piso…

—No hables así de Olivia.

—Tu hija te da mil vueltas ahora mismo. También está como… torcida, pero no fagocita el ánimo de los demás.

Ese… señor, Miranda, no puede ser tan importante. ¿No te habrás enamorado de verdad?

—… Estoy tocada.

—Pero no hundida, cariño. —Mariano me suelta y me hace flotar sobre las yemas de sus dedos—. No si una reputada cazadora como yo decide sacrificar su noche para quedarse con la Señora Triste del Bosque. —Me suelta del todo como si fuera un nenúfar. Abro los ojos y veo la luna.

Nos hemos quedado dormidos en la cama del jardín. La he cubierto con unas telas y me recuerda a esas tiendas de campaña improvisadas que hacía de niña. Una brisa de verano golpea el tejido a ráfagas. Confundo a Olivia con el viento cuando se tumba a mi lado y me da la mano.

CAPÍTULO 24

SI VIENEN DOS, ¿MEJOR?

Un beso suave de Mariano en la frente me anuncia la mañana. «Me voy, loquita, quiero desayunar en el barrio con las locas de verdad esas, que todavía siguen de fiesta...», me susurra al oído y parece que bate un enorme abanico. Son las ramas de los pinos que se sacuden y limpian con el primer sol. Olivia sigue a mi lado. No abro los ojos. Sólo sonrío. Dormir bajo las estrellas me hace feliz.

Mi despertar comienza unas horas después. Los rayos de sol calientan con fuerza. Mi hija ya no está. Me doy un baño en la piscina que me despeja del rastro de los *gin-tonics* de Mariano, siempre cargados de más. Me sumerjo y aguanto la respiración. Me imagino a Helena despertando en los brazos de Simón en una cama de casa de campo. «Qué malvada puedes llegar a ser contigo misma, Miranda».

El día se ha ido entre suposiciones, sospechas y unos diez capítulos de *Scandal*. No tenía el cuerpo para series históricas y sí para culebrones de amores imposibles debidamente disfrazados. Olivia, mi hija, que se llama igual que la valiente protagonista, aparece cerca de las nueve de la noche. Lleva todo el día fuera. Ha estado siempre conectada, pero no ha llamado. He sentido que debía dejarla tranquila en su domingo para retomar su vida y eso, sea lo que sea, que tanto la atormenta. Se acerca al sofá. Los restos de patatas fritas, palomitas, pipas y coca-colas ensucian la mesa. Estoy en pijama y arropada con una manta fría. Incluso en la oscuridad casi total, puedo ver, gracias a la luminosidad de la tele, un brillo lacrimoso en los ojos de Olivia. «No estás bien, mi niña», le digo. «Sólo es tristeza, mamá, pero prefiero estar sola». Se marcha sin decir nada más. Dudo si debo levantarme y acompañarla. «Prefiero estar sola» no es «necesito estar sola» o «déjame sola». Finalmente, decido respetar su mensaje. Olivia no es una mujer que dé muchas vueltas. Sola es sola.

Comienzo el undécimo capítulo de la segunda temporada. Olivia Pope lleva un abrigo blanco maravilloso.

El lunes arranca bien. Estoy llegando al centro cuando Melchor me llama. Me anuncia que ha conseguido el plan de financiación especial para Luz y Roberto. El comité también se ha comprometido a debatir la semana que viene las acciones para estimular nuevas demandas de gestación subrogada. Parece ser que hay otro caso en Barcelona, un caso terrible que precisa de una solución urgente, la diferencia es que la Carolina de allí es la hija de alguien importante. Sea cual sea la razón, me vale que se encienda de nuevo el debate médico y social para que se active, sin remedio, el político. «Muchas gracias, Melchor, sabes cuánto te lo agradezco». «Lo sé, cabezota, pero ya sabes..., favor, por favor. Cuídame a Simón, que lo noto algo despistado últimamente».

Me fijo en la plaza de parking de La Mano de Dios y sigue vacía. No les habrá dado tiempo a volver de la casa de campo en la que habrán estado todo el fin de semana retozando y comiendo bizcocho.

«Haré lo que pueda, Melchor, aunque un hombre como Simón no se despista. Sencillamente, cambia su foco de atención».

Cuelgo a Melchor y aparco marcha atrás en una sola maniobra.

Margarita y Tomás

—Si vienen dos, mejor… ¿No, doctora?

—No exactamente.

Margarita y Tomás no tienen la culpa de pensar como la mayoría de los padres que me visitan. Llevan tanto tiempo buscando un bebé que pensar en dos les parece una lotería, un premio extra del tratamiento. «De golpe una familia…». «Al principio es duro, pero luego ya lo tienes hecho…». «Y si es la parejita, ya sería redondo…». No es sencillo hacerles entender que el embarazo gemelar no es un éxito, sino una complicación. El cuerpo está diseñado para tener hijos de uno en uno. Esto es ley.

—Debéis saber que en los gemelares hay más riesgos de prematuridad y de que estos niños tengan secuelas derivadas de la prematuridad.

—Pero yo conozco a una amiga que ha tenido mellizos y todo ha ido bien…

—Un caso particular solo es un caso particular. Puede salir bien, pero los riesgos son mayores. Esa es la verdad. Nosotros, por ejemplo, aunque la ley lo permita, no transferimos tres embriones de ninguna manera. Traer trillizos al mundo es muy peligroso. ¿Cómo paramos el avance de los embarazos triples? Transfiriendo uno o dos en función de la pareja y reduciendo la potencia de estimulación para que haya menos folículos disponibles. Lo ideal es que no haya más de un embarazo gemelar por cada ochenta.

—Esa es su opinión, doctora, pero personalmente no la comparto —me dice muy seria Margarita.

—Me parece bien, pero mi deber es deciros que un gemelar tiene más riesgo, por ejemplo, de hemorragia cerebral y más riesgo de mortalidad en el primer año...

—Pero... Las posibilidades de embarazo con dos embriones aumentan... Y te evitas hacerte otro ciclo si tienes éxito..., y con los precios que se manejan... —Tomás mueve la cabeza de lado a lado—. Tampoco creo que sea tan fácil que, de dos que ponen, salgan los dos...

—Para que el tema económico no pese en esta decisión, nosotros ofrecemos la oportunidad de ponerte uno y, en caso de que no salga, la transferencia del siguiente congelado te sale prácticamente gratis...

—Me parece muy bien, pero nosotros queremos ponernos dos. Sería mucha casualidad que nos tocase y más habiendo tenido esta charla...

—Bueno, soy ginecóloga y llevo unos cuantos años en esto, os puedo asegurar que no es tan raro. Cuando hacía partos, recuerdo embarazos gemelares de 30-32 semanas, uno o dos meses en la incubadora... Es un papelón, os lo aseguro. Es un problema sanitario y un problema social porque además es carísimo... Tan caro que ha habido países como Bélgica, con la Universidad Libre de Bruselas, que se preguntaron: «¿Cuánto nos cuestan sanitaria y socialmente los gemelos en este país?». Calcularon esos dos meses de ingreso, más las posibles secuelas, luego hicieron la misma cuenta con los costes de los ciclos de reproducción asistida y concluyeron que es mucho más barato poner los embriones de uno en uno que de dos en dos, aunque tuvieran que repetir el ciclo. Legislaron para que la cobertura de la fecundación in vitro y la asistencia a un prematuro estuviera condicionada a la implantación de un solo embrión.

—¿Y bajó el número de gemelos? —me pregunta Margarita, que ha aparcado sus deseos particulares y por fin me escucha.

—Cayó en picado, y los países que lo han hecho así lo han hecho muy bien porque han reducido el número de gemelos. Los suecos y los finlandeses lo han hecho también y otros, como los turcos, lo han copiado, pero a las bravas: un embrión hasta los 40 y dos por encima… Eso, por ejemplo, no tiene sentido y es otro gran error…

—Lo que nos dice, doctora, está muy bien, pero la última palabra es nuestra, ¿verdad? Es una decisión que nos corresponde a nosotros…

—… Siempre —digo rendida al final de la conversación. No quiero hacer que se sientan mal si ya han tomado la decisión—. Al menos, de vez en cuando —les cuento sonriendo— aparece por aquí una pareja de ingleses que me dice: «Nos pondrá solo uno, ¿verdad?». Creo que los pacientes son cada vez más conscientes, pero también os comprendo. Y es cierto que también puede salir bien… No le demos más vueltas.

—Gracias, doctora. ¿Quién no desearía un 2x1? —me dice Tomás de una forma muy poco acertada. Suspiro para no responder a lo que me ha sonado a oferta de supermercado.

Por fin se han ido. Puede que ella, algo más afectada por lo que ha escuchado, lo piense esta noche con la almohada. Puede que crean que he utilizado toda mi artillería para convencerlos o hacerles reflexionar. Nada más lejos de la realidad.

Durante mi residencia, trabajé en una unidad de neonatos. Pasé momentos inolvidables, diría que casi milagrosos, en esa «unidad del amor». Cada día, los padres acunando a sus pequeños bebés en los ratos piel con piel… El silencio y la espera… La recuperación y la fuerza de pacientes que no superan el kilo de peso.

Nunca olvidaré una mañana soleada con la luz natural de los ventanales llenando cada rincón. Una cadena de televisión había venido a grabar la unidad en la que el gobierno autonómico había hecho una fuerte inversión. Nuevas zonas de descanso para los padres, duchas, vestuarios, más espacio y nuevos equipos técnicos. Todos estábamos disfrutando del estreno. Un operador grababa tranquilamente con la cámara sobre el trípode. Una redactora le acompañaba y, a la vez, tomaba notas de su conversación con una de las doctoras. Recuerdo verlas cerca de la zona de mecedoras con un papá que sujetaba a su bebé con una sola mano pegado a su corazón. De repente, un grito fue capaz de cortar al mismo tiempo el silencio y la luz. Un grupo de enfermeras corrió hacia la parte final de la sala. Allí, una mujer gritaba abrazada por las personas que la rodeaban y lloraban sin emitir sonidos. Una de esas enfermeras, rápidamente, extendió un biombo y clausuró aquel rincón; otra de ellas fue directa a la reportera y le dijo que debían abandonar inmediatamente la sala, ella y el cámara. La chica quiso hacer una última pregunta. Creo que fue: «¿Qué ha pasado?». La enfermera, muy seria, le dijo: «Ya es ya. ¡Fuera!». Nadie le dio más datos, pero todos los que trabajábamos allí sabíamos que uno de los pequeños nos había dejado, no había tenido la suficiente fuerza…

Dejamos a los padres en la sala y muchos de nosotros también nos trasladamos al pasillo. La periodista esperaba con el cámara. Habían quedado con la jefa de la unidad, en principio, para hablar de las mejoras…

La doctora apareció poco después, con la bata desabrochada y cierto acaloramiento en el rostro. «Enciende la cámara. Hazlo ya», le dijo a la reportera. La chica intentó formular una pregunta, pero antes de que pudiera decir la primera palabra, la jefa de la unidad comenzó a hablar mirando a la cámara:

«¿Lo habéis visto? —dijo—. Esto es lo que provoca el egoísmo de las madres. ¡Vuestro egoísmo! —Señaló directamente al objetivo—. Queréis ser madres mayores y tener todos los hijos que deseáis. Eso es egoísmo. Llamadlo como queráis para sentiros bien. "No he tenido tiempo o no he podido antes". Egoísmo… y consecuencias. Así lo llamo yo —dijo casi gritando—. Y ahora ¿quieres que te cuente las mejoras de la unidad, eh? ¿Te parece que es el día?» —La reportera se echó a llorar. Nuestra jefa perdió la razón y el control en esos minutos. Nosotros no supimos frenarla y la muerte del paciente la superó. Los sollozos de la mamá se colaban en el pasillo como un aire frío capaz de atravesarlo todo.

Me quedo en el despacho con la vista perdida. Es un recuerdo doloroso y viejo. Empiezo a recoger algunas cosas. Se ha hecho tarde para comer y probablemente tenga que salir si quiero algo más que un bocadillo. Abro la puerta del despacho y salgo enérgica, decidida a cambiar el signo de estas últimas horas. En el giro me parece chocar con un muro, levanto la vista y veo la cara de Simón. Ese muro era su pecho.

—Miranda, ¿dónde vas? —me dice con esa terrible perfecta sonrisa.

—Me voy a comer —le respondo seria.

—¿Te pasa algo? ¿Estás bien?

—Hoy he tenido un día difícil. De recuerdos y vivencias difíciles. Un clásico… 2x1. —Recuerdo a mi paciente utilizando esta horrible expresión.

—¿Dos por uno? No entiendo…

—Un dos por uno… Eso que puede ser una suerte para unos y una fatalidad para otros. Yo he tenido dos experiencias que hubiera preferido ahorrarme: una consulta… torcida y un recuerdo que me entristece mucho…

—Lo siento…

—Y tú… tú… —Siento cómo la ira me enciende desde dentro—. Tú, sin embargo, habrás disfrutado mucho de tu 2x1.

—Mi… ¿dos por uno?... Ahora estoy completamente perdido ya… No sé qué te pasa, pero será mejor que me vaya y cuando estés más tranquila…

—… No te molestes en volver… —Ya no pienso con claridad. Me dejo llevar por una desesperación exagerada e… infantil—. ¡Yo no quiero ser parte de este 2x1 que te has montado!

—Sea lo que sea de lo que hablas, creo que estás confundida. Por tu tono —Simón se pone serio— parece que he hecho algo que ha podido herirte y no me consta tal cosa. Por lo tanto, es posible que estés metiendo la pata hasta el fondo y estés…

—… ¿haciendo el ridículo?... —Guardo unos segundos de silencio, pero no puedo evitar la explosión—. Te vi llegar el viernes por la mañana con ella, a primera hora, en tu coche…

—¿Con Helena?

—Sí, con Helena… Y luego, desapareces todo el fin de semana, dices que te vas de viaje, un aeropuerto, no das señales… Ella, su maleta…

—¿Algún problema?

—No, ninguno… Bueno, sólo uno. ¡Que me duele! —Simón me coge por los hombros y me arrastra al despacho y allí me besa. Me besa una vez y dos… Intento hablar y no me deja.

—Helena —susurra sin dejar de besarme— llegó el viernes por la noche a Estados Unidos. La llevé al aeropuerto porque yo también tenía que ir. Y no… —Me coge la cara con las manos—. No me ha dado tiempo a ir a Estados Unidos y volver. Helena me gusta —ahora sonríe pícaro—, pero no tanto. —Me besa de nuevo—. Yo volaba a Oviedo. Llevaba mucho tiempo sin ver a mi familia, Miranda. Quería estar con ellos en su casa de campo, aislado, con los míos…

Su respuesta me tranquiliza tanto, me parece tan perfecta, que mi miedo busca alguna otra explicación, más enrevesada, más caótica y difícil, pero entre sus besos ya no la encuentro. No puedo encontrar nada más allá de lo que siento.

—Vámonos a casa —me dice mientras me acaricia el pelo.

—Hoy iremos a la mía. ¿Sabes? También está en el campo.

CAPÍTULO 25

AHORA QUE CUMPLO 50, QUIERO SER MADRE

Aturdida. Sólo he podido abrir un ojo para confirmar que llega la mañana. Anoche olvidé cerrar las cortinas y el sol ha entrado como un ladrón silencioso hasta los pies de la cama. En pocos segundos, su intensidad subirá hasta iluminar por completo el cuerpo de Simón. Ahora, en una penumbra aclarada, adivino la elevación de su pecho cada vez que respira. Tiene la sábana a la altura de las caderas y media mano metida en el calzoncillo. Está relajado, boca arriba y no ronca. En pleno amanecer, me parece el hombre perfecto.

Me topo con Olivia en el pasillo. Es tan pronto que no esperaba encontrarla caminando por la casa. Me pilla camino de la cocina en busca de un vaso de agua. La puerta de mi habitación está abierta. No calculo bien su ángulo de visión.

—¡Mamá! ¿Eso que hay ahí es un hombre? —Olivia se ríe como si fuera un pequeño duende.

—¡Cotilla! —Me apresuro a cerrar la puerta, pero Olivia me lo impide asomando su cabeza en la habitación sin ningún reparo. Sella su silencio apoyando el dedo índice en sus labios.

—¡Mamá! —me susurra tan bajo que casi no la entiendo... Veo que casi llora de la risa... —No es un hombre, es... ¡un pibón!

—¡Olivia, ya! —Tiro de su cuerpo asustada por la posibilidad de que Simón nos escuche. Retiro a Olivia en el momento en el que el sol rellena por completo la habitación mostrándonos a Simón con todo detalle. Me la llevo hasta la escalera.

Ríe sin parar. Encogida y temblorosa.

—Pero ¿qué te pasa? ¡No seas niña! ¡Tampoco es tan raro que haya un hombre en mi cama, y ya tienes edad para comprender estas cosas!

—Sí es raro... —Sigue riendo.

—Mal bicho...

—No, no me entiendes, mamá. Claro que sé que estarás con hombres, pero nunca los traes a casa, aunque, claro, ¡menudo hombre! ¿Es... él?

No puedo luchar con ella y su encanto. Ahora mismo la adoro. Cómo me mira, la alegría que siente por mí. Amo a mi hija Olivia. Me parece la adolescente más inteligente y madura del planeta tierra.

—Sí. —Le devuelvo la sonrisa y me sumo a su rubor. Esa especie de indefensión me rejuvenece.

—¿Cómo se llama, mamá?

—Se llama Simón, aunque también se le conoce como La Mano de Dios. —Olivia estalla en una carcajada que atrapa entre las dos manos a modo de bozal. Eleva los brazos hacia el techo en un gesto de oración.

—¿Por qué lo llamarían así? —susurra Olivia. Tiene los ojos muy abiertos y le brilla la mirada como si hubiera descubierto un tesoro en el jardín.

—Es un magnífico profesional, biólogo y embriólogo. Se convirtió en una celebridad por sus tasas de éxito en Estados Unidos siendo, además, un español. Tiene... un don para esto de la reproducción… —Olivia se tira hacia atrás y empieza a patalear en silencio muerta de la risa—. ¡Deja que termine!... Un don para la reproducción asistida, ¡tonta!

—Ya lo veo —me dice con la cabeza colgando en las escaleras—. Todo esto es buenísimo, mamá. ¿Habrás tomado medidas? —lanza la pregunta sólo para continuar el chiste… sin esperar respuesta…

—…

Olivia no deja de reír. Hacía tiempo que no la veía así, como cuando era niña y le hacía cosquillas a través de las sábanas. Recuerdo que no soportaba que le tocase los pies. «No, no, no… mamá… Los pies, no». Le agarro de las piernas para que no acabe rodando por las escaleras. Se incorpora algo más calmada, pero con los ojos llenos de lágrimas por la risa. Respira.

—Me voy a montar en bici, no puedo dormir… —Se limpia el rastro de las lágrimas. Está algo congestionada—. No he tenido una noche tan bonita como la tuya, más bien todo lo contrario.

—¿Por Rubén?

—Más bien por el momento… delicado en el que estamos. —Olivia se levanta y comienza a bajar las escaleras.

—Olivia, cuando quieras hablar… No me gusta presionarte con estas cosas.

—Ahora bici, mamá. Necesito agotarme para dejar de pensar… Estaré pedaleando por lo menos una hora —me dice desde el piso de abajo, y me guiña un ojo. Mi hija parece mi compañera de piso en la universidad. Algo no debo estar haciendo bien.

Veo a Olivia marcharse con la bici desde el gran ventanal de la fachada. Ahora no voy a permitir que su pregunta sobre las medidas, provocadora, aunque lanzada sin intención, logre robarme esta mañana. Este rato. Esto.

Abro la puerta de la habitación y Simón me mira desde un sueño aún enganchado a su pecho. Entro en la cama dispuesta a hacerle el amor… sea como sea.

Olivia regresa a tiempo para el desayuno. Oímos movimiento en la puerta. «Estará aparcando la bici». Simón me ayuda en la cocina. Se ha puesto un mandil para hacer unos zumos de fruta: «No tengo otra ropa y vamos directos a la clínica, ¿verdad?». Asiento divertida sin dejar de mirar su espalda mientras se pelea con una papaya demasiado madura.

—Si quieres lo hago yo y así no te manchas —dice Olivia, que ha aparecido delante de Simón como si fuera un fantasma—. Hola, soy Olivia.

—Hola, Olivia, soy Simón. Encantado. Me parece perfecto el relevo. Yo me ocuparé del pan y otras tareas menos peligrosas. —Estoy apoyada en la encimera, atenta a una presentación que traspasa la corrección para convertirse en algo… amistoso. «Gracias, Olivia», pienso cuando el pitido del microondas me estropea la escena.

En el desayuno hablamos de bicis y rutas por la urbanización, del anillo verde de Madrid, del tránsito de patinadores de ese anillo, del creciente uso de la bici en Nueva York, del carril elevado que han proyectado para los ciclistas en Londres, de las bicis eléctricas de Bicimad… Ninguno suelta «su bici» en la conversación por miedo a no saber resolver otra temática. Hoy toca bicis y nos hacen reír… Pues bicis.

Camino del centro, en el coche, Simón y yo disfrutamos en silencio del sol. Vamos escuchando los boletines informativos en la radio. Pienso en el comportamiento de Olivia y me siento orgullosa de mi hija y su educación. «¿Habrás tomado precauciones, mamá?». Su imagen me asalta riendo en la escalera y pinchándome con algo tan lógico, previsible, adolescente, de cajón, de libro, inexcusable, estúpido, sin sentido... «Idiota, idiota, idiota. Eres idiota, Miranda». —Toco el claxon con fuerza a un Mercedes que cruza el carril sin avisar. Sonido corto para no parecer agresiva a los ojos de Simón. Sonrío.

«Pero ¡cómo se te ocurre, Mirandita! La Marcha Atrás, Ímpetu, Momento. Ese "sólo será una vez". "No es tan fácil con tu edad". "Sería muy difícil...". ¡Definitivamente, eres una completa imbécil!». Llego al centro con este pensamiento enredado en mi cabeza como una corona de espinas. Este es mi castigo por ser una niñata.

Sonsoles

—Buenos días.

—Buenos días.

—¿Esperamos a alguien más para la consulta?

—No.

—Dígame entonces. ¿De qué se trata?

—De mí, doctora. Se trata de mí.

Sonsoles es una mujer muy guapa. Alta y con una complexión que me deja adivinar un huracán en la calle en su juventud. Ahora es una mujer madura que abusa del maquillaje, claro error, y que, por su atuendo, quiere seguir arropada por una década que ha debido dejar atrás hace tiempo.

—¿Qué edad tiene, Sonsoles?

—Esas cosas no se preguntan, doctora —me dice sonriendo con una voz grave y algo nerviosa.

—Lo siento, Sonsoles. Aquí es imprescindible que sepamos su edad, aunque le puedo prometer que no la revelaremos ni bajo tortura —respondo amable.

—Tengo 54 años.

—Perfecto. —Relleno el informe con los años de Sonsoles.

—Y mentí a la secretaria de las citas diciendo que venía para hablar de mi hija porque sé que en la mayoría de los centros en España no tratan a mujeres de mi edad.

—Así es. De hecho, según mi información, en ninguno.

—Yo no tengo ninguna hija. Tengo un hijo, mayor ya. Tiene 30 años y, por supuesto, no sabe que estoy aquí.

—Dígame qué quiere, Sonsoles. Ya le adelanto que probablemente no pueda satisfacer sus deseos, pero cuénteme…

—Tengo una nueva pareja. Estoy enamorada. Él tiene 34 años y me gustaría tener un hijo con él.

Sonsoles no lo sabe, pero hace unas semanas tuve una acalorada discusión telefónica con una mujer de 63 que me aseguró que tenía un novio de 28 y que intentó por todos los medios convencerme de que la tratáramos.

—Eso, a su edad…

—… es posible —me interrumpe.

—Sé que es posible —le respondo—. Iba a decirle que no podía ser.

—La ley no pone límites.

—No, pero nosotros sí. Es un pacto tácito entre centros. Es una cuestión ética que tiene que ver con los resultados de esos procesos, que, como ya sabrá, no son buenos y son muy arriesgados.

—Pero sé por una amiga que ustedes embarazaron a una mujer de 51 años.

—Sería un caso especial con una circunstancia muy especial.

—Me contaron que había perdido un hijo.

—Hay casos que estudia el comité y que se valoran de diferente forma, pero insisto: son casos muy especiales y contados.

—¿Y fue madre?

—Conozco un par de casos que encajan con lo que describe y sí, ambas fueron madres.

—Doctora... —Se apoya en la mesa para lograr cercanía—. Para mí es muy importante. Es la oportunidad que siempre he buscado. Es el gran amor de mi vida. Lo he encontrado ahora. ¿Qué culpa tengo yo? Quiero que formemos una familia.

—Lamentablemente, no puedo ayudarla, Sonsoles. De verdad que no puedo. Nuestro límite son los 50 años.

—Es un límite muy injusto.

—Entiendo que para usted lo sea, pero la naturaleza no creo que le permita tener hijos de forma espontánea más allá de los 50, ni ahora ni nunca, ni a usted ni a ninguna mujer... Por eso ponemos un límite.

—Por eso estoy aquí, porque, aunque ya he tenido la menopausia, puedo quedarme embarazada con donación de óvulos, ¿no es verdad?

—Embarazar a una mujer de su edad es posible médicamente con donación de óvulos porque el útero, cuando le pones estrógenos, es muy agradecido. ¿Por qué no lo hacemos? Pues porque nosotros embarazamos para que las mujeres puedan tener un hijo sano en casa y para que ese niño pueda tener una madre. Si el riesgo que ese niño tiene de nacer con problemas es alto y, además, las complicaciones del embarazo para la madre también son elevadas, dejas de hacerlo. Es así de sencillo.

—Es todo menos sencillo.

—A partir de los 45, el porcentaje de posibilidades de quedarse embarazada es menos del 5%. Es realmente bajo. Muy difícil. Después, hasta los 48 o 50 años no hay mucha más patología. A lo mejor, un poquito más de cesáreas, un poco más de hipertensión y a partir de ahí, se disparan. Por eso debe haber un límite. —Sonsoles me mira como si ya hubiera escuchado estas explicaciones mil veces—. En Estados Unidos lo saben muy bien porque han tratado a muchas mujeres en la quinta y la sexta década de la vida y han constatado que las complicaciones para la madre y para el niño se disparan con esa edad.

—Yo estoy muy fuerte, doctora.

—Eso es lo que siente y se ve estupenda en el espejo porque lo está, pero para que se haga una idea, hay una parte del colectivo médico que ya no trata a mujeres por encima de los 45 años. A esas edades, no sólo es más difícil quedarse embarazada… —De repente, mi concentración se va a mi útero e intento recuperar el hilo de la conversación—. Disculpe, le decía que no sólo es más difícil, sino que la posibilidad de aborto aumenta, y mucho, y si no lo pierdes, el riesgo de que los bebés sufran anomalías es mayor. —Una tristeza arenosa se me agarra al esternón—. A eso hay que añadir ciertas complicaciones que pueden venir asociadas a la edad. Un embarazo es un sobresfuerzo, por ejemplo, es una sobrecarga respiratoria y cardiaca y aumenta el riesgo de hipertensión durante la gestación y de diabetes gestacional… —Ya no sigo mi discurso de forma lineal. Lo tengo aprendido. Escucho el bombeo de mi corazón... —y de tener el hijo por cesárea…

—Doctora, míreme. Soy una mujer responsable. No soy una de esas chicas que no encontraron el momento para frenar su «carrera profesional conseguidora». No me he plantado en los 50 porque sí. He estado casada con un hijo de puta durante la mitad de mi vida y ahora que puedo ser feliz, ¿usted me dice que hay mucha diferencia entre los 50, 51 o 54…?

—Sí, se lo digo.

Veo los ojos de Simón abriéndose en el momento del orgasmo. Su seguridad al salir ¿a tiempo? Cálmate, Miranda.

No es fácil. Una vez, y a tu edad. No pienses nada. Respira. Me tiemblan las manos. Devuelvo la atención a mi paciente.

—Y también podría ser grosera y decirle ¿adónde va? ¡Ya no es el momento! —Tengo ganas de llorar y para evitarlo lanzo toda mi rabia contra mi paciente—. Le podría decir que ¡lo dice la naturaleza y lo digo yo! —Empiezo a alzar la voz y a gesticular demasiado—. ¡Lo dice la vida, Sonsoles! ¡Ya no es el momento! —Termino con el golpe de mis manos sobre la mesa.

Sonsoles me mira en silencio. Me da unos segundos para que recupere la compostura y me siente de nuevo en posición «doctora que sabe lo que hace». Ella no parece tener prisa. Me deja respirar hondo un par de veces.

—¿Lo ve, doctora? Yo no soy una niña que viene aquí a darle la tarde. Soy una mujer madura que entiende que usted vive un debate interno sobre el tema que le planteo y que está cansada de dar explicaciones que no la convencen. —«¡Ojalá hubiera perdido los papeles por eso, Sonsoles! Menos mal que has llegado a esa conclusión», pienso—. Porque, doctora, míreme a los ojos y, aunque sólo sea por una vez, dígame la verdad: ¿Es posible tener hijos a cualquier edad?

Se ha tenido que ir sin respuesta. No he tenido fuerzas para dar rodeos. He preferido manifestar mi ignorancia que enzarzarme en un debate que no nos llevaría a ninguna parte. A ninguna parte, Miranda... Esto no te lleva a ninguna parte.

¿Adónde vas?

Lo dice la naturaleza.

Lo dice la vida.

Y lo digo yo.

CAPÍTULO 26

—

PUERTO FRANCO

Mariano ha intentado cerrar la cena de hoy durante más de dos meses. Por fin, voy a conocer a sus amigos Felipe y Nacho, compañeros de noches locas y futuros padres si encuentran el camino para serlo. Mariano está encantado de haber conseguido sentar en la mesa a su doctora de confianza para resolver este nudo crucial que cambiará la existencia de dos hombres a los que adora y de él mismo. Ha elegido un nuevo restaurante en Chueca con un gran ventanal abierto a la calle. Nuestra mesa está casi ubicada en la acera. Lo que podría ser una conversación secreta —«en un supuesto heterosexual seguramente lo sería»— quiere ser todo lo contrario: una especie de consulta con rímel de la que podrían participar los viandantes. Hablamos entre ruido de cañas, el paso de los coches y los primeros tacones al anochecer. El suelo de Chueca arde en verano como río de lava.

Felipe y Nacho

Felipe y Nacho son inseparables desde hace más de veinte años. Primero amigos, luego amantes ocasionales, de nuevo solo amigos y ahora matrimonio. Lo sé porque

Mariano siempre habla de ellos como la mejor representación de una historia de amor que él nunca vivirá. Felipe y Mariano tienen ese tipo de vida que él sólo se atreve a observar.

—No seas manipulador, Mariano. Eso nunca ha ocurrido así.

—¡Cómo que no! Siempre ha sido Nacho el que ha querido ser padre. Tú detestas..., perdón, detestabas a los niños y ahora, casada y maruja, te sumas al carro...

Nacho y yo asistimos a esta primera micropelea de una cena en la que van a salir trapos, trapitos, blancos, sucios, viejos y nuevos. Estoy dispuesta a hablar de todo menos de lo que de verdad me quita el sueño. Todo el universo de los demás será el mío siempre que las palabras «embarazo» y «Miranda» no se relacionen. Me abandono a la conversación y a la copa de vino que tengo entre manos.

—Esa es la verdad, Miranda —me dice Mariano—, que ahora quieren ser padres porque Nacho, antes conocida como Nacha... Pop, siempre ha querido, pero aquí Felipe, nuestro rey, no tiene ningún instinto paternal.

—Eso se desarrolla —apunta Nacho.

—Eso es cierto —me sumo—, hay más probabilidades de desarrollarlo que de nacer con él porque no es un instinto genético. ¿Tú quieres ser padre ahora, Felipe?

—Sí.

—Pues lo demás no importa. —Miro hacia atrás y veo en el pasado mi embarazo de Olivia—. Bueno, Felipe y Nacho, por lo que sé, queríais hablar conmigo de ser padres. Antes de que me hagáis una infinidad de preguntas y mientras llega la comida, os pongo en antecedentes...

—... No es tan seria... —susurra Mariano—, es que el papel de doctora hace que se sienta sexi... —Felipe se ríe con él, incapaz de asumir el papel de paciente. Un travesti espectacular se acerca a Mariano y le saluda. Espero mi turno para continuar…

—Como os decía, lo más importante que debéis saber, y que ya sabréis, es que no podéis ser padres en España. No podéis alquilar un vientre aquí, una mujer de vuestra familia tampoco puede cederos el suyo…, por lo tanto, primer planteamiento: viajar allí donde es legal y si es posible, por seguridad, papeleo, etcétera…, Estados Unidos.

—California… —añade Nacho.

—Sí. Es el estado que más parejas homosexuales españolas recibe para los tratamientos y los resultados suelen ser muy buenos. Más significativo que eso es que no hay problemas posteriores legales. Tú te coges a tu niño o tu niña recién nacido y te lo traes ya inscrito a través del consulado y directo a España sin problemas.

—Niño —señala Felipe—. Porque pueden ser niños si queremos niños, ¿verdad?

—En Estados Unidos puede ser todo lo que queráis siempre que lo paguéis. La selección de sexo está permitida.

—¿Aquí no? —pregunta de nuevo Felipe.

—No, aquí no… —respondo.

—Aunque aquí vuestra jefa de laboratorio favorita —interviene Mariano, haciendo el gesto de ponerse unos guantes— podría hacer una selección muy sencilla encubierta —enfatiza en el carácter secreto de lo que cuenta— mediante lo que nosotros llamamos citometría de flujo…

—Pero no lo hacemos…

—No lo hacemos, pero sería tan fácil como enriquecer más una muestra con cromosomas sexuales Y o X, según se desee. Aunque parezca mentira, hay métodos muy sencillos porque X es más grande que Y, lo que significa que pesa más, lo que a su vez significa que no es tan difícil distinguirlos y separarlos de una forma más… rudimentaria, por calificarla de alguna forma. —Mariano disfruta con su sabiduría. Sus amigos le observan con admiración.

—No hacemos lo que cuenta Mariano —insisto—, pero si queréis niño en Estados Unidos, tendréis un niño.

—Yo sólo quiero que sea limpia.

—¿Quién? —pregunta Felipe.

—La madre.

—¿El vientre? —intenta distinguir Mariano.

—Las que sean... —dice Nacho.

—Las dos entonces —concluyo yo—. La donante y la mujer de la gestación subrogada, lo que vosotros conocéis por vientre de alquiler.

—¿Son distintas? —me pregunta Felipe.

—Suelen serlo: las donantes de óvulos suelen ser mujeres jóvenes y las mujeres que gestan suelen tener más edad, otros hijos... Hay casos muy distintos, pero esto es lo normal...

—Pero ¿podré saber si son limpias y comen bien?

—Es posible que puedas saberlo. Podrás conocerlas, desde luego...

—El otro día vi un reportaje sobre lugares en donde encierran a las madres de alquiler mexicanas, como en una especie de... casa de embarazadas... y casi vomito. ¡Qué asco, qué condiciones, pobres chicas...!

—Cuando os hablo de Estados Unidos os hablo de agencias legales, condiciones sanitariamente controladas, etc.

—Y si no quiero que sea americana... —Nacho ya está rellenando el catálogo.

—No creo que allí tengas problemas, pero podrías llevarte óvulos de algún país que los exporte y utilizarlos allí... o eso creo... Desde luego, con el esperma se puede hacer.

—El esperma ya lo ponemos nosotros. —Felipe y Nacho se besan.

—¿Ponemos? —pregunta Mariano simulando escandalizarse—. ¿No lo haréis los dos?

—Pues aún no sabemos —contesta Felipe—. Siempre hemos pensado en Nacho, pero ahora me está dando envidia.

—Eso es una decisión que tenéis que tomar sólo vosotros y pensarlo muy bien.

—¡Para, loca! Ya bastante difícil es sacar uno adelante y os queréis traer dos...

—O tres o cuatro. —Ríe Nacho.

—Miranda. —Mariano me agarra del brazo—. ¡Diles algo!

—Yo no soy su madre. Les explico las opciones clínicas y legales y les recomiendo hacerlo allí, pero lo demás es cosa suya.

—Lo que hay que hacer es encontrar un territorio en el que podamos desarrollar una legislación más relajada al respecto para no tener que pagar esas barbaridades que pueden pagar los gais famosos y establecer un Puerto Franco de la reproducción. —Felipe nos sorprende a todos con su inesperada teoría.

—Para hombres...

—Para todos. Un lugar más abierto a las posibilidades.

—¿Más que Estados Unidos? —le pregunto—. Lo veo difícil.

—Bueno, tú has dicho lo de la exportación y la importación de gametos. Eso en Europa ya debería haber cambiado. Eso y lo de los vientres de alquiler...

—Seguro que tienes razón. España tiene una ley muy liberal para algunas cosas y muy restrictiva para otras.

—Para nosotros, desde luego, es muy restrictiva en todos los sentidos porque una pareja de lesbianas no tiene ningún problema para que una o las dos sean madres gracias a la legislación española y nosotros no.

—Ellas tienen lo que vosotros no podéis encontrar aquí: sus úteros. Y sí, los pueden utilizar como quieran para ser madres con quienes quieran o solas.

—Injustísimo —dice Mariano—. Eso es discriminación sexual.

—Un puerto franco —vuelve a decir Felipe.

—No os gusta lo que pasa aquí, pero os sorprendería la cerrazón de algunas legislaciones europeas. Lo mejor sería una cierta uniformidad; sin embargo, las cosas son muy distintas a pocos kilómetros. Italia no permite la donación de gametos de ninguna manera, Alemania sólo la de espermatozoides. De importación y exportación, ni hablamos... Yo puedo traer semen de donante, pero no puedo exportar ni importar óvulos.

—Entonces, una mujer puede ir a verte con el semen de quien quiera y tú se lo pones...

—No. Eso no es legal tampoco. Yo puedo buscar semen que se corresponda con su fenotipo, comprarlo y traerlo porque no lo tengo aquí, pero ella no puede ser la compradora de esa muestra porque conocería la procedencia... —Los tres me miran atónitos—. Otra cosa es que esa mujer busque algo muy concreto, lo compre en un país que permita la exportación y se fecunde en otro lugar en el que se permita esta práctica.

—Y os reís del Puerto Franco... Ya os digo yo que debe de haber un tráfico arriba y abajo... Esto es un cachondeo.

—Lo que existe —le corrijo— es la posibilidad de que tú crees «tu mapa de la fecundación». Al final, si sabes trazar tu viaje, puedes encontrar casi todo.

—Una amiga mía conoció en un avión a una chica de Los Ángeles que venía a Málaga a embarazarse. Ella le explicó que era lesbiana, que había roto con su pareja y que había buscado los mejores destinos del mundo para quedarse embarazada y que España, en lo que es calidad-precio, ganaba por goleada.

—Desde luego, es mucho más barato que Estados Unidos. No es la primera, ni será la última que «viene a España de vacaciones y vuelve embarazada». Esto ya es una práctica bastante común. Hay mucha gente que viene a embarazarse a España, incluso hay muchas clínicas con médicos italianos e ingleses, sobre todo por la zona de Marbella, para poder tratar a los clientes de sus países de origen con donación de gametos... Como os decía, es buscar el «mapa de la fertilidad». Los gobiernos ponen sus límites y la gente, como vosotros, se busca la vida... Ha pasado, pasa y pasará siempre.

—Tú con tus cositas adonde quieras. —Ríe Mariano.

—Desde luego, España no exporta ni importa óvulos ni embriones, pero tú siempre puedes llevarte óvulos o embriones propios allá donde vayas. Mañana te vas a vivir a Japón y te lo puedes llevar todo o te lo mandamos... Te pertenece.

—No entiendo la diferencia entre la exportación e importación de semen y de óvulos y por qué una es más sencilla que otra...

—No tiene nada que ver el proceso de donación de una cosa y de otra. Para un hombre no es nada, para una donante mujer es mucho... Además se trata de evitar la mercantilización. Al final, una mujer que necesita ese dinero puede mentir... Hay países que compraban e importaban, como Israel, pero tuvieron un problema con un recién nacido con fibrosis quística y lo prohibieron. La verdad es que es... complejo. Muy complejo, os lo aseguro.

—¿Se pone o no se pone sexi cuando da la charla médica? —pregunta Mariano.

—Muy sexi —dice Nacho por agradar.

—¿Alguna pregunta más? —les digo exagerando mi lado más médico.

—No, ahora es cuando pedimos otra botella de vino y te llevamos de fiesta. Hoy toca el «mapa de la fornicación» en Chueca... Sin secuelas. —Los tres ríen porque un viandante se ha girado al oír la expresión y ha asentido. La noche empieza y la temperatura en la calle no ha bajado ni un grado.

Unas horas después, mis nuevos amigos han cumplido todas sus promesas. No han llegado a dar ejemplos claros del «mapa de la fornicación», pero sí hemos bebido y coqueteado con todos los hombres que, despistados o no, se han parado cerca de nosotros. Mariano está especialmente exultante, eufórico, agudo y tocón... «Siempre se la han ido las manos», apunta Nacho. Al fondo del bar, en la oscuridad que filetea un flash digno de los mejores 80, me parece ver a una chica muy parecida a Olivia que besa a otra mujer. Cojo el móvil y veo que en este rato me han entrado decenas de mensajes y no pertenecen a uno de esos grupos que se reactivan cuando por fin pensabas que te habías librado de ellos. Simón me ha escrito desde el asfalto. Él también tenía una cena y también sigue de copas con sus amigos. Le escribo, le busco...

Miranda: *¿Te gustaría que me besara con otra mujer?*
Simón: *No especialmente, pero lo podemos discutir.*
Miranda: *¿Disfrutas?*
Simón: *Siempre.*
Miranda: *Digo ahora.*
Simón: *Insisto, siempre.*
Miranda: *No es verdad, pero hoy me servirá de excusa para...*
Estoy escribiendo y su wasap me corta.
Simón: *¿Dónde estás? Salgo a buscarte ya.*

Miranda: *Estoy en un garito gay bailando las de siempre. Te mando mi ubicación.*

Simón: *Recibido. En 5 mins en la calle. Te hago una perdida al llegar.*

No hay llamada perdida que valga. Antes de que puedan reaccionar, he besado a Felipe, Nacho y a Mariano, que baila desatado de uno a otro lado de la barra, y he salido corriendo. Cualquiera diría que se trata de una urgencia... y estaría en lo cierto. Es lo que me provoca Simón: Urgencia.

Su coche aparece al final de la calle. Espero como niña buena en la acera, a la salida del cole, alejada de los grupos que fuman y del escándalo del local. Simón frena y me abre la puerta. «¿Podrías haber bailado la última de Alaska? Yo te habría esperado», me dice. «Llevo a Fangoria en el móvil. No necesitamos más».

Simón me besa. En ese momento me doy cuenta de que ha lloviznado mientras le esperaba. Tengo la cara mojada como si me hubiera refrescado un rocío de la mañana. Pienso en ducharme con él y en quedarme dormida en sus brazos.

—Arranca —le digo. Y nos vamos.

Sólo unos minutos después, Mariano sale a fumar a la puerta. Todavía excitado por el último baile, se fija en la acera contraria. Encogida en el escalón de un portal, ve a una chica que parece Olivia.

—¡Olivia! —grita. Ella alza la cara y confirma su identidad. A su lado, el resto de un vómito. Mariano se acerca e intenta levantarla. —Olivia, ¿estás bien?

—No, Mariano, no. No estoy bien. —Balbucea, aún sucia y mojada por la lluvia que ha compartido con su madre sin saberlo. Miranda no la ha reconocido mientras esperaba la llegada de Simón. En ese momento sólo era una figura girada hacia la pared y vomitando con la ayuda de una amiga.

—Tú estás muy pedo, niña. Y tienes muy mala cara... —Olivia apenas puede abrir los ojos. La cabeza se le descuelga y mastica las palabras.

—Será que estoy embarazada. —Se ríe—. ¡Lo que me faltaba, Mariano! —Se abraza a él como náufrago a su salvavidas.

—No digas estupideces. Estás borracha...

—¡Mariano! —Felipe y Nacho han salido a buscarle y le gritan desde la puerta del local—. ¿Ahora trabajas en una ONG de esas que recogen vagabundos?

—Venid, maricas, que la niña es cosa nuestra y tenemos que cuidarla. Comprad una coca-cola, o agua, o lo que pueda espabilarla... Y tú, Olivia, ¿puedes sentarte en este otro portal? —Logra que camine un par de metros—. Llamaré a tu madre para que venga a buscarte.

—Me va a matar, Mariano.

—No creo. Hoy no. Mañana... tal vez.

Olivia espera recostada en el portal. Felipe llega con una tónica. «Era lo que me daban a mí cuando tenía su edad y me emborrachaba», dice. «Eso era antes de vomitar», añade Mariano. El tono del móvil le aleja un par de metros de la zona de primeros auxilios para adolescentes borrachas que creen que están embarazadas.

—Miranda.

—Dime, Mariano.

—Perdona que te moleste, pero ¿puedes decirle al taxista que dé la vuelta y vienes a recoger a tu hija, que está aquí tirada en la calle con una borrachera que le va a durar un par de días y te las llevas a casa para que nadie la pueda ver y dejarle compasivo una limosna?

—¿Cómo?

—Que Olivia está aquí y necesito que vengas a buscarla. Yo sigo en la ruta de la fornicación, pero tu hija necesita ayuda.

—Voy. Estamos en tres minutos. Acabamos de salir.

Mariano espera en la calle la llegada de un taxi. Comienza a llover más fuerte. Abraza a Olivia en el portal y les pide a Felipe y a Nacho que regresen al bar. Él se encarga de entregar el paquete. De repente, un todoterreno para a su altura. Se abre la puerta del copiloto y aparece Miranda con el pelo ondulado por la humedad y ni rastro del lápiz de labios rojo de esta noche. A su lado, Mariano distingue a Simón. «Hola», le saluda.

—Hola —contesta Mariano, aún en *shock* por todos los descubrimientos nocturnos. No puede dejar de mirar a Simón de reojo—. Miranda… —casi deletrea su nombre—, aquí está Olivia… —La levanta del suelo sin reanimarla demasiado—. No la regañes ahora. Ha estado vomitando y no está bien. Si la pasamos al asiento de atrás dormirá hasta tu casa y ya mañana le das los «buenos días» como tú quieras.

—Está bien. Olivia, cariño… —Me dirijo a mi hija casi inconsciente—. Vamos a subir al coche de Simón y te vas a tumbar detrás. —Mariano me lanza una mirada como quien lanza un cuchillo—. Enseguida estaremos en casa.

Olivia se arrastra como una oruga para entrar en el coche. Le doy las gracias a Mariano y le abrazo bajo la lluvia. «Mañana hablamos… de todo», susurro esta última coletilla. Mi amigo se queda en la puerta del bar, empapado y con la boca abierta. Unos cuantos kilómetros después, camino de mi casa, me lo imagino contando todos los detalles a Felipe y Nacho, especulando, pidiendo otra copa, haciendo una pausa en su noche de fornicación para desarrollar el cotilleo de la temporada y, con ello, dinamitar uno de mis secretos. Recibo un mensaje suyo que confirma mis suposiciones:

Mariano: *¡Maldita! Serás…*

CAPÍTULO 27

—

LAS HORMONAS, ESAS SEÑORAS AMARGADAS

Un dolor de cabeza punzante acompañado de una fuerza sobrehumana. Esta fórmula describe mi estado a la salida de la ducha. Despierta desde las siete, cargada de energía y sacudida por el alcohol y el azúcar de esos primeros cócteles en el restaurante. Simón duerme tranquilo y Olivia, después de haberle echado un ojo desde la puerta, también. Anoche la trajimos balbuceando incoherencias en el coche y no llegué a hablar con ella. No era el momento y presiento que hoy tampoco lo será. Muchas hijas mienten a sus madres, pero, a riesgo de confesarme ingenua, creo que Olivia no bebe habitualmente, al menos no todos los fines de semana. Pienso en ese dolor que arrastra desde hace días mientras me doy la crema corporal y todos los elixires que encuentro para borrar de mi rostro los excesos de ayer. ¿Cómo debía sentirse para llegar a ese extremo? Ella, Olivia, la reina del control... Revuelvo el cajón en el que almaceno todas las muestras gratuitas de tantas compras cosméticas y, sin saber por qué, un nudo gordo e inmóvil se instala en mi garganta justo por debajo de mi nuez. Los ojos se me llenan de lágrimas y comienzo a llorar, incapaz de reprimir cierta hiperventilación. Me apresuro a cerrar del todo la puerta corredera que separa el baño de la habitación. No quiero que Simón me vea así. No es tristeza, no es miedo, no es soledad, no es amor de madre. Es otra sensación. Incontrolable, desmedida, íntima, desbordada. ¡No puede ser! ¡Hormonas!

Los rastros del llanto me han dejado surcos simétricos en la cara. Dos ríos de sal en la cartografía del rostro, ese mapa de una vida, como mínimo… intensa. Oigo a Simón desperezarse. Me lavo la cara y espero unos segundos a que se me pase la congestión sin éxito.

—Miranda… —Su primer sonido de la mañana es mi nombre. Abro la puerta que nos separa.

—Dime.

—Desde cuándo te he dado permiso para ducharte sin mí en este Día Internacional de Los Rescatadores.

—Gracias por traernos anoche, a las dos.

—Como mínimo, merezco ciertos honores, un premio, una ceremonia de reconocimiento, algo… —Bosteza—. Y de las dos.

—Olivia duerme, pero si te sirvo sola de momento… —Entro en la cama con el pecho aún vibrando al fondo por el llanto. Simón, medio dormido aún, no ha notado, ni notará nada. Me acurruco contra su tórax y le huelo. Su piel está caliente y suave. Me abraza como si flotáramos en un barco movido por un mar revuelto. Chocara contra lo que chocara, estaría protegida del golpe. Con su abrazo me dice «yo lo recibiría por ti». Vuelvo a sentir el amago del llanto y, de nuevo, no puedo evitarlo. Encojo la cabeza y bajo unos centímetros hasta colocarme a la altura de su estómago. Dejo las manos arriba, agarradas a sus clavículas.

—¿Estás bien? —me pregunta.

—Hoy es uno de esos días… sensibles…, más sensibles, ya sabes.

—Pues agárrate fuerte entonces. —Hace una pausa para apretarme contra él y cambia de tema para reconfortarme—. Otro día sin ropa. Menos mal que somos de los que trabajan en pijama, pero lo de los mismos calzoncillos de vuelta hasta la clínica empieza a ser incómodo.

—¿Quieres que traiga calzoncillos a mi casa?

—No estaría mal y sería muy práctico.

—Me gusta que duermas desnudo.

—Prometo seguir haciéndolo, pero con la posibilidad de marcharme limpio.

—Yo hoy no voy a trabajar. Ya avisé ayer porque me esperaba una larga noche en Chueca. Además, quiero estar con Olivia. —Sigo hablando con la boca pegada a su estómago y con cierto entumecimiento en el esternón y en las yemas de los dedos. Si dejara que mis sensaciones saltaran, volvería a desbordarme.

—Mi gran doctora, mi gran mujer, ¡más lista que el hambre! Yo tengo cuarenta y cinco minutos para ducharme, recibir mis honores de grupo de rescate nocturno, degustar un buen desayuno y llegar a la clínica. ¿Lo conseguiré?

—Te haré un desayuno digno de un héroe de guerra. —Me levanto sin dejar que me mire a la cara fijamente. Él estira su cuerpo como un niño que quiere crecer un poco más—. ¡A la ducha, soldado!

—Ya voy.

—Ni se te ocurra llamarme sargenta —le digo ya a la altura de la escalera. Entre tanta lágrima inesperada, un poco de luz. Siempre lo consigue. Acaba de sacarme la primera sonrisa de la mañana.

Simón se ha marchado después de jugar durante los quince minutos del desayuno a ensayar un discurso de agradecimiento:

«No fue fácil recoger a la chica de las calles, pero ¿qué seríamos si nuestra generosidad no aflorase en los momentos más necesarios…?».

Nos hemos reído sin parar. Tomaba un sorbo de café y se levantaba para apoyar las manos en la encimera como si fuese un atril. «Compañeros, héroes rescatadores... Gracias por acompañarme una mañana más en la que la vida de alguien ha dependido de nosotros».

No ha dejado de bromear ni un instante. Incluso, desde la puerta, ha levantado la mano a modo de despedida y ha saludado a todo el salón vacío con un «hasta pronto, compañeros».

Creo que le quiero.

Reflexiono sobre mis hormonas, las hormonas de Olivia y las de las demás mujeres. Sobre todo, acerca de esas hormonas que inyectadas revolucionan a cualquier mujer. Vuelvo a pensar en la recogida de orina en los conventos y en su procesamiento, y mi imaginación vuela hasta ese país que tanto me hizo sufrir por su falta de higiene: China. Saber que mucha de la orina humana que se utiliza viene de allí me provoca náuseas: ovario de hámster chino, células de placenta humana... Una arcada fuerte me avisa del peligro que tiene provocar a una resaca rebelde. Al fin y al cabo, en China o en la India hacen lo esperado... Cuando un laboratorio pierde la patente, ellos fabrican biosimilares. Los laboratorios siguen trabajando en fórmulas purificadas carísimas y ellos las abaratan... a su manera, un clásico copia y pega. Como yo, una copia mala de muchas de las mujeres que llegan a mi consulta revolucionadas por ese sofoco emocional y físico capaz de teñirlo todo de un manto dramático y hormonal.

Lorena

«¿Me harán daño las hormonas?». «¿Tendré cáncer?». «¿Me va a cambiar la voz?». «¿Me va a salir pelo?». «¿Me voy a hinchar?». «¿Engordaré?». «¿Más?»...

Lorena vino a verme hace más de cuatro años. No puedo olvidarla porque su visita fue tan conmovedora como desesperante. No está en mi álbum de vidas porque no la traté posteriormente. No sé si únicamente congeló óvulos o si terminó con algún proceso en la clínica. Si lo hizo ya no fue conmigo.

Lorena decidió congelar óvulos a muy buena edad, pero su respuesta ovárica me obligó a hacerle pasar por dos ciclos con los consiguientes «horribles pinchazos», como ella decía. La mayoría de las mujeres no lleva mal el tratamiento. Vienen mentalizadas y saben que tendrán que inyectarse en casa unas hormonas necesarias para la estimulación de los ovarios. Con ellas, conseguimos que, en un ciclo ovulatorio, una mujer pueda hacer crecer varios folículos a la vez y, con suerte, generar un número razonable y controlado de ovocitos. Lorena entendía bien las razones de su tratamiento, pero las hormonas corrieron por su sangre como ejércitos de malos augurios y convirtieron un proceso sencillo y feliz en algo tan triste como cómico.

—Entonces, ¿tendré cáncer?

—¿Qué pregunta es esa, Lorena? —Es la sexta o séptima vez que nos vemos y Lorena sigue insistiendo en sus teorías apocalípticas, mundiales y personales. Sólo intento escuchar las personales.

—La pregunta que no me deja dormir.

—Sigues muy nerviosa, alterada.

—... Y muy triste... Tengo ganas de llorar todo el rato.

—Eso son las hormonas... —No me deja terminar ni una frase.

—... por las que tendré cáncer.

—Lorena, ya te he dicho que los fármacos europeos son más precisos, tienen menos complicaciones, pero ¿las tienen? Todo fármaco tiene una complicación...

—¡Lo ve! —Lorena se tapa la cara con las manos y comienza a llorar—. ¡Lo sabía, lo sabía, lo sabía…!

—Pero… —insisto elevando la voz—, hemos tenido tiempo para analizarlos desde los años 60 o 70, y de una forma más continuada e invasiva desde los 90, y si hubiera habido algo realmente peligroso, ya lo habríamos visto, ya habría una incidencia altísima de algún tipo de cáncer.

—¿Le parece que hay poco cáncer de mama? —Busca pañuelos de papel dentro de su bolso—. O es usted la única mujer que no tiene una amiga o familiar con cáncer de pecho…

—Una cosa es la incidencia general del cáncer de mama y otra la medicación hormonal. En Israel, por ejemplo, el Estado sufraga todos los tratamientos que una mujer quiera hasta que tenga un niño y tiene uno de los mejores registros tumorales… Si hubiera una consecuencia real dañina, ya habría dado la cara. Ellos publican muchas veces datos explicando que los tratamientos de reproducción no aumentan el cáncer, ni lo disminuyen, simplemente te toca el que te toca.

—Ya. Pero si me toca —Lorena llora como quien respira, con una continuidad casi contagiosa— siempre pensaré que he sido yo la causante, ¡que me lo hice yo a mí misma! ¡Como esto! —grita—. ¡Estas ganas de llorar y esta agresividad y este desánimo! Lo estoy pasando fatal…

—Es cierto que anímicamente eres la paciente más afectada que he visto jamás, pero no confundas eso con la incidencia de la medicación en algo tan grave como el cáncer.

—Eso no puede ser —dice mientras se suena la nariz.

—Otra cosa es que el ser infértil o subfértil aumente la incidencia de cáncer de ovario por el hecho de no tener hijos. Esto sí es una verdad probada y esto también: un embarazo joven te protege del cáncer de mamá, por ejemplo, y un embarazo tardío es un claro factor de riesgo para el cáncer de mama. —Lorena no deja de sacar pañuelos nuevos, pero parece que se va calmando—. No te miento, Lorena. Es normal que el tratamiento hormonal te preocupe, pero tienes que dejar a un lado esa preocupación. Yo no sé si dentro de veinte años surgirán complicaciones, pero, desde luego, no tiene ninguna pinta.

—Nos salió tan mal la primera vez... que encima pienso en esta segunda y creo que me estoy haciendo daño para nada.

—No seas negativa. No tiene por qué ser así. Puede que este ciclo sea mejor. Tu reserva ovárica, tal y como nos indicaron esas hormonas con las que tú ya venías —le digo sonriendo para intentar aliviar su llanto. Parece que funciona—, no es mala. Es una reserva más o menos normal para tu edad. Tu FSH y estradiol nos dijeron que era una buena idea, y sigo pensando que lo es. La FSH hace crecer el folículo hasta el día 13 o 14 del ciclo, hasta que se rompe y libera el ovocito..., el estradiol aumentará con el ciclo y la FSH bajará. Con la regla caen los dos y vuelta a empezar. Es cierto que varían mucho de ciclo a ciclo, pero pienso que puede ir bien esta vez. La antimulleriana nos ha dicho lo mismo... —Lorena sigue extremadamente triste, pero ha dejado de llorar.

—Pero usted me dijo que esas hormonas no determinaban la calidad y, claro, sólo me ha sacado dos en el primer ciclo, y si son malos y son tan pocos...

—¿Y si son buenos?

—Mis probabilidades son menores...

—Eso es lo que parece a simple vista, pero no tiene por qué ser así..., ¿te sigue costando pincharte?

—No, ya no. Me he acostumbrado. Ya no me da miedo la burbujita en la jeringuilla. —Ríe por primera vez desde que entró en la consulta.

—Quedamos en que en una inyección subcutánea eso no es peligroso. No sufras por algo así, Lorena. Tienes que intentar estar un poco más tranquila.

—Usted ¿no tiene calor?

—No hace calor, Lorena, pero tú estás en llamas. Siento mucho que te afecten tanto las hormonas, de verdad, ¡ojalá fuese todo más fácil!

—Me estoy entrenando para la menopausia…

—Precisamente estás haciendo todo lo contrario, prevenir lo que eso conlleva. Anda, ponte la bata y te quitas la ropa de cintura para abajo, ya sabes cómo va esto...

La veo entrar en el vestuario y oigo cómo se suena por última vez la nariz. Sale con la bata y los calcetines puestos. La tumbo para reconocer sus ovarios con una ecografía vaginal.

—Vamos a ver cómo ha evolucionado todo. En el ovario derecho… están creciendo cuatro folículos y acabamos de empezar, y en el ovario izquierdo… otros tres. El útero está bien, endometrio… bien… Todo ha mejorado. ¿Lo ves, Lorena? Baja con cuidado. —La veo incorporarse y resbala un poco con los calcetines—. No tienes que ponerte en lo peor, ese fatalismo no sirve de nada.

Ya está de pie y camina de regreso al cambiador para vestirse. Ahora que no la veo, me dice algo desde detrás de la puerta de cristal, pero no puedo escucharla bien.

—Lorena, no te escucho bien desde fuera… —Pego un poco la oreja al cristal y siento el poder de los segundos previos a una confesión.

—Hablo de cáncer siempre, pero lo que me hace llorar es la soledad. Todo esto es muy solitario, ¿no cree?

Sí, Lorena, muy solitario. Lo era y lo es.

Ahora soy yo la que llora tumbada en mi sofá, tiritando del frío al calor, agitada por las hormonas previas a esa menstruación que no llega. Estoy de mal humor, mucho más de lo normal; tengo ganas de llorar, mucho más de lo normal, y siento una ira puntual que reconozco, pero que es... mucho más intensa de lo normal. Cojo mi móvil de la mesa y marco el número de Manuela.

—¿Te acuerdas de la preocupación que tenía la otra noche en la cena?

—Sí... Me asustaste y acabaste amenazando con llanto nocturno inexplicable.

—Manuela, ¿estás trabajando?

—Sí, en casa. Hoy no tengo reuniones hasta la tarde.

—Necesito un favor: compra una prueba de embarazo y ven a verme.

Una hora después, Manuela y yo estamos sentadas en el baño esperando el resultado. Yo en el sanitario y ella en el borde de la bañera.

—Soy un saquito de hormonas —le digo.

—Y yo un saquito de nervios —añade nerviosa y muy seria—. Ni te voy a preguntar de quién es... Si es que lo sabes..., aunque, bueno, me lo puedo imaginar por lo que hablamos cuando conocimos a la supermadre casada con el dios del vino.

—¡Manuela! —corto en seco la conversación. Ahora no estoy preparada para eso. Empiezo a enumerar hormonas. Necesito cambiar de conversación—. Me gustaría poder cambiarles el nombre por el señoras muy amargadas... En vez de TSH,T3,T4, FSH, LH, estradiol, AMH... No sé..., por ejemplo...

—... Miranda —propone ágil Manuela.

—... Manuela —se la devuelvo.

—Es normal que esté nerviosa y algo disgustada, pero no soy una señora amargada. Soy tu amiga y he venido a toda pastilla con una prueba de embarazo sin hacer preguntas... Pensando en ti, pensando en Olivia, pensando en la estupidez de no usar preservativo ni ningún método anticonceptivo, pensando en las veces que yo lo he hecho cuando era joven y me he tenido que tomar cócteles de hormonas, esas «píldoras» precursoras de la píldora del día después; aquel aborto cuando cumplí los 30, lo mal que lo pasé, y ahora tu prueba, y tú y tu hija... —Manuela habla sin parar con la vista perdida en las formas que dibuja el mármol en la pared. Cuando se gira hacia mí me encuentra abrazada a la prueba de embarazo. La tengo pegada al pecho como si quisiera que se perdiera en mi interior. Olivia ha escuchado a Manuela y entra en el baño. Me mira. No tengo fuerzas para esconder el dispositivo de plástico ni para disimular.

—¡Ay, Miranda! —Manuela se lleva las manos a la cara.

—¡Mamá, estás... embarazada! —dice Olivia agarrándose a la puerta corredera como si fuese a perder el equilibrio. Me tiemblan los labios y noto cómo las lágrimas caen a borbotones por mi cara.

—¡Y tú! ¡Tú también, Olivia! ¡No me mientas! —le grito.

—¡Ay, Dios mío! —Manuela lanza sus exclamaciones dentro de sus manos para ahogarlas.

—¡Yo no! Siempre he usado preservativo, como me dijiste... Todas las veces menos una, mamá, que fue... casi imposible. No estoy embarazada. De hecho, estoy con la regla... —Olivia no sabe qué hacer, pero mi llanto la contagia. Creo que se siente feliz, aunque no puede demostrarlo porque me ve en *shock*.

—Entonces, ¿qué narices te pasa? ¡Llevas una semana infernal, esparciendo tu tristeza por nuestras vidas! —Soy injusta, la vida es injusta, este momento lo es... Olivia empieza a llorar.

—¡Rubén me ha dejado por otra! —me grita como cuando era niña y justificaba sus equivocaciones.

—Esto no está pasando —susurra Manuela—. Si cuando yo digo que no se me ha pasado el arroz… Miranda. —Me coge la mano y me aprieta. Se arrodilla a mi lado y deja que caiga sobre su hombro—. Cariño, mi amor, no llores…, te has quedado embarazada. Sólo es eso y sé que es mucho, pero podremos con ello.

Olivia se acerca y se tira en el suelo para agarrarse a mi muslo. Todas, piel con piel, sentimos a la otra, sentimos lo que viene y nos sentimos vivas, pero también tristes, asustadas, hormonadas, femeninas… Dejamos que el llanto nos lleve hasta que una risa histérica rompa el hechizo.

CAPÍTULO 28

LOS EMBRIONES QUE LLEVAN MI NOMBRE

Espero la visita de una pareja con la que hablé por teléfono hace unos días sin encontrar una solución a su problema. Han insistido en concertar una cita, aunque saben que no podrán convencerme. Creo que les tranquiliza exponer sus razones frente a un profesional y, como fueron mis pacientes, no me puedo negar. Han pasado varios años y aquella adorable pareja que sólo pensaba en su futuro bebé y que celebraba cada paso como un triunfo (aún recuerdo a Román llevándose el gorro de quirófano que llevaba puesto Mariela a casa como amuleto) se ha convertido en una de esas parejas que detesto porque se niegan a entender los límites.

Es cierto también que no tengo ánimo para ver a nadie y escuchar sus problemas porque los míos llenan toda mi capacidad de comprensión. Pero el egoísmo me acecha... y en cierto modo me asombra saber que yo también pienso en ser egoísta habiendo rechazado siempre y de forma tan frontal el egoísmo de los demás. Vuelve a mí el caso de las lesbianas sordomudas que tuvieron un «bebé de diseño» sordomudo seleccionado gracias a un donante amigo con discapacidad similar. No puedo evitar recordar aquello, aunque ocurriese en 2004, porque me sigue pareciendo el «colmo» de lo que el ser humano puede llegar a hacer. «¿Y tú, Miranda? ¿Qué serías capaz de hacer?». Estoy a favor del aborto como médica y como mujer. Ese supuesto, que me permite el alivio que necesito, no me inquieta moralmente, pero sí lo consigue el egoísmo de no haber compartido todavía la noticia de mi embarazo con Simón; y sí, por muy a favor que esté, y aunque no haya descartado aún la opción de tomar una decisión sola, pensando únicamente en mí, en estos días de tantas dudas y dolores de cabeza, me pregunto si haré bien. Él es el padre y debe saberlo, pero ahora mismo mi actitud sólo puede abrazarme a mí para permitirme la mayor libertad en las elecciones que deba llevar a cabo. Estoy confusa, llena de rabia y dolor, y avergonzada.

Miro el teléfono sin ser capaz de levantarlo para hacer esa llamada que me apremia y recuerdo la voz de Antonio, un antiguo paciente, al otro lado: «Yo no he consentido, doctora, se lo aseguro. Nunca he dado mi consentimiento para algo así». El hombre aturdido que me llamó en un día muy frío del otoño pasado tenía una esposa llamada Silvia. Tuvieron un hijo por fecundación in vitro tres años antes de esa llamada. Yo fui su doctora desde ese momento. Pasado el tiempo, Silvia vino a verme para anunciarme que habían tomado la decisión de ser padres de nuevo, me explicó que Antonio no había podido acudir al centro. Le di el consentimiento para que lo trajese firmado, lo hizo, y unas semanas después le implanté un embrión congelado que tenían en nuestro banco. Silvia se quedó embarazada y fue, dos meses después, cuando Antonio me llamó para contarme que ya no eran pareja, que él nunca hubiera permitido el uso de esos embriones y que necesitaba soluciones a un problema muy serio, teniendo en cuenta que, por asunción de paternidad (él consta como el padre en todos los registros), tenía que afrontar obligaciones con el bebé que estaba en camino. Aquella llamada fue decisiva para que cambiaran muchas cosas, por ejemplo, que me niego a hacer una transferencia de embriones sin ver en persona a los pacientes que los congelaron, aunque hayan pasado seis meses desde entonces; y que sé que en un momento límite somos capaces de hacer jugadas impensables. Silvia hizo lo que quería hacer sin contar con Antonio, falsificó su firma y nos engañó. No sé si andarán o no en los tribunales con el tema. Una enfermera me contó que se habían reconciliado y, la verdad, no quise creerlo. No quiero creer tantas cosas… No quiero creer que estoy embarazada… No quiero creer que sea capaz de hacer de esto un problema personal y no un asunto de pareja. Al final, todos los casos que me asaltan me hacen recordar lo que siempre repito como profesional: los embriones llevan un nombre. Los idealizamos, creamos la fantasía del bebé ideal, en esa ensoñación ese niño es perfecto, igual que nosotros, sano, fuerte, incluso adelantamos su imagen, sus primeros sonidos. Nuestra imaginación lo pone en el mundo… «No, no, no… Miranda, no caigas en ello, tú no, por favor». Me sé de memoria el discurso, sé el engaño psicológico que supone, pero no puedo evitar esa parte irracional que ahora pone mi mano en el vientre y susurra dentro de mi cabeza: «Llevas mi nombre».

Mariela y Román

—No está en mi mano.

—Pero usted, doctora, usted tiene que entendernos.

—Si os alivia escucharlo, claro que puedo llegar a entenderos. Otra cosa es que no puedo hacer nada.

—Pero nuestro caso es…, bueno, usted conoce bien nuestro caso.

—Sí, pero para mí, como doctora en este centro y siguiendo sus normas, un embrión tiene nuestro compromiso inicial de llegar a nacer. De ahí que tengamos bancos con embriones, con células de parejas. Si no creyésemos en ese objetivo, no los almacenaríamos nosotros.

—Ya —insiste Román—, pero hay países en los que, pasado un tiempo prudencial, si no se ha hecho nada con ellos, se tiran.

—Sí, pero no es el país en el que vivís. —Me noto especialmente seca en mis respuestas.

—Tuvimos mellizos, doctora, y fue maravilloso —interviene Mariela—, y... muy duro. No nos arrepentimos de la decisión que tomamos entonces, pero sabemos que nos van a llamar para saber qué hacer con nuestros embriones y no los queremos.

—Pues donadlos. Nadie dice que estéis obligados a ser padres de nuevo con ellos.

—No queremos dar a uno de nuestros hijos en adopción —me dice Román visiblemente alterado.

—Preferís desechar el embrión a darlo.

—Sí. Y no me da miedo ni vergüenza decirlo. Prefiero destruirlo a pensar que hay un hijo mío por ahí en manos de otros. ¿Hay alguien capaz de hacer algo así? Perdone, doctora, pero no la creo. —Pienso de nuevo en el egoísmo.

—Lo cierto es que son casos anecdóticos, unas diez o quince parejas al año, pero sí hay quien lo hace, reportando una felicidad máxima a parejas que no pueden tener hijos... —Los dos me miran, pero sólo Mariela agacha la cabeza.

—No cuente con nosotros para algo así. —Román se mantiene en sus trece.

—Donadlos a la ciencia. ¿Esa opción tampoco os satisface? Vosotros no podríais haber sido padres si previamente otros como vosotros no hubieran donado embriones para la investigación.

—Nos propone o entregar a un hijo en adopción o trocearlo... —Román eleva el tono.

—Pues no. —Suspiro fuerte para que me oiga y comprenda que está acabando con mi paciencia—. No estoy proponiendo tal cosa. Usted, con sus nulos conocimientos científicos, no puede sintetizar la investigación clínica con un simple y, si me permite, limitado «trocearlos». Yo les propongo —empiezo a tratarlos de usted porque ya no me caen bien, ya no quiero aguantarlos, ya no quiero seguir esta conversación. Tengo mucho en lo que pensar...— que ayuden a la ciencia a progresar.

—Gracias a mis escasos conocimientos —contraataca Román— hemos leído que la letra pequeña de la ley dice algo así como que pasado un tiempo prudencial se podrían descongelar sin otros fines... Teóricamente, la ley les permitiría destruirlos si...

—Pero ese tiempo no ha pasado —le interrumpo de forma brusca anticipando un cercano final—, y nosotros, además, no lo hacemos. Ya no sé cómo decírselo...

—Mantenerlos tiene un coste. —Román sabe que ha perdido y busca los recovecos más vergonzantes.

—Usted sabe que ese coste es simbólico y nos sirve para que el paciente o la pareja no olvide lo que tiene aquí porque la decisión les compete únicamente a ellos...

—¡Eso no es cierto! ¡Nosotros queremos destruirlos y ustedes no nos dejan!

—Es la ley. En un año podemos volver a avisarles para saber si han cambiado de opinión. Ahora les agradecería que termináramos esta conversación porque tengo otros pacientes esperando —miento— y ya nos lo hemos dicho... ¿todo?

Mariela saca su móvil del bolso mientras se levanta. En el salvapantallas tiene la foto de dos niños, sus mellizos. Se percata de que la estoy mirando y tapa la foto contra su pecho para que no pueda verla.

La palabra cambia y lo cambia todo. Célula, embrión, ovocito. La implicación personal y la imaginación se transforman en función de la palabra que manejan los pacientes. La identificación se dispara con el término que escuchan. ¿Podemos cambiar sus emociones sin cambiar las palabras? Probablemente no.

Subo al laboratorio. De camino, en el ascensor, coincido con dos mujeres. Una de ellas le dice a la otra: «En cuanto te relajes…». Afortunadamente, la puerta se abre para salvarme de una frase estúpida del año, una de tantas… «¡Relájate, Miranda!, estas mujeres no tienen la culpa de tu mal humor», pienso mientras cruzo las puertas del laboratorio. Simón no está. Paseo entre los incubadores y veo a lo lejos el acceso al área donde se guardan los tanques con los embriones congelados. Nuestro banco. Me acerco a la sala y miro a través de un pequeño cristal en la puerta que confiere al espacio un aire secreto. Imagino miles de nombres guardados en nitrógeno líquido, como pequeños papeles hechos copo de nieve.

—Doctora Ortega, venga a mi despacho inmediatamente. —Las manos de Simón me han agarrado la cintura. He respondido al susto con un salto hacia atrás que casi le golpea la cabeza—. Eso, si para entonces conservo los dientes… —Ni sus bromas pueden romper la tensión que me agarrota los hombros y el corazón. Me giro con una seriedad que no espera.

—Sí, vamos a tu despacho. Tengo que decirte algo.

Entramos en su despacho después de cruzar parte del laboratorio con su mano rozando la mía. La deja caer y la balancea a mi lado para que, a golpes, me toque. Sus gestos, su alegría y su…, no sé si me atrevo a reconocerlo…, su posible… amor lo merecen todo, pero yo no puedo dárselo. Aún no puedo. Estoy tan asustada, llena de ira y dudosa…

—Vengo a decirte que me ha surgido un asunto familiar grave. Voy a hablar con Melchor para pedirle que me adelante parte de las vacaciones. Tengo que irme unos cuantos días, quizá un par de semanas.

—¿Es algo importante? —Trago saliva para pegarme al suelo y no correr a abrazarlo. Aprovecho que su despacho está a la vista de todos para que nuestros secretos me obliguen a replegar cualquier muestra de cariño.

—Sí, parece que sí… Aunque ahora prefiero no hablar, Simón. Espero que lo entiendas…

—¿Por qué no lo iba a entender si es lo que tú deseas? —Esa pregunta me alcanza directamente el centro del cuerpo. Cojo mucho aire para poder seguir de pie sin caerme redonda. Siento una fuerte náusea.

—Te llamaré.

Cuando estoy casi en la puerta de salida del laboratorio oigo a alguien correr hacia mí. Me giro y es Simón con la urgencia de quien ha olvidado entregar algo esencial. Me sonríe. Mira hacia los lados y aprovechando que no hay nadie en ese pasillo de separación, me coge la cara entre las manos.

—Si necesitas un rescate, grita. Iré adonde estés.

Melchor no ha hecho más preguntas que las que yo quería responder. Creo que ha entendido desde el primer momento que no tenía intención de llevar la mentira más allá de lo que él insistiera. A más preguntas, más mentiras. Melchor me conoce. En todos estos años de trabajo nunca he fallado. Sabe que si le digo que me tengo que ir es porque no tengo otra opción. Nos despedimos con un: «Si necesitas algo…».

Me he reunido con una de las secretarias para derivar mi agenda de las próximas dos semanas. No ha sido sencillo porque tenía bastante trabajo, pero, aunque mi ego a veces no me lo permita, sé que soy completamente prescindible. Recojo mi mesa para que otro pueda usarla en mi ausencia y me marcho a casa. Cuando llegue ya pensaré en cómo invierto el tiempo que he ganado con esta impetuosa huida. Espero al ascensor. Está subiendo y escucho la voz de Mariano en su interior. Corro hacia el baño de mujeres que hay unos metros más adelante. Me escondo tras la puerta. Si para en este piso es porque me está buscando. Le oigo salir y preguntar por mí. «No la hemos visto», responde alguna enfermera que no puedo identificar. Los pasos de Mariano vuelven al ascensor. Me giro y apoyo la espalda en la puerta. Lloro de rabia. Me agarro el cuerpo con los brazos y lo dejo resbalar hasta que siento el frío de las baldosas del suelo contra los muslos. «En cuanto te relajes, Miranda, en cuanto te relajes… podrás pensar. En cuanto te relajes…, nada…, en cuanto te relajes…, nada de nada…». El mantra, viejo truco de otras, no surte efecto en mí. Nunca he estado tan nerviosa, ni me he sentido tan embarazada… Nunca he tenido tanto miedo.

CAPÍTULO 29

—

LA DECISIÓN: CRECER SIN UN PADRE

Llegaron días de un viento fresco inesperado. La primera noche de mis extrañas vacaciones, su fuerza hizo batir las persianas como abanicos y provocó portazos por toda la casa, un concierto perfecto para crear una atmósfera de pesadilla. No pude dormir ni un minuto, sin embargo, no le di ni una sola oportunidad al mal sueño. Respiré despacio mirando al techo y dejé que las ideas más disparatadas volaran a sus anchas por la habitación como hadas revoltosas del bosque. Diecisiete años atrás, estaba tumbada en otra cama, también en mi cuarto, pero en la casa de mis padres. Estaba embarazada y ya habíamos decidido los tres que sería madre de ese bebé. ¡Qué sencillo me parece ahora compartir una decisión como aquella! Dejar en manos de la sabiduría y la experiencia de tus progenitores ese supuesto difícil de digerir: Crecer sin un padre. ¿Tener a Olivia fue la decisión más compleja de mi vida? No. Y mentiría si afirmase lo contrario. Dejé que ellos decidieran por mí. Me iban a ayudar, me daba miedo abortar y estaba en *shock*. Y ahora, ya sin mi madre, no puedo ceder el testigo, dar la caja sin la llave, proponer que sea otro el que viaje para departir con el oráculo. Sé que podría contar con Simón, pero nuestra relación no es precisamente la de una pareja consolidada. ¿Por qué utilizo términos que detesto ahora que me toca ser benévola conmigo? Lo consolidado no tiene mucho que ver con lo que soy y lo que me gusta. Lo cambio por reconocer que Simón y yo juntos no somos más que dos personas capaces de amar. Nadie ha probado todavía que seamos dos personas capaces de amarse. Atrapamos el amor del otro al vuelo, durante una noche, en un apartado, en un pasillo, en una escapada impregnada de la pimienta de la novedad. Pero un hijo…

Ha pasado una semana desde que me fui. Él me escribe de vez en cuando, me acaricia con su dulzura, y me enternece con su ignorancia. Soy tan injusta, tan contraria a mis principios dejándole fuera de esta decisión…

Olivia viene a casa pronto cada día. Me cuida con su silencio y con nuestro pacto de damas que se conocen tanto como los vientos que soplan fuera. Yo soy el que ahora derriba los árboles, y ella el viento bajo que sólo alborota las hojas. Mi hija me conoce mejor que nadie. Comprende que interferir en mis decisiones sería un error. A veces, por la noche, yo estoy tumbada en el sofá y ella se sienta en el suelo para que le vea la nuca. No me abraza, ni me toca el vientre, no insinúa, ni anticipa ningún comentario. Deja que estemos… Sólo eso… Estamos juntas y mientras, en nuestra intimidad, Olivia se cura de un desamor que ahora le parece una anécdota al lado de la gran historia que encoge a su madre. Aunque no me ha dicho prácticamente nada, ha tenido un gesto inteligente y sanador. Ha dejado mi álbum de vidas sobre la mesa del salón, invitándome a reconocerme en él. Mi hija me protege e inspira como una madre, ahora que he perdido cualquier perspectiva acertada de mis roles. No soy madre, no soy hija, no soy amiga… No puedo ser ni yo… «La tristeza es buena, mamá, y te servirá», me dice esta noche en la que el aire choca contra las ventanas cerradas como nubes de insectos que escaparan de una amenaza exterior. Mañana abriré mi álbum de vidas y me dejaré llevar por Olivia. Ella es la inspiración de este momento y, precisamente por eso, su gran peligro.

Susana y Lidia

Abro mi álbum de vidas. Cumplo mi octavo día de vacaciones sin aproximarme a una solución y, absolutamente perdida, dejo que el azar decida la página que tendré que leer. Lanzo el álbum al aire desplegando sus tapas de cuero. Sé que existe la posibilidad de que caiga cerrado de nuevo, pero confío en que la fortuna no lo permita. Allá voy…, cae a plomo sobre la alfombra. Un par de hojas quedan levantadas y apuntan al techo. Las agarro para no perder la marca y compruebo que el azar me ha devuelto una de las historias de amor más hermosas que me ha regalado la medicina: la de Susana y Lidia.

Repaso sus fotos en el álbum y me doy cuenta al instante de que en todas sonríen, tal y como ocurrió cada vez que las vi. No tengo memoria ni de una mala cara, ni de una discusión, ni siquiera de un malentendido. Susana y Lidia se amaban y se amaron tanto en aquellos meses que disfruté mucho más del embarazo de Lidia como amiga que como su ginecóloga. Hoy me acuerdo de su resignación al contarme que la Sanidad Pública no acogía su caso porque eran lesbianas; me explicaron que lo habían intentado también por separado, con Lidia sola defendiendo su intención de ser madre soltera sin necesidad de hablar sobre su homosexualidad, pero que también por este camino había sido rechazada. Recuerdo que reían diciéndome «que les venía mal irse a vivir a Sevilla» porque, allí, la comunidad autónoma sí que sufragaba estos tratamientos homoparentales o monoparentales. Ni siquiera la injusticia del sistema lograba que farfullaran, resoplaran o expresasen su mal humor. Por el contrario, me decían «esto es un cuadro, doctora», y continuaban: «¿Cuándo seremos madres?». Yo deseaba que fuese cuanto antes por su entrega, su amor y su forma de entender nuestra relación como una suerte y no como una maldición. La mayoría de las parejas, aunque no me guste reconocerlo, vienen a verme pensando que «no tienen otro remedio». Ellas, por el contrario, venían a verme con un «cumpliremos nuestro sueño contigo». Quiero pensar que, gracias a eso, la naturaleza nos lo dio todo y Lidia se quedó embarazada a la primera por inseminación artificial. Tuvo un embarazo feliz del que fui testigo semana a semana gracias a sus fotos, mails y mensajes. Ahora, repaso el álbum y veo decenas de imágenes de aquellos días de gestación, también de las dos abrazadas tras el parto y de las primeras imágenes de su piel con piel con su pequeño bebé. Miro las fechas y compruebo que Miguel, su hijo, debe de tener ya cuatro años. Me mandan una foto cada día que sopla una nueva tarta de velas y, en todas, veo la misma sonrisa de Susana y Lidia. Inalterable, fuerte como una roca. El azar me ha lanzado un órdago con este cóctel de amor rotundo e inquebrantable.

«El destino se ríe de mí…».

Mi amiga, Manuela, viene a verme cada dos días y alguna noche se queda a dormir. También sabe de mis tiempos y mis silencios. Hoy le he dejado mi álbum de vidas para que conozca a Susana y a Lidia y a muchos de mis pacientes. Me ha parecido ver que se emocionaba pasando las páginas. «Eres una cabrona, Miranda —me ha dicho—, pero no diré nada que quieras escuchar ahora porque puede que me lo recrimines el resto de nuestras vidas». Cuando va a pasar la noche en casa, se coordina con Olivia para traer la compra y hacerme cenas deliciosas. Cuando nos sentamos las tres a la mesa, hablamos de las noticias, de su día… y, de cuando en cuando, nos asalta el silencio y lo dejamos respirar como uno más entre nosotras. Saben que no he tomado ninguna decisión porque no la he compartido. Ellas son mis guardianas y las primeras a las que confesaría mis intenciones. Les asusta la duda, el tiempo y cierto bloqueo que podría llegar a ser alarmante si no se rompe. Me ven paralizada como nunca me han visto. Olivia me sorprende porque le da voz a uno de sus pensamientos: «¿Te sientes distinta, mamá?». Le respondo con una seguridad maltrecha y débil: «¡Qué va! Si fuera así, todo sería un poco más fácil».

Mariano no se rinde. La conectividad que intento aminorar en estos días me atrapa por un lado o por otro, lo quiera o no. Él me deja mensajes aquí y allá, preocupado por lo que pueda estar pasando. Las mentiras por escrito no le convencen. Creo que sabe que estoy en Madrid. Piensa, según adivino por uno de sus mails, que Olivia puede estar embarazada, al parecer, ella le dijo algo la noche de su borrachera que le confundió. Mejor. No he desmentido nada porque el misterio me beneficia. Mariano puede ser muy insistente y muy poco respetuoso con el tiempo y la paz de los demás. Le quiero mucho, pero ahora necesito que esté lejos. Él sería incapaz de no decirme lo que tengo que hacer. Incapaz de no alterar lo que deba ocurrir…

Se cumple el día doce de las vacaciones del viento. Ya no sé si el sonido está fuera en el bosque o únicamente en mi cabeza, como si formara parte de la ambientación musical de una buena película. Llevo más de una hora dentro de la bañera. Repongo agua caliente cada pocos minutos para no quedarme helada. He visto la puesta de sol desde ahí y me he quedado a oscuras. Olivia entra con un par de velas. Coloca una en la repisa de la ventana y otra en una de las esquinas del baño, exactamente la que corresponde a mi pie derecho. Lo elevo hasta dejar gotear el agua cerca de la llama que se mueve ligeramente, pero sobrevive.

—¿Te acuerdas de cómo me llamabas de niña, mamá?

—No podría olvidarlo. —Siento el calor de una lágrima a punto de derramarse—. Te llamaba Flame. Tus abuelos siempre te llamaron Olivia, sólo Olivia... Y Flame era algo así como nuestro código secreto, una especie de clave en nuestro cuarto de juegos.

—¿Por qué me llamabas Flame?

—La verdad es que me hubiera gustado que fueses pelirroja. Por aquel entonces, antes de que nacieras, te imaginaba sin contar con los códigos genéticos y quería una muñeca pelirroja de ojos verdes e incendiaria.

—Era incendiaria... —me dice sonriente, y la recuerdo dando sus primeros pasos por el pasillo de casa. Valiente y decidida, sin miedo a caer.

—Y lo eres. Yo te he enseñado a serlo, Olivia. —El ahogo del recuerdo no me permite continuar.

—¿Sólo por eso, mamá? ¿Sólo me llamaste Flame por eso? Eres mucho más rebuscada...

—Sí... Flame... No sé..., mi llama incombustible, mi llama eterna..., la que nunca se apaga.

Olivia me mira en la oscuridad y me invita a salir del baño. Me pasa la toalla y se marcha. Observo sus pisadas firmes e imagino un ardiente camino de brasas.

CAPÍTULO 30

EL NUEVO MAPA DEL MUNDO

He tardado algo más de dos semanas en incorporarme al trabajo. Los últimos días han sido los más tranquilos porque, asumida tu marcha y tu necesidad de soledad, el ambiente se relaja. La emergencia disminuye, la prisa, la ansiedad por saber. Las llamadas se distancian, las visitas se espacian y el tiempo te pertenece por fin. No tenía ganas de regresar a la rutina, pero el IVI organiza este fin de semana, en Tenerife, unas jornadas de trabajo interno. Nos reúne cada año en un punto de la geografía, casi siempre cerca del mar, para que debatamos y asistamos a diferentes ponencias que nos ayuden a encarar el futuro con un poco más de perspectiva y conocimiento. Me comprometí con Melchor a ocuparme de una de esas charlas acerca del futuro: el mestizaje de laboratorio, los nuevos procreadores y el cambiante mapa social que nos dará otro escenario diferente del mundo en pocas décadas. Llevaba meses preparándola. No he tenido que ocuparme estos días de nada. La presentación estaba hecha hace tiempo. Lo que no sabía cuando trabajé en ella era cuánto me costaría hablar hoy del futuro frente al mundo y frente a él, Simón, al que he esquivado con habilidad retrasando mi vuelo al mediodía. Ahora, en la habitación del hotel, repaso mis notas. Tengo el teléfono apagado desde hace casi una semana. Sólo lo enciendo por la noche un par de minutos para chequear los mensajes y lo vuelvo a apagar como si también pudiera apagar mi cabeza. He conseguido cierta paz para pensar y sentir, pero el regreso de esta tarde me coge con la piel en carne viva y el alma arrugada por la presión. «¡Tú puedes, Miranda!». Parece mentira que a estas alturas de mi vida aún crea en eso.

—Es para mí un honor, como colega profesional y como amigo, presentaros hoy como ponente a la doctora Miranda Ortega, una de nuestras ginecólogas más brillantes y, sin duda, la más sincera de todas las que he conocido, aunque yo sea el que pague esos arranques de sinceridad algunas veces en mi despacho. —Melchor se ríe y el auditorio del hotel le acompaña casi al unísono. Saben bien lo que es la queja de un paciente—. La doctora Miranda Ortega —continúa Melchor— nos hablará de lo que somos: futuro. Si algo representamos en este momento en la medicina actual es el futuro, con toda la responsabilidad que eso conlleva y la dificultad para encararlo con valentía. La doctora Ortega ha escudriñado el futuro para mostrarnos hoy hacia dónde vamos.

Los aplausos me empujan como un regidor que me pellizcara la cintura. Entro en el escenario con mi vestido color vino. Dejo la chaqueta entre bambalinas. Hace demasiado calor. Llevo unos bonitos zapatos de salón y un peinado muy básico, pelo suelto, una pequeña cadena de oro como pulsera y un maquillaje casi inexistente. No tenía ganas de maquillarme y los días de descanso me han tratado bien. Estoy algo más gordita. Un poco de carmín en los labios, algo de colorete y un toque de rímel para terminar. Mi ánimo no daba para más. Ahora que veo a Melchor en la primera fila aplaudirme con entusiasmo, me siento mucho más guapa y más fuerte. La luz de un cañón desde el fondo de la sala me impide ver la cara de los asistentes. Adivino sus figuras, pero sólo son recortes de papel de la maqueta de un teatro.

—Buenas tardes a todos. Soy la doctora Miranda Ortega y no soy una experta en el futuro, pero hoy os hablaré de él.

Comienzo mi ponencia buscando las arterias comunes que nos conectan a todos los que trabajamos en unos y otros centros del IVI por toda España y el mundo. Al final, compartimos las mismas dudas y esa sensación de influencia que aterra cuando los que vienen a verte te miran como su última oportunidad. Describo los escenarios que me parecen importantes para ayudarnos a mejorar en un momento crítico y fundamental para el desarrollo de nuestras técnicas.

Miranda

«La calidad de nuestro trabajo es altísima. En el último ensayo de la farmacéutica Serono, España ocupa el tercer puesto mundial, sólo superada por Estados Unidos y Canadá. Tenemos unas tasas de embarazo muy competitivas en comparación con los precios en otros países; no podemos olvidar que los tratamientos cuestan cuatro veces más en Estados Unidos. Somos más baratos, sí, baratos, me niego a decir económicos —El auditorio me manda su calor cada vez que digo algo que les gusta. La comunicación pública tiene sus sorpresas— que Inglaterra, que Estados Unidos y que algunos países de Asia como Singapur, por ejemplo. Y somos más caros que Grecia. Venezuela y Brasil también son más caros…

Enumero una lista de precios que me sirve para ensalzar lo que somos y a qué precios trabajamos. Una primera tanda de ese necesario soplo de orgullo al trabajo de los que estamos aquí. Alguien en la primera fila lleva un perfume terrible y pegajoso que me marea. Sólo una mujer embarazada puede oler a esa distancia. Me siento como una superheroína capaz de volar y también de desmayarse ante el más mínimo reto. Soy eterna y de cristal. Soy el futuro.

—Sabemos lo que nos dice el registro SART en Estados Unidos. Ellos presentan los datos de todo el país americano con sus datos auditados obligatorios. —Esa familiaridad en el discurso me ayuda a ganarme a mis colegas—. En eso, como en otras muchas cosas que hacen mejor que nadie, no pueden enmascarar los datos, no pueden decir a la ligera: «yo embarazo mucho». Ellos auditan y, además, obligan a que ese control sea para todos. Sin duda, en el futuro, en nuestro país también será así. ¿Con qué contamos ahora? Con un registro voluntario de la Sociedad Española de Fertilidad al que podemos mandar los datos o no. Los mandamos, ¿verdad, Melchor? —Melchor asiente y dice en alto «Lo prometo». El patio de butacas ríe—. Lo cierto es que el 80% de los centros españoles están en este registro y sus datos por tramos: mujeres hasta los 35, hasta los 36, de 37 a 39 y de 40 en adelante nos dibujan escalones clarísimos. En el perfil ideal, antes de los 35, estamos trabajando en un 50% de gestación; en el siguiente peldaño nos vamos ya al 20-30% de éxito y en los últimos en torno al 5-10% más o menos. Estos datos en la Sanidad Pública, por ejemplo, en el tramo de nuestro 50% bajan hasta un 30-40%. No sé si os suena lo que os digo. —Levanto la cabeza y miro fijamente al auditorio—. ¿Os resultan familiares estos números? —Noto cómo las figuras se giran buscando la afirmación en el de al lado—. Si os suenan es porque son exactamente los mismos del año pasado y del anterior. Estoy aquí para hablaros de futuro, pero el doctor Barta, encargado de dar una ponencia similar hace once meses en Lanzarote, nos dijo lo mismo. Nuestro futuro sólo tiene sentido si somos capaces de movilizar estos datos que empiezan a anquilosarse; y el camino, y todos lo sabemos, es un uso más libre del Diagnóstico Genético Preimplantacional o DGP, lo que nosotros también llamamos DPI en nuestros centros.

Recibo el primer aplauso espontáneo de mis compañeros. Mi corazón herido se llena de su aprobación y siento aún más calor.

—Pero como soy muy sincera, ya os lo ha anunciado Melchor, os preguntaré: esa pareja joven con un 50% de posibilidades va a alcanzar el 70-80% con DPI, pero, tal y como trabajamos ahora, será una gestación más costosa económicamente para la pareja y, en algunos casos, de más ciclos. ¿Con qué os quedáis? ¿Qué es mejor para ellos y para nosotros?

Ahora sé que el auditorio está dividido y que si llegáramos, por ejemplo, a una votación, alguien acabaría diciendo: «¡Pero si el DPG por debajo de 35 años no está autorizado en España!, ¿para qué votamos?». Y ese compañero o compañera tendría razón. Nos impulsa el ánimo médico, pero la ley nos frena. Simón acaba de carraspear. Distinguiría su sonido entre miles. Está sentado en la segunda fila a la derecha del auditorio, como a seis puestos por detrás de Melchor hacia los pasillos.

—Esta es la verdad —continúo—: la ley nos frena. Y ahora, me atrevo a preguntaros aún más allá. ¿Es bueno que lo haga? ¿Los límites nos hacen sentir más seguros o más indefensos cuando ya no tenemos soluciones que aportar a nuestros pacientes? ¿No son esos límites los que nos salvan a la hora de rechazar todas las locuras que nos pueden llegar a proponer en una consulta? ¿O soy yo la única que ha tenido que escuchar verdaderas atrocidades entre cuatro paredes?

La duda no es mala. Es, científica y vitalmente, el estímulo más poderoso de reflexión y debate. Es molesta y pica, ese sinvivir que nunca queremos gestionar, pero que está ahí. El grupo de profesionales que me observa empatiza con esa sensación y reconoce sus dudas con un murmullo en el que las anécdotas de consulta recorren la sala.

—Después en el cóctel nos contamos esas barbaridades de consulta, que son muchas. Creo sinceramente que el futuro de la reproducción asistida contará con un uso lógico, pero mucho más abierto, del DGP o DPI. Sabremos hacerlo y sabremos hacerlo bien.

Recibo el segundo aplauso sonoro. Busco la silueta de Simón y veo sus manos buscarse con fuerza. Su felicitación me llega como aire limpio que borra ese perfume terrible que se mantiene terco en las primeras filas. Le sonrío sin ser capaz de encontrar sus ojos.

—Y cuando sueño con el futuro —continúo y corto el aplauso—, ¿con qué sueño? —Una pequeña bola de alquitrán me cierra la garganta. Todo lo que soy se asoma a mi útero a pesar de que deseo mantener la atención en el discurso. Bajo la vista y respiro para poder regresar—. Pues... si miro al futuro y sueño..., veo... muchas cosas. —Mis ojos vuelven a buscar a Simón—. Lo ideal sería que no tuviésemos que recurrir a tratamientos de reproducción asistida si fuéramos capaces de corregir otros problemas: producción de espermatozoides, hacer que un ovario poliquístico dejara de serlo o lograr que la endometriosis se curase con un medicamento. Ahora buscamos desesperadamente —mi discurso vital y profesional empiezan a confundirse— conseguir un ovocito, un embrión que nos dé un niño sano. —Toso una vez—. Necesitamos optimizar ese ovocito, buscar biomarcadores de calidad embrionaria, evitar los embarazos múltiples y la hiperestimulación. Y todo esto, que es mucho, nos sigue sonando a poco.

Levanto la mano y la devuelvo al atril con más fuerza. Ahora sería capaz de agitar a cada uno de los asistentes tomándolos de la solapa. Mi nivel de excitación empieza a subir como espuma.

—Sabemos muy bien lo que nos pasa. Esta charla sólo sirve para poner en común lo que compartimos: somos médicos y biólogos. Vayamos a la raíz: un ovocito bueno con un espermatozoide medio, medio funciona. Lo sabemos. Un ovocito medio, sea propio, donado o generado de células madre, con un espermatozoide bueno, no nos da esa fiabilidad. Podemos especular, pero el peso está ahí. —Sin querer, me llevo la mano al vientre. El atril me tapa—. Y no podemos extraer óvulos para observarlos porque son muy valiosos; además, el óvulo de un ciclo puede no darme datos fiables del ciclo que viene... Esa, nos guste o no, es la situación actual. Somos futuro, pero somos aún jóvenes. —Tiro del vestido hacia abajo y salvo mis ganas de apretarme el vientre y traspasar calor—. Llevará unos años, pero va rápido. La biotecnología nos ayudará a saber seleccionar y a hacer las cosas mejor... Más allá de la morfología, en esa selección entrarán la metabolómica, la proteómica, las señales que necesitamos para cambiar esos datos que no se mueven y una realidad que nos necesita.

Presiento el orgullo de Simón y su apoyo. ¿Cómo puedo librarme, si es que puedo, de este amor? ¿Y por qué quiero hacerlo, si es lo mejor que me ha pasado en mucho tiempo? ¿Por qué no se lo he dicho? Estoy confusa. Hago un esfuerzo y continúo mi exposición.

—Y mientras ese momento llega, mientras los milagros de laboratorio nos salvan, cuando sueño con el futuro, ¿qué veo?

El cañón de luz me sigue apuntando muy fuerte, pero juraría que veo los ojos en llamas de la madre naturaleza en medio de la sala. Hay una mujer morena, de pelo color bosque y piel como la tierra. No estoy soñando, no estoy loca, y su humedad relativa me alcanza. También su susurro que nadie más que yo puede oír dentro de mi cabeza: «Cuando miras al futuro, Miranda, me ves a mí». Bajo los ojos y por la tensión que me llega del auditorio presiento que llevo callada unos segundos más de los protocolarios.

—Cuando sueño con el futuro, os decía..., veo... —Cojo aire de nuevo—. Veo un Nuevo Mapa del Mundo, en el que, muy pronto, los hijos nacidos por reproducción asistida representarán el 10% de la población; veo una nueva foto de modelos familiares: pareja heterosexual con hijos naturales, pareja heterosexual de donación con madre mayor de 50, hijo de pareja homosexual por gestación subrogada, madre soltera embarazada de un donante... Me freno porque la lista sería interminable. Muy poquito más allá de donde estamos llegan los nuevos procreadores, las generaciones que nos conquistarán desde los hogares y desde los laboratorios, conviviendo, mezclándose... También nos llegará el mestizaje en una mesa de trabajo, los cambios en la genealogía, la selección de donante como ya se produce, en función de la regulación de cada país. Una foto social, insisto, nueva e inevitable. Tenemos que estar preparados para el futuro y tenemos que estarlo mientras una señora nos mira a los ojos, en nuestro día a día, y desde su frustración nos pregunta: «Si me relajo, ¿ayudaré?». Y a continuación nos contará el caso de alguien que no conoce y que parece inverosímil, pero a ella se lo han contado y probablemente será cierto. Y sabremos que tendremos que invertir ese tiempo en acompañarla en ese camino que conecta directamente con todas las carencias que la acechan. ¿Por qué no le decimos, entonces, la verdad? ¿No la merece? ¿No es también el futuro reconocer lo que es cierto y posible y lo que no?

La bola de alquitrán se hace un poco más grande en mi tráquea.

—¿Por qué no apelamos al tabú social y los destruimos de una vez por todas para que nuestros pacientes no sufran? ¿Por qué no les decimos de primeras que no será fácil y que pasarán mucho miedo? ¡Por qué no les contamos toda la verdad!

Siento que la temperatura sube en mis lagrimales y en mi cuello. No tengo intención de disimular lo que siento. Ya no quiero hacerlo.

—¿Por qué no reconocemos que esto, muchas veces, nos sobrepasa?

Un denso silencio se instala en el auditorio. Ya no huelo a la madre naturaleza, ni escucho a Simón. No percibo más que una brisa fría de los conductos de aire acondicionado y el calor que me inunda el pecho y que ya no puede bajar.

—Anoche, con todo este discurso preparado... —Una sonrisa comprensiva me sirve para abrazarme en este momento de soledad total—. Anoche... soñé con una nueva paciente en mi consulta. Una paciente imaginaria. —La sonrisa es casi sonora cuando decido contar mi sueño. No había previsto compartirlo, pero si fluye, adelante, Miranda—. Era una sirena. No voy a sentirme ridícula por compartir esto. Creo que, en el fondo, todos tenemos los mismos miedos y parecidas ilusiones... Como os decía... —Levanto la cara y dejo entrever, quizá, una primera lágrima—. Ella era una sirena. Una mujer pez sin aparato genital que me pedía un hijo. Yo no sabía cómo decirle que su cola brillante y compacta hacía imposible que yo pudiera conseguir su objetivo. Era preciosa. Su cola azul ocupaba todo lo ancho del despacho y olía a un pescado fino y fresco. Lloraba porque necesitaba una solución y yo no sabía dársela. Intentaba hablarle del futuro y sólo era capaz de decirle: «Habrá cosas que nunca podré hacer». Su ira de sirena le rizaba el pelo y saltaba del enfado a la tristeza como sólo puede hacerlo un ser mágico. No soy capaz de recordar cómo terminaba el sueño, ni cómo salía esa sirena de mi consulta. —Mi risa y mi ligero y confortable llanto se mezclan—. Me desperté y pensé en el futuro del que os hablaría hoy sabiendo que el presente nos pesa tanto que sólo queremos abrir los nudos que ahora nos atan, mucho más que aspirar a deshacer los que seguro se nos presentarán. Somos futuro, pero sobre todo somos el presente de muchos nacidos ya y muchos por nacer. Esa es la responsabilidad que a veces no me deja dormir y la que me une hoy a vosotros. Por qué no reconocer la verdad de una vez: nos queda mucho en el ahora y sólo si somos capaces de gestionar eso podremos charlar con nuestras futuras sirenas y oírlas cantar sin temor. Yo necesito compartir esa verdad. El presente. Lo que necesito manejar con honestidad y sin miedo.

Melchor me mira y asiente. Se acerca la palma de la mano a la boca y me lanza un beso.

Me siento mareada. ¿Cómo puedo realizar este alegato? Hablar de la verdad... ¿Cómo he sido capaz de no decírselo? Simón merece saberlo. ¡Tengo que ser sincera! Y las palabras brotan casi sin que me dé cuenta.

—Estoy embarazada de seis semanas. Buenas tardes a todos y muchas gracias.

Escucho un grito agudo al fondo del auditorio que identifico como el de Mariano mientras abandono el escenario. Me parece presentir que Simón se levanta de su silla y sale del auditorio a mi encuentro. Un aplauso descoordinado y extraño me despide. Las murmuraciones se adueñan de la sala como la libertad de mi corazón.

Simón me intercepta a la salida del escenario y me devuelve a la oscuridad de las bambalinas.

—¿Es verdad, Miranda? ¿Lo que has dicho es verdad?

Le miro desde una distancia de miles de años luz llenos de estrellas.

—Siento no habértelo dicho, siento que hayas tenido que enterarte así. Sé que tenías derecho a ser el primero en saberlo... —Miro a Simón. Su comprensión disimula su dolor. Sé que hace todo lo posible por entenderme. Y lo entiende—. Ahora no puedo decirte nada, no me quedan frases brillantes, ni respuestas inteligentes... Tampoco me quedan sonrisas para ti hoy. Pero cuando pienso en el embrión que se ha agarrado a mí, sólo quiero llorar... Sé que soy una magnífica ginecóloga, pero no sé si soy una buena persona. ¿Podemos hacer nuestro trabajo si no lo somos? ¿Puedo ser madre si no lo soy?

Mi discurso se rompe y por fin dejo salir el llanto que tanto necesitaba. Caigo en sus brazos como en un colchón de lana antiguo, deseando hundirme en él. Simón me abraza, me besa la frente y me acaricia el pelo mientras repite suave y constante:

—¿Por qué no me habías dicho nada, Miranda? ¿Por qué no me lo has dicho?

Unas horas después, dormimos abrazados en mi habitación del hotel. No hemos bajado a la cena y no hemos encendido nuestros móviles. Tampoco hemos hablado de lo que nos ocurre. Simón sólo me besa el cuello a momentos y me desliza la mano debajo del ombligo en un claro gesto de cariño. Miro el reloj. Son las dos de la madrugada. Siento un ligero dolor que me rodea la espalda por debajo de la cintura.

A las tres y media me despierto con un claro dolor menstrual. Me levanto y voy al baño. Simón duerme. Soy ginecóloga y lamento tener demasiada información en este momento.

—Simón, despierta. Necesito que me lleves a un hospital. Estoy sangrando.

CAPÍTULO 31

—

LITTLE FLAME

—Manténganla con una sedación suave que le permita descansar. —Me parece oír la voz de Melchor a la luz fría y común de un quirófano—. Ven, Simón, charlemos. Tengo que irme a Madrid. Supongo que querrás quedarte con ella. Cuídala. No hay prisa. Estos días vamos hablando y organizamos la vuelta. Lo que ha pasado es muy normal. Desafortunadamente, nadie mejor que nosotros sabe lo común que es que algo así ocurra, aunque también es cierto que cuando nos pasa a nosotros… Ya lo sé… Tranquilo… No es igual.

—Pervertido —murmuro sin saber muy bien por qué. Estoy muy afectada aún por los sedantes. Siento que el mundo me observa desde un gigantesco microscopio y que soy una célula que baila en un medio de cultivo a la vista de todos.

—¿Cómo estás?

—Bien.

—No, escúchame. ¿Cómo estás?

—Bien. ¿Dónde íbamos ahora con un bebé? Tú y yo, de repente.

—Siempre te permito decir todas estas estupideces porque despiertas en mí muchas cosas, entre otras unas tremendas ganas de reproducirme… Sé que es por la anestesia, pero deja de destaparte y enseñármelo todo. No soy un pervertido, sólo te tapo. —Sonríe..

Estoy confusa. ¿Qué hago aquí? ¿Dónde estoy? Sonrío borracha por vía intravenosa y caigo dormida de nuevo. Escucho de lejos a Simón:

—Mariano ha ido a recoger a Olivia. Estarán aquí en una hora. Descansa.

—Deja que te peine un poco, loquita.

Una mano me acaricia el rostro y me despierta. No sé si puedo espabilarme del todo. Reconozco a Mariano sentado en la cama.

—Manuela iba a acompañar a Olivia, pero finalmente no ha podido venir, así que la ha llevado al aeropuerto y Olivia ha tenido que hacer el viaje sola. Acaba de llegar. Miranda… —Me atusa el pelo y me coloca el camisón—. Olivia ha venido llorando todo el camino. Me ha dicho la azafata que ha pasado un vuelo terrible. No seas muy dura con ella.

—¿Por qué iba a ser dura con ella? —le respondo con una sonrisa babosa y aún ebria.

—Porque se ha hecho un tatuaje y te conozco…

He debido quedarme dormida de nuevo porque siento el calor del pecho de Olivia cuando ya está sobre mí. Llora.

—Hola, mamá.

—Hola, hija. Estoy bien. No llores. Esto pasa todos los días.

—Ya. Eso dices siempre. Cuando pasa algo malo, le quitas importancia diciendo que le pasa a cualquiera, pero no tengo ninguna amiga a la que le haya pasado algo así con su madre.

—Porque no te lo habrá contado. —Le levanto la cara y le pido que me incorpore un poco en la cama para que podamos hablar. Me siento mareada, pero capaz de hablar con ella—. ¿Dónde te lo has hecho?

—¿El qué?

—El tatuaje… —Su cara de terror se presenta en la habitación como un enorme cartel de cine.

—Lo siento, mamá. Sé que detestas los *tattoos*, pero… me hacía mucha ilusión…

—Me hace gracia que incluso en una situación así seas tú la que al final me violenta. —Sonrío como un jugador que ha perdido todas las manos—. Mi Olivia protagonista. ¿Qué barbaridad te has hecho?

Olivia se quita la sudadera y me enseña la cara interior de su brazo derecho. Se ha tatuado dos palabras en el tríceps que ella misma puede leer siempre que eleve su extremidad. Lleva el brazo herido envuelto en plástico, pero la tinta negra me permite leer perfectamente el nombre que ha unido a su cuerpo para siempre: Little Flame.

—Lo siento, mamá. Ya me lo había tatuado porque me hacía mucha ilusión la llegada de Little Flame, como me gustaba llamarlo cuando pensaba en él. Lo siento... Y ahora sé que te hago aún más daño con este tatuaje. Lo siento mucho, mamá, de verdad que lo siento…

Olivia llora desconsoladamente y no puedo hacer otra cosa que agarrarle la otra mano. Ella gesticula y mueve el brazo tatuado como una señal de tráfico que me indicara el camino a un lugar concreto hacia el exterior, hacia el mar.

—Mamá, ya sé que no soy yo la que está en esa cama, no soy yo la que se ha quedado embarazada con 16 años y tampoco soy la que ha abortado, pero por un momento he sido yo la que ha soñado con esta familia, y tú eres una idiota por no hacerlo y por no soñar… Y no estoy hablando del tatuaje, que sé que te molesta, sino de… otros sueños… —Olivia está muy nerviosa y pisa sus palabras con monosílabos que se quedan colgados en el aire de la habitación—. Yo no sé si querría tener hijos, mamá. No tengo ni idea. De hecho, el otro día, el que me recogisteis borracha y avergonzada, esa noche besé a una amiga y me gustó. ¿Hijos? ¡Y yo qué sé! Ahora ya no sé lo que quiero. Pero ¿sabes lo que sé? Que nunca te he visto con tanta luz como en estos días, incluso cuando te he aguantado la cabeza vomitando en esas noches en las que no te has enterado de mucho. Nunca te he visto sonreír de esa forma mientras dormías. Nunca, mamá. Nunca me has mirado así... a mí.

Respiro fuerte sin poder dejar de seguir la línea que dibujan sus ojos y el tatuaje: Little Flame.

—Olivia, yo te quiero a ti y con eso tengo bastante. Eso también debería reconfortarte.

—Sí, mamá, pero nunca había notado que me querías tanto hasta que Little Flame... Nunca te lo había notado así...

—Ven aquí, mi niña pequeña tatuada. —La recojo en mis brazos. El plástico que protege su herida se arruga y emite el sonido de un regalo del cielo.

Simón espera en la puerta y escucha toda la conversación. Desde su posición es capaz de oír el crujido del alma de Miranda. Ahora que se ha quedado solo unos segundos, recuerda la sangre corriendo por sus piernas y llora. Por un momento, deja que la pérdida también le lleve a él. Lo habría querido tanto... Las escucha en la distancia y se pregunta: ¿sería capaz de formar una familia con ellas? ¿Había llegado el momento, ese momento esquivado en su vida? ¿Habría estado dispuesto a renunciar a su libertad, a su vida de soltero sin complicaciones ni ataduras, a afrontar unas preocupaciones muy distintas a las de su trabajo, que hasta ahora llenaban su mundo, arriesgarlo todo por aquella mujer que le enloquecía más allá de la ciencia?

Y, de repente, todo tiene sentido. La Mano de Dios entiende todas sus horas de observación, tantas punciones, el brillo de ese ovario fabuloso que buscaría para ella. Su entrenamiento ha alcanzado su culminación. La mujer a la que quiere acaba de abortar porque casi con toda seguridad el embrión presentaría anomalías cromosómicas (dos tercios de los abortos se producen por eso, le ha confirmado Melchor). La edad de Miranda sitúa la historia en un punto decisivo. «No esperaré. No debo esperar». Simón decide, sin consultar con ella, que arrancarán este proyecto. A partir de ahora también observará sus propios embriones, les dará calor. Y lo hará, además, con la supervisión de otro… con la supervisión de Miranda. Esta vez necesitará supervisión, no podrá elegir él solo a su «embrión ganador», no puede hacerlo en un asunto que le atañe directamente… O sí, ¿por qué no? ¡Es su laboratorio! ¿Qué dirá la ley al respecto? No le importa realmente. ¿Podrá alguna ley socavar su amor? ¡Claro que no! Por una vez, la decisión médica y el amor irán de la mano…, mente y alma, conocimiento y pasión. ¿Quién puede impedírselo?

Su instinto, por fin, revuelve su torrente sanguíneo como una tromba de agua helada a la que hubieran abierto todas las compuertas.

—Miranda, despierta —susurra Simón. La Mano de Dios advierte que he estado llorando—. No hables; por una vez no digas nada. Dame la mano. —Me besa la palma y, con la serenidad extraña de quien ha tomado una decisión muy difícil, me mira.

—Has estado pensando, te conozco —le digo.

—He dicho que no digas nada.

Comienza a besarme despacio, luego un poco más intensamente; me coge la cara con las manos y me mira a los ojos; poco después me retira la sábana y me besa el vientre aún dolorido… Logra hacerme cosquillas.

—¿Y si entra alguien?

—¿Cuándo nos ha importado eso? —Levanta la cabeza desde mi ombligo sin dejar de sujetarme las caderas con las manos—. No voy a tirarme encima de ti, aunque lo haría ahora mismo y lo sabes. —Simón hace una pausa. Su gesto indica que me va a decir algo importante.

—Estamos acostumbrados a estas situaciones, Miranda, sabemos lo que ha pasado. Tú lo vives con tus pacientes cada día. Y las consuelas diciéndoles que un aborto no significa que no puedan quedarse embarazadas, diciéndoles que puede ser, incluso, un pronóstico favorable... —Simón sabe que ese discurso que me sirve para todos es difícil de encajar ahora en mi vida, aunque sea rotundo y lógico—. Sabemos lo que tenemos que hacer. Lo hacemos todos los días, y este dolor —me dice apretándome mucho las caderas—, este, nos lo vamos a ahorrar. Miranda. Pensemos. Somos el amor y la ciencia.

Me impresionan sus palabras. ¿Podría someterme yo a ese proceso? Mis pacientes lo hacen, ¿por qué no yo? Me esfuerzo para reprimir el llanto porque Simón me conmueve. No me ha reprochado que no le dijera que estaba embarazada, ni siquiera me ha pedido explicaciones. Está conmigo.

Estoy abrumada y demasiado sensible, todo me afecta. El amor de Simón, la tristeza de Olivia...

Olivia. Jamás se me habría ocurrido que estuviera tan ilusionada con su Little Flame...

—¿Has visto el tatuaje que se ha hecho mi hija? —le digo, intentando, sin éxito, no gimotear. Un cálido llanto me atrapa—. Es lo más bonito que ha hecho nunca por nadie... Es lo más bonito que ha hecho nunca nadie por mí.

—Miranda, amor y ciencia. —Simón vuelve a la carga.

—Mi hija, Simón, nunca... —El llanto me hace callar.

—Amor y ciencia, doctora. Amor y ciencia.

—En algunos momentos odié estar embarazada, pero ya había soñado con él, ¿puedes creerlo? Yo que sé que esos sueños son los que no sirven y te destrozan después. Yo, que advierto a mis pacientes de los riesgos… Había soñado con él.

—¿Él? En cuanto te escuché ayer en la ponencia decir que estabas embarazada pensé en una niña.

—¿Lo ves? ¡Cómo podemos nosotros caer en estas tentaciones de la fantasía! Has dicho que nos íbamos a ahorrar este dolor.

—Y lo estamos haciendo… Niña.

—Por muchos embriones que hayas visto, ni tú eres capaz de adivinar esas cosas.

—Tu cara me decía mucho también.

—Eso no es…

—… Amor y ciencia —susurra.

—Amor y ciencia —repito mientras le acaricio la cara. Me rindo a su cariño y su dulzura. Quiero rendirme para asegurarme paz. Me vuelve a besar el vientre.

—Amor y ciencia —repite como un mantra con el que pretendiera hipnotizar mi voluntad—. Lo tenemos todo. Y de una manera u otra…

Siento el escalofrío de la incertidumbre, el pánico al tiempo y los ciclos. Las esperas de todas las pruebas médicas, la carrera de las hormonas por el cuerpo, el terror al fracaso, pero a la vez siento también el abrazo de Olivia, veo la tipografía de su ya eterno Little Flame, oigo el llanto de un bebé rompiendo el mundo, la vida que me da la vuelta como una ola traicionera. Un ligero olor a flores inunda la habitación. Cierro los ojos y acojo el amor de Simón:

—De una u otra manera —le digo—, tendremos que hacerlo. Juntos.

Una mujer pasea desnuda en la noche de un laboratorio en pausa. Su pelo negro como enredadera y su olor a flores y lluvia agita el contenido de los incubadores. Los embriones se dividen y los espermatozoides coletean a su paso. Sus pies descalzos dejan un rastro de rocío en el suelo que contamina el escenario con el poder de una química precisa. Ella es la raíz de todo y el fin de nada. La madre naturaleza garantiza la continuidad, el movimiento, el éxito y el fracaso. El futuro. Atraviesa las instalaciones con un destino claro. Se dirige al despacho de Miranda. Hace que la puerta se abra unos segundos antes de su llegada. «Siempre has sido tan difícil, Miranda. Tan compleja desde niña... Y ahora te imagino aquí, un día más, peleando conmigo, sabiendo que perderás... Cabezota, acertada, clara como una fuente, indomable como una tormenta... No quería que perdieras esta vez. No sabía lo que te iba a ocurrir, aunque tus posibilidades son las que son, exactamente las mismas que pronosticas a las pacientes de tu edad. Recoges tú mi siembra y me siento... ¿mal?».

La mujer desnuda suda barro y una espesa hiedra empapela la pequeña habitación. Convierte el despacho de Miranda en una selva de flores y plantas carnívoras. Una caja de naturaleza extraña y salvaje. La mujer abre la boca y su aliento empaña todo el cristal como una ráfaga de hielo que quiebra los tallos. Su dedo índice escribe en la ventana un mensaje que al menos ella sentirá. «Lo sentirás a tu vuelta, doctora», piensa. Un conjuro para llamar a ese azar que ni siquiera ella puede garantizar: Suerte, Miranda. La madre de todo lo incontrolable se queda dormida entre hojas gigantes y ecografías pasadas.

Desde la habitación del hospital, Simón mira una luna grande y llena. Una luna que aseguran no se volverá a repetir en los próximos 25 años. Olivia duerme en la cama que ha hecho para ella y Miranda no se ha despertado en las últimas horas. Su cuerpo, sin embargo, se repuebla por dentro. Las heridas empiezan a cicatrizar, también los vacíos. La energía de su sistema se concentra en reconstruirla desde el interior. Simón la mira e imagina una de esas células que se dividen y mutan misteriosas. Miranda es su objeto de observación. Parece hibernar. Su instinto le anuncia una pronta recuperación a la luz de lo que presiente.

Una mujer grita en una chabola del tercer mundo; un hombre se retuerce por un dolor imaginario en medio de la jungla interpretando las contracciones dolorosas de la madre de su primer vástago; una mujer respira entre pregunta y pregunta de un psicólogo que intenta testar su madurez para abortar; una pareja firma el divorcio después de dos años de tratamientos y un hijo nacido de ellos; un matrimonio gay recoge a su primera hija en una clínica de Los Ángeles; los mellizos de una madre soltera provocan sus gritos y su desesperación, incapaz de controlar una situación de absoluto estrés, un donante cierra el pestillo de la sala en la que se masturbará…

Una madre abraza a su hijo antes de dormir.

Un cirujano liga unas trompas.

Una chica recibe su primer beso lascivo.

Un folículo libera un óvulo perfecto que nunca será hallado.

Y la vida lleva la contraria a unos y otros… sin más.

GLOSARIO DE TÉRMINOS

Acrosoma: parte superior del espermatozoide o gameto masculino que, al reaccionar con el óvulo o gameto femenino, facilita la fecundación y formación del embrión.

Amenorrea: ausencia de regla o menstruación.

Antígenos leucocitarios humanos (HLA): sistema de reconocimiento de tejidos como propios o ajenos, es decir, del mismo individuo o de otro (por ejemplo, en un trasplante).

Aplasia: cese de un proceso de regeneración en el que dejan de formarse células que son necesarias, como ocurre, por ejemplo, en la sangre.

Biomarcadores: sustancia que podemos medir que nos informa del estado de un proceso biológico. Un ejemplo claro en reproducción es la valoración de la reserva ovárica a través de biomarcadores como la AMH (hormona antimulleriana).

Biopsia: muestra de un tejido —incluso sólo una célula— para analizarlo, lo que permite estudiar su composición cromosómica y diagnosticar ciertas enfermedades.

Célula: unidad de la que se componen los tejidos, los órganos y los seres vivos.

Citometría de flujo: método para contar y analizar células basado en la luz láser; se emplea, por ejemplo, para estudiar los espermatozoides o determinadas células en la sangre.

Clomifeno: fármaco oral (pastillas) que desde los años 60 se emplea para estimular los ovarios y producir más de un óvulo; funciona como antiestrógeno, por lo que puede tener efectos deletéreos en el moco cervical y en el endometrio; la respuesta siempre debe ser monitorizada por ecografía.

Comisión Nacional de Bioética: órgano colegiado, independiente y de carácter consultivo, que desarrollará sus funciones, con plena transparencia, sobre materias relacionadas con las implicaciones éticas y sociales de la Biomedicina y Ciencias de la Salud.

Comisión Nacional de Reproducción Asistida: órgano colegiado del Ministerio de Sanidad, Servicios Sociales e Igualdad, de carácter permanente y consultivo, dirigido a asesorar y orientar sobre la utilización de las técnicas de reproducción humana asistida, a contribuir a la actualización y difusión de los conocimientos científicos y técnicos en esta materia, así como a la elaboración de criterios funcionales y estructurales de los centros y servicios donde aquellas se realizan.

Crioconservación: como su nombre indica, conservar en frío. Las células o incluso los embriones en estadios iniciales de desarrollo pueden ser congelados, añadiendo sustancias que les protejan del daño que la congelación pudiera hacer en la estructura celular, de modo que entrarían en «pausa biológica», y al descongelarse volverían a dividirse y a vivir.

Cromosomas sexuales Y o X: son, de los 23 pares de cromosomas que tenemos todos, los que determinan si uno va a ser un hombre (XY) o si va a ser una mujer (XX), si va a tener gónadas masculinas (testículos, y por tanto espermatozoides) o bien gónadas femeninas (ovarios, y por tanto óvulos u ovocitos).

Diagnóstico Genético Preimplantacional (DGP): técnica que permite estudiar los embriones —sus genes o sus cromosomas— antes de que implanten o «se peguen» en el útero materno, lo que puede evitar la transmisión de enfermedades graves o incompatibles con la vida que los padres pueden transmitir.

Ecografía: técnica de imagen basada en el sonido —también llamada ultrasonidos—; la sonda emite un sonido y el eco, lo que «rebota», es lo que se transforma en imagen. El hueso en la imagen es blanco porque tiene mucho eco, mientras que el líquido deja pasar el sonido y la imagen es negra. El resto de los tejidos lo forman escalas de grises. Es inocua, lo que a diferencia de otras técnicas, como los rayos X, aporta gran seguridad.

Ecografía vaginal: se trata de una ecografía realizada con una sonda que se introduce en la vagina, ampliamente utilizada hoy en ginecología. Da una mayor precisión diagnóstica, pero tiene menos profundidad de campo, es decir, es muy buena para los tejidos que están cerca de la sonda, como la pelvis menor (ovarios, útero…).

Embarazo: formación de una nueva vida en el útero de una mujer, que empieza en el momento en que el embrión se adhiere al útero y acaba con el parto.

- *Embarazo subrogado*: también conocido como «útero de alquiler», consiste en un embarazo que se lleva a cabo en el útero de una mujer que no aportó los óvulos, lo que permite que una mujer sin útero, o con una enfermedad que le impida llevar adelante un embarazo, pueda tener a sus hijos con sus propios óvulos y, por tanto, con su carga genética. Es ilegal en nuestro país.
- *Embarazo múltiple*: cuando en el embarazo hay más de un embrión en desarrollo; puede darse de forma espontánea o bien tras tratamientos de reproducción asistida.

- *Embarazo gemelar*: cuando en el embarazo hay dos embriones en desarrollo, por tanto, dos fetos. Puede ser monovitelino —un único embrión que se divide en dos, lo que sería un clon natural; estos gemelos siempre serán idénticos y del mismo sexo— o bivitelino —dos embriones que proceden de dos óvulos y dos espermatozoides diferentes, pero que implantan a la vez; en este caso se parecerán como hermanos, pero no serán idénticos y pueden tener sexos diferentes.

Embrión: cuando el óvulo y el espermatozoide se unen, fecundan y se forma el zigoto, compuesto por una sola célula que al dividirse en más células pasa a denominarse embrión. El proceso de división del zigoto comienza al día siguiente de ser fecundado el óvulo.

Embryoscope: novedoso sistema que combina el cultivo de los embriones en un laboratorio de fecundación in vitro con la posibilidad de ver estos embriones continuamente y sin necesidad de sacarlos del incubador al microscopio para ser observados. Lleva incorporado un sistema óptico que permite hacer fotos de los embriones en división y, por tanto, revisar en una secuencia de vídeo el comportamiento de estos embriones para poder seleccionar el mejor.

Endometrio: capa interna que recubre el útero, donde se pega el embrión cuando comienza el embarazo; crece cada mes y, si no hay embarazo, es el tejido que se elimina con la regla, para volver a crecer el mes siguiente.

Endometriosis: enfermedad frecuente y enigmática, cuyo origen no se conoce, que consiste en la existencia de endometrio fuera del útero (ovarios, pelvis, vejiga, recto...) causando dolor pélvico e infertilidad.

Espermatozoide: gameto masculino producido en los testículos y que sale al exterior con cada eyaculación; cuando se une al óvulo materno da lugar al embrión.

- *alteraciones en el número*: conocido como oligozoospermia, si es leve puede dificultar la gestación; si es severa, puede requerir fecundación in vitro o incluso microinyección espermática (ICSI), y si no hay espermatozoides se denomina azoospermia.
- *alteraciones en la movilidad*: conocido como astenozoospermia, al igual que la alteración en el número, puede dificultar o incluso imposibilitar la gestación espontánea.

Exploración ginecológica: examen médico realizado por el ginecólogo/a para valorar los genitales externos e internos de una mujer; suele consistir en una inspección con espéculo, un tacto bimanual y casi siempre una ecografía vaginal.

Fase Hatching: también conocido como «eclosión», es el momento en el que el embrión en estado de blastocisto, cuando lleva 5-6 días de desarrollo, rompe la zona pelúcida (una especie de caparazón que lo recubre y lo protege) para salir de ella e implantar en el endometrio. En reproducción asistida puede ayudarse al embrión a romper esta zona pelúcida con láser, lo que se conoce como eclosión asistida o *assisted hatching*.

Fecundación in vitro: la fecundación in vitro consiste en fecundar en el laboratorio los óvulos en lugar de que esto ocurra en la trompa de Falopio, como sucede en un embarazo espontáneo. Se rodea al óvulo de 50.000 a 100.000 espermatozoides y el más «hábil» fecundará. Si esto no ocurre de forma espontánea, o se prevé que no va a ocurrir (por ejemplo, cuando hay muy pocos espermatozoides, o cuando tienen muy escasa movilidad), se inyecta directamente un único espermatozoide en el interior del óvulo para que fecunde, lo que conoce como ICSI, acrónimo en inglés de inyección intracitoplasmástica de espermatozoides.

Fenotipo: aspecto externo, visible de un individuo, resultado de la combinación de sus genes (genotipo) y el medio externo.

Folículo: estructura localizada en los ovarios que tras madurar y crecer dará lugar en su interior a un óvulo u ovocito.

Gameto: célula germinal que dará lugar a un embrión cuando se una con el gameto del sexo contrario; hay gametos masculinos (espermatozoides) y gametos femeninos (ovocitos).

Hiperestimulación: respuesta excesiva a la estimulación ovárica que se complica con dolor abdominal, retención de líquidos en el abdomen y, si es severa, con problemas más serios hepáticos, renales o de coagulación.

Histocompatibilidad: término que designa la aceptación o no de un tejido en otro organismo, que los tejidos (histo) sean compatibles entre sí. Por ejemplo, en un trasplante renal se busca que el riñón a trasplantar sea histocompatible con el paciente que lo recibe.

Hormonas: sustancias producidas por órganos del cuerpo humano (ovarios, testículos, tiroides...) que regulan la actividad de un tejido concreto.

- *hormona antimulleriana (AMH)*: marcador de reserva ovárica que nos indica aproximadamente la cantidad de óvulos que pueden quedarle a una mujer infértil, ya que se produce en los folículos muy pequeños; es muy estable mes a mes y en cualquier día del ciclo.
- *hormona estimuladora del folículo o foliculoestimulante (FSH)*: es la hormona que cada mes producen las mujeres para poner en marcha un único folículo; si se administra como medicamento permite que, en vez de un folículo, haya varios, que es el objetivo de la estimulación ovárica que se realiza en los tratamientos de infertilidad.
- *hormona estimulante de la tiroides (TSH)*: la hormona que regula la función tiroidea. Siendo el tiroides una glándula fundamental en la regulación de la energía y el metabolismo del cuerpo humano, es necesario que esta TSH esté controlada antes y durante el embarazo.

- *hormona estradiol*: es el estrógeno u hormona femenina más relevante, producida también por los folículos. Su ausencia caracteriza la menopausia y sus niveles se valoran en los tratamientos de reproducción asistida, ya que permiten valorar la respuesta ovárica a la medicación.
- *hormona luteinizante (LH)*: es la que induce la maduración final del óvulo y su ruptura u ovulación; sus niveles alcanzan el pico a mitad de ciclo.
- *hormonas T3 y T4*: son las que produce el tiroides en respuesta a la TSH; su exceso genera una hiperfunción del tiroides (hipertiroidismo) y su escasez lo contrario (hipotiroidismo), siendo este muy frecuente en mujeres jóvenes.

Incubador: equipo que reproduce las condiciones de temperatura, humedad, luz y calidad de los gases (CO_2 y oxígeno) del útero, dentro del cual se cultivan los embriones los primeros días de desarrollo antes de ser transferidos al útero.

Inseminación artificial: técnica de reproducción asistida que introduce la muestra de los espermazoides del eyaculado, ya preparada con los espermatozoides con buena movilidad y descartando secreciones prostáticas, en el interior del útero. Se realiza de forma ambulatoria, con un catéter muy flexible. Es indolora.

Inyección intracitoplasmática de espermatozoides (ICSI): véase fecundación in vitro.

Inyección intracitoplasmática de espermatozoides morfológicamente seleccionados (IMSI): técnica de ICSI que se realiza a gran aumento; en ICSI se trabaja a 400 aumentos y en IMSI a 16.000, lo que es mucho más tedioso, pero permite seleccionar con más detalle espermatozoides de una muestra con la morfología muy afectada.

Medular: que procede de la médula ósea, la parte interna de los huesos donde se producen las células de la sangre.

Menopausia: etapa de la mujer en la que los ovarios ya han dejado de funcionar, por tanto, hay ausencia de menstruación o regla y no se producen estrógenos, por lo que aparecen los síntomas característicos de la ausencia de estrógenos como sofocos, irritabilidad, insomnio, sequedad vaginal...

Menstruación: eliminación del endometrio a través de la vagina, regla.

- *Ciclo menstrual*: con una duración aproximada de 26 a 35 días, consiste en una fase inicial de dos semanas en las que el folículo crece y madura, un pico intermedio donde este folículo se rompe y se ovula para poder ser fecundado, y una segunda fase de otras dos semanas donde el cuerpo se prepara para una gestación; si el óvulo no ha sido fecundado, al concluir estas dos semanas las hormonas caen, y aparece la regla o menstruación, para volver a empezar. Las alteraciones del ciclo menstrual pueden dificultar la consecución del embarazo.

Metabolómica: novedosa técnica que consiste en el estudio de los metabolitos, a diferencia de la genómica, que estudia los genes. En el caso de los embriones, la metabolómica estudia lo que el embrión toma del medio de cultivo y lo que elimina al medio de cultivo. Tiene la gran ventaja de que no es invasiva, no requiere quitar al embrión una o varias células, tan sólo analiza el líquido o medio de cultivo que lo rodea. Está aún en fase de investigación, mientras se le busca una aplicación clínica.

Multinucleación de las células: criterio de calidad negativo en un embrión, ya que las células deben tener un único núcleo, y aquellas que tienen varios (multinucleadas) dan un peor pronóstico al embrión.

Omifin: nombre comercial en España del citrato de clomifeno, fármaco usado para inducir la ovulación.

Ovario: la gónada femenina. Los ovarios están localizados en la pelvis de las mujeres, donde se encuentran los folículos. Es el equivalente al testículo en el varón.

- *Estimulación de ovarios*: procedimiento habitual en reproducción asistida consistente en medicar a la paciente con fármacos para que genere más de un óvulo.
- *Ovario poliquístico*: anomalía de los ovarios muy frecuente en nuestro entorno, que nada tiene que ver con «quistes», sino con múltiples folículos que se acumulan en la parte externa de los ovarios. Las mujeres con ovarios poliquísticos pueden no tener síntomas y descubrirlo casualmente en una revisión ginecológica, pero también pueden tener dificultades para ovular con reglas alargadas cada 40-50 días, más vello corporal, tendencia a ganar peso y, en casos severos, mayor predisposición a la diabetes y a la hipertensión.

Ovocito: gameto femenino (equivalente al espermatozoide en el varón). Se produce uno cada mes siempre que haya ovulación regular.

- *Calidad ovocitaria*: término empleado en los laboratorios de reproducción asistida para valorar si los gametos femeninos obtenidos (óvulos u ovocitos) tienen la capacidad de generar un buen embrión.

Ovulación: proceso que permite al óvulo, que se encuentra en el interior del folículo, salir al exterior, a la pelvis, y entrar en la trompa de Falopio para encontrarse con los espermatozoides y fecundar.

- *Ciclo ovulatorio*: equivaldría al ciclo menstrual.

Óvulo: véase ovocito.

Proteína C reactiva (PCR): marcador inespecífico de inflamación.

Proteómica: técnica que analiza cientos o miles de proteínas en un tejido o muestra determinada. Las proteínas son el producto que codifica los genes, siendo por tanto una valiosísima herramienta para la investigación hoy día.

Recuperación de espermatozoides móviles (REM): técnica que permite seleccionar de un eyaculado los mejores espermatozoides, con la mejor movilidad, para poder realizar una inseminación intrauterina.

Registro Nacional de Donantes: nombrado en la Ley de Reproducción Asistida de 2006 de nuestro país, permitiría saber quién dona gametos (espermatozoides u óvulos), cuántas veces donan, cuántos hijos nacidos de cada donante existen y otra información de interés respecto a las donaciones. No ha sido puesto en marcha por la Administración, por lo que actualmente cada centro de reproducción asistida tiene su propio registro.

Reproducción asistida: tecnología que permite ayudar a mujeres o a parejas a tener un hijo cuando de forma espontánea no lo consiguen. Va desde las relaciones sexuales programadas, inducción de la ovulación, inseminación, fecundación in vitro/ICSI, donación de ovocitos y PGD (Diagnóstico Genético Preimplantacional), a lo que hoy día se suma la preservación de la fertilidad en mujeres con alguna enfermedad o por motivos sociales.

Seminograma: estudio de la calidad del semen, que tiene en cuenta varios parámetros, de los cuales los tres más importantes son la cantidad, la movilidad y la morfología.

Serología: análisis de sangre. Suele referirse al estudio de hepatitis B y C y de HIV.

Síndrome de Edwards: anomalía cromosómica en el embrión humano, al que le sobra un cromosoma en el par 18; es decir, en lugar de tener dos copias tiene tres, por lo que se conoce como trisomía 18.

Síndrome de Down: igual que el anterior, pero en el par 21 (trisomía 21), claramente (pero no sólo) su frecuencia aumenta con la edad materna.

Síndrome de Pattau: igual que el anterior, pero en el par 13 (trisomía 13).

Síndrome de Rokytansky: anomalía morfológica en el desarrollo de la niña que hace que nazca sin vagina, aunque sí tiene los 2/3 superiores del útero y los ovarios. La cirugía permite crear una neovagina para que pueda tener relaciones sexuales con penetración, pero la gestación requiere maternidad subrogada.

Subfertilidad: la mayoría de las parejas que consultan en las unidades de reproducción asistida se encuentran en la gama comprendida entre las parejas fértiles y las infértiles. La fertilidad en nuestra especie (lo que se llama fecundabilidad), mes a mes, es de un 25%. Si la infertilidad es un 0% (por ejemplo, si las trompas están bloqueadas, o si no hay espermatozoides), la subfertilidad agrupa al resto.

Talasemia: anemia hereditaria, muy frecuente en la población mediterránea, consistente en un trastorno en la producción de hemoglobina que da lugar a un transporte insuficiente de oxígeno, a una destrucción de glóbulos rojos y a veces a anemias graves e incluso muerte. Si la hemoglobina está constituida por dos cadenas alfa y dos beta, cuando el problema está en la síntesis de las cadenas alfa se habla de alfa-talasemia, y de beta-talasemia si está en la síntesis de las cadenas beta.

Testículo: gónada masculina alojada fuera del cuerpo, en la bolsa escrotal, donde se producen de forma continua los espermatozoides. El que se encuentren alojados fuera del cuerpo se debe a que los testículos necesitan estar a 35° C para producir espermatozoides; si los testículos no han descendido en la infancia y se alojan en la ingle (conducto inguinal), están a 37° C, lo que genera en muchos casos una mala calidad espermática y dificultades para tener un hijo.

Trompas de Falopio: conducto que conecta el útero con los ovarios y que permite captar el óvulo que se genera cada mes para transportarlo a su interior de modo que pueda ser fecundado por los espermatozoides.

Útero: parte del cuerpo de la mujer, conocido como matriz, donde se adhiere o implanta el embrión en caso de producirse un embarazo; comunica con la vagina en su parte inferior y con las trompas de Falopio en su parte superior.

Vagina: parte del cuerpo de la mujer que comunica con el útero en su parte superior y con la vulva en su parte inferior. Aquí quedan alojados los espermatozoides después de una relación sexual, para poder ascender a través del cuello del útero hacia las trompas en busca de un óvulo.

Viagra: nombre comercial del sildenafilo, fármaco vasodilatador cuyo objetivo inicial era reducir la tensión arterial pulmonar, y que finalmente fue un éxito comercial debido a su efecto secundario, que era facilitar la erección del pene; hoy en día se utiliza en varones con disfunción eréctil; también se ha estudiado su utilidad, con poco éxito, en casos de deseo sexual inhibido.

AGRADECIMIENTOS

Entrego este libro en los últimos días de mi embarazo y recuerdo que la primera conversación que tuve con mi pareja y el padre de mis futuros hijos, Matías Dumont, fue precisamente sobre cómo ilustrar *Tengo los óvulos contados.* De alguna forma, esta intensa historia de amor y vida nos ha acompañado en estos años como un círculo que tuviera inevitablemente que cerrarse. Gracias Matías por mostrarme siempre el lado bueno de las cosas, un reflejo que salpica poderosamente estas páginas. Gracias, también, a nuestro amigo, el ilustrador Mauco Sosa y a Antiestático por el entusiasmo y la fuerza.

No quiero olvidarme de todos los que me han apoyado en estos años de deseados alumbramientos. Gracias a Juancho García Velasco, director del IVI de Madrid, por tanto conocimiento, horas de entrevistas, acceso al centro y documentación. Y gracias a todo su magnífico equipo que ha inspirado el mundo de Miranda y sus compañeros. Gracias al doctor Recasens por su serenidad y sus consejos en meses de maternidad y creación. Gracias a mi madre y a Juani por cuidarme y animarme a escribir en esas semanas de reposo en las que todo era incierto. Gracias a mis editoras, Ángeles Aguilera e Isabel Sbert, por su criterio y acierto, y por querer a Miranda desde el primer día. Gracias a Guillermo, mi representante, por acompañarme en tantas decisiones con la firmeza de una roca y el cariño de un verdadero amigo. Gracias a mis amigas, mis Lolis, a todas las mujeres que me rodean y que son mi ejemplo y mi aliento, madres y no madres, pero mujeres curiosas que desean saber más y que no han dejado de preguntarme e interesarse por todo lo que contiene este libro.

Gracias en definitiva a todas las personas buenas que me han arropado en este proceso creativo que podría calificar de Total. Un proceso de regeneración vital basado en la bondad, el amor y la confianza. Gracias porque sin ellas no hubiera podido hacerlo.

Busco la última frase que leeréis de este texto y apoyo las manos en mi enorme barriga de embarazada. Siento el movimiento de mis futuros hijos y me emociono sin remedio. Gracias, gracias, gracias, gracias…